SV

Yang Lian
Aufzeichnungen eines glückseligen Dämons

Gedichte und Reflexionen

Aus dem Chinesischen
von Karin Betz und Wolfgang Kubin

Mit einem Nachwort
von Uwe Kolbe

Suhrkamp

Die Texte dieser Ausgabe wurden vom Autor zusammengestellt. Nähere Angaben zu bereits auf deutsch erschienenen Texten in der editorischen Notiz am Ende des Bandes.

Druck: Freiburger Graphische Betriebe, Freiburg
Printed in Germany
ISBN 978-3-518-42121-5
Erste Auflage 2009

1 2 3 4 5 6 – 14 13 12 11 10 09

Inhalt

Gedichte

Aus dem Chinesischen von Wolfgang Kubin

Das Mädchen meiner Erinnerung

Tief atmen, dann die Augen schließen.
So trittst du vor meine Tür
an einem Sommertag. Das Unkraut hat die Finger von
  Liedern,
und deine Fußspuren, eine Erinnerung inmitten eines
  stillen Friedhofs.

Nein, bück dich nicht, um nach Grabsteinen zu schauen,
um vorwitzig zu suchen nach Namen, die deinem gleichen.
Murmel ihnen nicht zu, oder verlache nicht
jenes Lachen, das von anderen auch einmal erinnert wurde.

Nein, nein, das bist nicht du,
die da liegt oben im Gras und sich sonnt.
Eine grüne Decke, neun Jahre alt und voller Licht.
Steine verstehen nicht, was du so innig liebst.

Die Namen zerstreuen sich überall wie die sachtesten Winde.
Sie kommen von dir, sie träumen fern deinem Atem,
vergessen unter naher Erde oder
von weitem treten sie durch die Tür, die deiner gedenkt,
  die dich nie sah.

1989

Wer sagt, Tote vermögen einander zu umarmen
wie Pferde, die Schläfen so silbergrau?
Im Mond, vereist vor dem Fenster,
stehen die Toten, vergangene Tage ihr geläufiges Grab.
Narren, so sind sie denn gebunden ans Bett,
steif wie Nägel,
das Holz der Finsternis nagelnd.
Särge schließen sich so Tag für Tag.

Wer sagt, die Toten sind tot? Tote,
dingfest am Jüngsten Tag, doch unterwegs, sind Herren der
  Ewigkeit.
An vier Wänden vierfach das eigene Gesicht,
wieder ein Gemetzel, Blut
ist immer noch die einzig namhafte Landschaft.
Wer ins Grab sich schläft, ist glücklich. Er aber wird
  erwachen
im morgigen Tag, den ein Vogel fürchtet.
Dies alles ist nur ein normales, ein ganz normales Jahr.

Ein verbotenes Gedicht

Mit 35 zu sterben, ist längst zu spät.
Im Schoß hättest du beizeiten exekutiert werden sollen
so wie dein Gedicht. Keine Not
für ein weißes Blatt Papier, ganz Grab zu sein.

Ein Kind ohne Recht auf Geburt
verschließt seine Hand in täglichen Verbrechen.
Fünf Finger faulen wie eine Schlange, die im Winterschlaf
    sich verfängt.
Augen faulen, sie fliehen einen bissigen Sturm.
Dein Gesicht ist ein Tropfen Wasser bei zügiger Berührung.
Gebeine zeichnen dem Weiß seine Spur.

Dies ist ein Schwarm Aale in der tiefen See des Leibes,
der seinen Weg sucht unter weißem Seegras.
In bleicheren Rufen ist nur zu hören Finsternis.
Fühllos glättet dich eine fremde Hand,
ein Druckfehler wirst du ganz nach und nach.
Und die Nachgeburt, sie wird enger gewickelt,
bis dein letztes Wort mit dir sterben geht.

Wer stirbt, heute stirbt,
wird eine Nachricht, übel und riechend.

Alte Geschichten

I
Jeden Morgen gleicht das Aufräumen des Zimmers
der sorgsamen Präparierung einer toten Landschaft.
Das Radio, kaum angeschaltet, kündet: Krieg,
gleich nebenan.

Staub rieselt von dem Porträt einer Frau.
All die falschen Zähnen da nach neuem Maß,
sie legen bloß manch loses Gebein.
Ein ganzes Jahrhundert befriedigt lächelnd sich selbst.

Auch das Sonnenlicht wird alt. Schnurgerade rammt es
die Wand
mit gleichmütigem Blick für die Welt.
Gestreifte Nachthemden hängen am Kopfende,
darinnen ist der Ruf der Vögel, eine Spur von Schnaps.

Jemand beginnt zu grüßen,
jemand beginnt, den Rasen zu mähen.
Punkt neun kommt das Frühstück.
Wer wird uns heute verkaufen?

II
Das Kind da kam in einem Stall zur Welt,
Unter kaltem Mond an verlassenem Meeresgrund,
von drei todgeweihten Alten
grimmig verwünscht.

Die vier Jahreszeiten sind nur eine Drehtür.
Totes sinkt auf Grund, den Fischen zwischen den Korallen
zur Mast.
Aus und ein im Supermarkt willst du es den Kartoffeln
nachtun,
ihrem barschen Hüsteln, als wären sie Heilige.

Du hast dich eingelesen in Abenteuergeschichten vom
Feilschen.
Mit einem Zahnstocher säuberst du dich.
So viele Male vor aller Augen gescheitert,
bist du nun klug geworden.

Hilf anderen aus der Wüste heraus,
laß Gott in Frieden ruhen im Himmel.
Auf dem Meeresgrund gibt es Uhren, aber keine Zeit,
es gibt dich, aber keine Menschen.

III

Mit dreißig ist das Tor zur Narretei aufgestoßen.
Ein anderer Weg erwartet mich.
Straßenlampe, Dämmerung, sie foltern ringsum
Schatten um Schatten, ein Fleckchen Wüste.

Dreißig Jahre sind wie ein Teller, ölig und ohne Glanz.
Fenster verhören wie eh und je
ausgemergeltes Gebein nach der Schicht.
Das Fleisch fressende Glas bewahrt sich seinen Hunger.

Ein Gesicht kaut
unter fadem Haar die fade Leere.

Der Tod ist die Modefarbe, vereinheitlicht,
trägt er sich ein in das ganze Leben eines Formulars.

Niemand geht auf anderem Weg.
Nicht einmal Finger berühren aussätzigen Rasen.
Wieder daheim nur der eine Gedanke:
das Bett, ein allerletztes Wunder.

IV

Die sterbliche Hülle einer Stiege, heimlich und verstohlen,
 stürzt sie ins Dunkel.
Auf dem Teppich sind die Fußspuren eines Jahrhunderts
niemals einsam. Sie schälen einander die Haut
und lauschen vor dem Fenster demselben Gewittersturm.

Im Fleisch, da sickert nun Tropfen für Tropfen die Nacht.
Den Jahresringen des Sommers entweicht Gift.
Vögel sind in Schlüssellöcher gesperrt.
Doch ein Traum stößt auf eine angelehnte Tür.

Die Toten leben.
In dunklen Winkeln diskutierten sie gestern
lang und breit den Jüngsten Tag mit je eigener Stimme.
Ein Spiegel voller Mondlicht ist wie ein altes Haus.

Doch wer kam, wer ging, weiß keiner mehr.
Alle Schatten halten inne in einem Leib.
Der Gewittersturm drängt nach und nach ins Zimmer,
ein Jahrhundert drängt in diesen einen Moment, da ich sterbe.

V

Bei deinem Erwachen ist der Himmel erstarrt.
Die Notizen eines Lebens zerstreuen sich mit den Sternen.
In deinen Gelenken tönt der Wind.
Er kehrt dich um wie ein leeres Blatt in seinem Wahn.

Kein erinnerter Name schaut dich an.
Zwei Fensterläden, einmal so nah,
schlagen in deinem Gesicht zwei bezuglose Frühlinge auf.
Alle Distanz, sagt eine alte Sonne, ist schrankenlos.

Am Ende deines Atems machen sich die Toten kleinmütig breit.
Wer der Haft entkam, wechselt aufs neue seine Adresse,
und das unnahbare Grün der Bäume wechselt seine Tage.
Pechschwarz ist alles tödliche Blau.

Die alte Sonne fällt in den glänzenden Blick, feucht von Maden.
Niemand weilt hier. Du bist genagelt
an eine Geschichte, die niemand erzählt.
Täglich wiederauferstanden befleckst du den lichten Tag.

Ein Garten im Winter

I

Bäume, im Schnee rot gefroren, scheinen wie in schäbige
Windjacken gekleidet.
Unter den Füßen knirscht der Schnee.
Eine Nacht huscht stets auf neuen Sohlen dahin.

Ziegen fürchten Einsamkeit, ihr Gemecker
wird jedem Ohr zum Schmerzensschrei.

Der Weg, ein Rind nach dem Wurf,
das keucht in seinem Blut, striemig und ausgezehrt.

Laternen gehen nun noch früher an, Liebende, dunkel wie
Gestein,
stehen an metallener Bahne mit unkenntlicher Miene.
Eine Feldmaus spielt den erschöpften Pfleger, sie
stiehlt sich
zum Träumen in die Wunden des Gartens.
Blumen bewahren ihr Fleisch sanft rot unter der Erde
wie Kinder nach dem Tod, arme Seelen, allzeit zart.

II

Niemand vertraut dem Wort weniger als ein Dichter.
Mitten im Schnee, im weißen Fleck ist eine Rose schon welk
im Keim.
Die Flamme floh zwei eiskalte Hände.
Der Winter hatte zu tun wie ein emsiger Redakteur.
Ich wurde zu einem Schnipsel nach Zuschnitt der Sonne,

geduckt den Geruch meiner Verwesung atmend.
Beizeiten verweht war der Garten im Nordwind eines
Menschen.

Ein Leben für eine Chimäre, zuletzt ihr immer noch hörig.
Nur die Stille spielt die blaue Musik der Bäume.
So fiel derselbe große Schnee zweimal von meinen
Schultern.
Als er den Garten bedeckte, war ich vergessen.
Als er die Kreuzung befiel, war ich in die Irre entlassen.
Die Straße, verwaist im Licht, glich einer Kehle,
so heiser bei ihrer Rezitation, jahrelang beäugt von
hinfälligem Wort.

III

Der Nekrophile liebt winters den Gang durch den Garten,
der Verfallsüchtige weiß Heimtücke zu schätzen,
die Ersäufung von Kätzchen in der Gosse zum Beispiel.
Einen Schädel niederhalten, als zerdrücke man eine Nuß,
ist das Werk von Kindern, die in den Garten stürmen.

Wie man Blumen zertritt, verstehen sie besser als andere.

Selbst das Jüngste Gericht ist gezinkt, ein verkohlter Pfahl
scheint wie das Maul eines Krokodils das Terrain zu sondieren.
Und der überfinsterte Himmel gleicht einem Schlaf bei
lichtem Tag.
Gräten, ausgespieen vom Meer, stechen auch uns.
Der Frischfisch, in Träumen geschuppt, verteilt seine Stiche
lebendig unter der Eile eines Messers.

Ein jeder Leib artet aus, er wird zu einem Ort ohne Rückblick.

Tasten. Was sich tasten läßt, existiert nicht.
So schwillt ein Tumor unfühlbar in der Tiefe.
Eine Frau, schwanger und schwarz, umfängt den
geschändeten Frühling.
Ein Blick spaltet Baumstämme.
Schwanenhälse sind blasse Schlingen, gekrümmt am
Wassergrund.
Wir haben die Welt verstümmelt, durch Netzaugenteilung.
So sind wir zu Blinden geworden; jeder Spuk dient dem
Schnee zur Folie,
entblößt im vereisten Wind,
erduldet er den Schmerz wachsenden Gebeins.

Bis der Garten, beschämt, sich in frische Farben schickt,
lebenslänglich von einer vagen Jahreszeit gepeinigt.

Die Brücke in der Grafton Road

Der Friedhof unter der Brücke, wenn du die Brücke betrittst,
tritt näher.
Die Kiefern blicken argwöhnisch auf.
Dem Meer der Toten entströmt eisenhaft Fischgeruch
Die rostfarbene Sonne kreist
wie ein alter Hund, der dich beschnüffelt,
ganz Hundeauge. Nichts verstellt die Landschaft über der
Brücke.

Der stille Vulkan, eine dunkelrote Faust im geschrumpften
Himmel,
ein Tropfen Blut, überlebt auf feilem Grabstein.
Die Wolken finden sich nun ein in allen gestrigen Stürmen,
doch verunziert von Vogelkrallen.

Das Geländer, das dich heimführt, stößt durchsichtige
Fenster auf.
Du überquerst die Brücke in deinen vier Wänden.
Die ganze Stadt ist in ein Krankenzimmer gezogen.
So viele Schritte hat das Unkraut grünend in eins gefaßt.
Der Herr aus Stein tritt unter steinernem Dach näher,
der Herr aus Eisen tritt durch den Eisengang näher.
Wenn man mit den Augen phantasiert, hat der Tod keine Eile.
Wohin du gehst, ist immer noch das Ende, da man dich
altern macht.
Die Toten im Gras schauen dich aus luftiger Höhe, das ist
dieselbe Distanz.

Du aber mußt wiederkehren, wie in gläserne Handschellen
gelegt,
zur Wartung eines jeden Brückenpfeilers heutiger Missetat.
Ein Kind, tollend in schneeweißem Möwenschwarm,
bleibt plötzlich stehen. Es ruft laut um der Sterne willen,
ein Leid beweinend, das unversehens in die Finsternis wuchs.

Die Grafton Road in Auckland war der Wohnsitz von Yang Lian auf Neuseeland. Hier befindet sich eine große Brücke, die über einen kleinen Friedhof führt, d. Ü.

Kriegerdenkmal

Ewig ist eine Flamme eine Flamme, eine Rose eine Rose.
Der Tod machte euch den Leib nur schwer erträglich.
Das geschliffene Glas auf steinerner Stirn, wie ein Augapfel
drängte es langsam hervor und zersprang.
Ein Unheil für einen Moment, danach
hielt niemand, absterbend, dem Schmerz des Sturzes stand.

Den Turm, halb gebrochen, zieht es nach unten.
Bei Mondlicht wird jede Mitternacht zum Mißklang, den
Schallplatten sei Dank.
Glockengeläut winkt dann ungeduldig die Trunkenbolde
von dannen.
Blut hat auch die Gabe, fühllos wie Gras zu sein,
so daß die Gehörlosen sich auf die Erde setzen, naß werden von
billigem Parfüm.

Was einstürzt, sucht seine Weite jenseits von Kerzenschein.

Der steinerne Schädel zerfiel, so stand auch die Landschaft kopf.
Ein Fötus aus zerplatztem Leib schrie laut wie der Frühling.
Und die Orgel erbte die rauchige Kehle.
Der Himmel allein hatte nie eine Mutter.

Man hat dem Gesicht sein Fleisch entstellt, entstellt es stets
wieder neu.
Die Tauben gleichen keinem schneeweißen Granatsplitter,
sie gleichen den Würfeln, vergoldeten Steuern nachgeworfen.
Die schwarze Nacht ist eine Tasche, die ihr täglich umstülpt.

Jedes Mal wenn ihr klein beigebt, geht es eine Stufe tiefer.

Zum Verschluß in einen weiteren Keller, aus Zement
gegossen,
für ein Stück Kunst, das sein Vergessen betreibt.
Dort schießen Kinder aus unschuldigen Pupillen.
Die Zerstörung einer Stadt geht in ein anderes Paar kleiner
Hände über.
Dies ist nur ein Spielzeug, so beginnt euer Spiel noch einmal,
mal zur Zeit der Flamme, mal tief im Fleisch der Rose.
Flamme und Rose haben einander vergessen.
Der Turm ist zu hoch, ihr könnt nur einsam sterben.

Das Lügenspiel

Wenn wir lügen, zucken Tigerstreifen durch die Nacht.
Laternen haben die Wege verhökert.
Seitdem vertreten Lügen Passanten unterwegs.

Wir gehen spazieren. Und eine Ameise, eingedrungen
in die Verbotszone
einer Sprache des Schlafes, hat unweigerlich Finger zu verstehen,
das tödliche Gewicht bei jedem Monduntergang
und die närrischen Hilferufe aus kleinen Kehlen.

Nein, niemand hat sich je belogen.
Nur Worte und Sätze treiben ihr Spiel miteinander.
Wir spielen schlafen und träumen vom Meer,
wir spielen Ozean und treiben einem anderen Eiland zu.
Dort steigen wir an Land, dort bekommen wir Hunger.
Wir halten und schlachten Papageien und Affen,
wir werden erneut zu mächtigem Gestein.

Doch wir sprechen nicht. Und wenn wir nicht sprechen,
werden zwei Hände zu Krokodilen, inmitten toten Gewässers
verbissen ineinander.

Wir wähnen, Worte, sich hintergehend, sind einzig
wahr. Der Jüngste Tag in jedem Vers
ist ein Spiegel, er wahrt ein Gesicht, doch war zerworfen unter
den Jahren.
Die langen Ohrläppchen
hängen in eisernem Reif, von Knabenhand getrieben.

Die Sonnen eines Lebens treiben zum Steilhang der Nacht.

Der Abtrieb der Worte wird zur Geburt des Stummen.
Sein blödes Schweigen ist
das eingefleischte Schweigen eines Tigers auf dem Sprung.
Die Gazelle wird gerissen, das Papier bleibt stumm.
Schon immer waren wir ohne Laut.
Daher sind wir das Spielzeug von Lügen.

Stadt der toten Dichter

Nicht allein Abgelebte qualifizieren sich für den Tod,
jene lebenslang in der Stille beigesetzten Namen.
Sie haben die Stille unterzeichnet, diese von dir eigenhändig
aufgeteilte Stadt.
Eine ausladende Straße tarnt sich als Trauerzug,
dagegen ist das Mondlicht eisenhart.
In blechernen Handflächen knacken die Glieder.
Vor längst vergessenen Fenstern dröhnen kleine Trommeln.
Zeichen, zu Lebzeiten durchgestrichen, kehren zurück,
um dich zu streichen.

Ohne Erbarmen, ohne Nachsicht. Nach Streichung der Welt
kommen die Gesichter inmitten von Präparaten näher,
werden klarer.
Mit Streichung der Augen reinigen Blicke das Glas entlang
der Wege.
Der Vogel, in deinem Angesicht zerschlagen,
wird zur Schnitzvorlage für einen zierlichen Vogel,
auf dem Papier zerknüllt, preisgegeben, im Winkel verwesend.
Dein allerletztes Sterben ist längst vertraute Sache:
Ein alter Raum, wo das Gebein des Todes bald Auszug hält.

Die grausamen Kinder

Kinder umtanzen einen Tropfen Mutterblut.
Ihren schneeweißen Armen ist es gegeben,
allseits müde Augen unter Hieben anzutreiben.

Der erste Zahn wurde auf rosarotem Feld gepflanzt.
Wenn eine Walnuß, geneigt, im Munde knackt,
lachen sie, das zuckende Gesicht der Mutter im Visier.

Lachend spielen sie in den Lüften mit dem Wasser,
krümmen sich in der Versilberung schlafloser Nächte.
Wenn die Kinder nicht ruhen, hat auch die Welt wach zu sein.

In langen, langen Kratzwunden laufen sie närrisch Ski,
ganz Ohr für allerneueste Kommandos.
Je transparenter das Flußwasser, desto klarer die Tränen.

Desto fleischlicher der Haß, noch formlos verströmend.
Ein blutbefleckter Lippenstift ist nicht mehr auswaschbar.
Die Kinder tanzen.

Derweil werden Mütter an den Füßen eingekleidet
wie Lieblingsspielzeug, das viele Gründe für seine Vernichtung
hat,
wie appetitliche Hände, die unermüdlich Zukunft
herbeibemühen.

Wenn Kinder mit tödlicher Stille die Sonne schrecken,
zollen Engel und Schmeißfliegen Beifall.
Eine Linse weiß zu gut, wie die letzte Tür zu schließen ist.

Mutter

Erschiene mir dein Antlitz im Traum, wärest du
wiedergeboren.
Wanderung einer Seele. Dieser Baum, so stämmig, so anfällig,
hätte längst schwer sein sollen unter seinen Früchten.

Weiltest du barfuß am Strand, stiege dir
von geschwollenem Knöchel weißes Salz die Schulter empor,
so wie du einmal in den Tunnel der Frühe gekrochen bist,
die Schuhe vor dem Eingang,
die Ohren taub für den Schrei der Waisen.

Allein der Tod ist unser neues Heim.
Unter dem Kerzenschein Jahr für Jahr ist alles Sterbende
weiblich.
Du wechselst das Kleid im Zimmer nebenan
wie in der Kindheit ohne Blick für die Details der Leibwäsche.
Der Abschied von mir ist auch ein Abschied von der Schmach
der Welt.

Doch wer führt mich zur Besichtigung einer Krankheit in
diesen Traum?
Was das Blut einfältig in der Schule entwarf, war dein
Siechtum.
Du hältst am Ort deines Sterbens inne, damit ich eile,
dein Alter ereile.

Hinter Glas wie hinter ein wenig getrockneter Milch
werde ich ein anderer in deinem flüchtigen Blick.
Nach dem Regen sind alle Leiber fremden Orten eigen.

Dort stehst du unabweislich.
Ich aber sterbe immer ferner in schwindender Distanz
dir zu, zum Traum oder zum Jüngsten Gericht.

Die Fundamente des Terrors

Der Bunker, gierig, Fleisch zu kosten, gräbt sich nach oben.
Er hat sein Grab im Atem unter der Erde und gleichzeitig
am Himmel.
Ein Kind, erdrückt von den Zitzen des Gesteins,
gleicht mit klaffendem Gebein verstreutem Gestirn,
mattlichtig nach dem Orkan.
In paralysierten Leibern allein kann Haß wiedergeboren
werden.

Auf ein weiteres Leben, auf erneute Freisetzung
häßlicher Organe im ziellosen Bombardement des Frühlings.
Blaupausen, in Blutflecken geweicht, dann entwickelt,
sind unserer Ruinen erstes Luftbild.
Wir vergehen, und du trittst auf den Plan.

Ihr vergeht, und er tritt auf den Plan.

Sie vergehen, wir knien am Fuß einer Mauer und scharren.
Tausend Dämmerungen zeugen mit der Präzision von Uhren
ein Kind. Sind dem Wochenbett am Himmel die Eltern
entgraben,
ist jeder geboren, seinen Untergang zu erinnern.

Leben, ja, die Steine leben immer noch, sie müssen
im Bunker weiter stürzen. Der Krieger eines geheimen
Kampfes
zwingt seinen Gaul dann und wann
an überwachsenen Firsten vorbei,
hinter sich die meergleiche Heilung der Erde im Ohr.

Das zermalmte Kind ist bald tausend Jahre alt,
blau angelaufen wandelt es im Nebel, in der Hülle für den
Tag der Geburt.

Mit unseren Leibern gründet der Tod
eine Gemeinschaft, die Welt von unten zu bedecken.

Bei der Lektüre des Höllentors

Die Sprache war nie, was verstanden wurde, sie ist nur,
was gesprochen wird.
So wie du nächtens liegst mit starrem Blick auf deine Hände,
und die Finger dir sagen: Der verkommene, der prachtvolle
Leib
stürzt noch immer hundert Jahre über steinernen Wasserfall.
Die verrosteten rosa Glieder fassen unter unheilvollen Wogen
tödlich ineinander.
Ein jedes wird von deinem furchtbaren Denken gekost.
Der Mond, wie ein Meisterwerk seiner Vollendung harrend,
sperrt die Augen vor das Tor. So ist Wasser das Gehör.
An seinem Grund liegt der Ort zur Offenbarung allen
Narrentums.

Du bist nicht wir, du bist der Moment,
da die Bronze erkaltet, da du nie mehr erliegen darfst,
der Ruf, zuletzt unseren Lippen entgraben.
Tief in uns läßt du dich nieder, zur Dekoration eines jeden
Gebeins.

Spei nochmals wie ein Wasser in den Bergen, das Leichen
treibt,
das einer Hand nachjagt. Diese Hand,
nur gegeben in ganzer Skulptur, kündet vom irren Treiben
eines jeden.
Die Hölle ist niemals Gottes Werk, sie ist das Werk armer
Seelen.

Der Himmel, der van Gogh begrub

Nur Künstler oder Kaiser bereiten zu Lebzeiten ihr Grab.
Ein Bild hat die Welt zum eigenen Schatten werden lassen,
einschließlich deiner Person und Todeskrämpfe.
Kein Lebender vermag in diesen Himmel einzugehen, außer
wer beigesetzt wird im erträumten Blau am Herzen eines
  toten Pfaus.
Erhellt von ergrautem Narrenschädel
saugt dich ein tumorähnliches Gestirn in die Höhe.
Dein Tod ist die letzte Preisgabe goldener Farben,
aufgetragen auf den Leib, diesen winzigsten Raum.
Schmach, Strich für Strich niedergeschrieben, wird zur
  Geburt des Himmels.

Unsere Stimme ist nur ein Rasiermesser mehr.
Es schneidet in jedes Ohr, begierig, deiner Stille zu lauschen.
Die Sterne, eine Meute blutloses Getier,
erzürnen dich, so daß du in deiner Lauterkeit aus den Höhen
  dies Geschlecht verachtest.

Nach dem Tod kreierst du weiter die Leere des Lebendigen.
Das Meer, festgeschrieben in seinem Blau, gleicht einer
  Arbeit in Einsamkeit.
Im Bild verhärtest du. Das Gebein, von der Nacht getrocknet,
entzieht sich, niemand weiß, wohin.

Wer in Trugbildern stirbt

Wer in Trugbildern stirbt, stirbt wie der Dichter, seinem Gedicht
erlegen.
So ist dein Turm, da der Sommer Einzug hält, luftig gebaut.
Du sinnst den Göttern gleich, bist rasend wie ein Gott.
Alle tausend Jahre die Berechnung eines Schwarms Schwäne
aufs neu,
die Nachbesserung des Mondes. Wenn unter nächtig schlanken
Krallen
die Ordnung, Blut zu lassen, eine Ratte mit Visionen gängelt,
hast du genug. Ein Tod in Weisheit ist auch ein Tod.
Doch Schriftzeichen, nochmals verlorene Kunst auf Stein,
verbreiten Fäulnis, verbissen in deinen Leib.
Du wirfst dich erneut ins Feuer so wie ein verwirktes Werk.

So sterben wir dir.
Einzig bleibt ein Marmorthron.
Er heißt dich, Platz zu nehmen unter dem Gezeter von Blinden
und auf unschuldige Trauben den Fuß eines Menschen zu setzen.

Trugbilder, sagst du, ahmen Geister nach, um leben zu lernen,
um Erkundigungen einzuholen, wie ein alter Bettler
unterwegs krepieren, von Wildkatzen beklagt, das Gebiß
dunkelrot.
Doch ein Gedicht, zur Rose geläutert, ist ein Wunder, Schreck
gebietend seit alters.

Eine Gedenkstätte für Kafka

Wäre die Zeit das Werk der Ahnen, ein Husten
hätte uns längst unsterblich gemacht.

Ein Auswurf steht für Ewigkeit, also speien wir noch
einmal,
das ist dann Gedenken. Wir verurteilen
ihn zum Leben, zur Rolle einer gefangenen Seele.

Prag soll auf jeder gedrechselten Fensterbank
die zum Trocknen hervorgeholten Mäusekadaver
feilbieten.
Ihre blassen, zarten Skelette,
den Schädel eingekrallt, entgehen der Sonne nicht.

Ins Grab entschlüpft höre er weiter
die Standbilder der Väter nächtens scherzen,
den Zank der Schwestern, die Geliebte sich verspäten.
Er muß verstehen, Kleinmut verleiht uns Macht,

eine Karte zu setzen, damit die verabscheute Welt, ihm
zum Schrecken,
nochmals gaffend seine Ohnmacht schaut.

Es stillt den Schmerz, Teil der verhaßten Szenerie zu sein,
mehr noch als auszubrennen.
Wir sehen ihn, unter frischen Blumen auf einer Brücke
bereits einhundert Jahre rezitieren.
Er wird es weitere einhundert Jahre tun,
als zwinge ihn eine Knute zum Foto mit jeder Fratze.

Wir sind glücklich, so fordern wir für uns die Unterschrift
eines Opfers

»Kafka«

Die Höhe eines Traumes

Du erinnerst dich nicht an den Traum, nur an seine Höhe.
Sie macht den Leib in deinem Leib weiter zittern.
Im Angesicht von Gefahr sind Vögel am stillsten
wie Gärten, die, unter den Hammer des Mondlichts geraten,
sich teilnahmslos beriechen.
Es schwindelt immer noch dem Silber, überall auf dem Boden
zerworfen.
Du erinnerst dich nicht, doch die Person aus dem Traum,
von einer Rippe in den Himmel gewuchtet,
streicht dort weiter umher wie unstete Musik.

Ein Traum währt manchmal länger als ein Leben.
Manchmal ist es nur ein hoher Fels, der dich dank eines
anderen Alters
schwächt, dank eines Alters der Finsternis –
wenn die Finsternis dich unweigerlich aufzufangen hat.

Auferstehung

Vasen folgen der Saison, mal eng, mal weit,
doch eine jede ist unvollkommen.
Eine Glasscherbe übt sich in der Kunst des Messers,
doch sie neidet insgeheim dem Gebein die Gabe zur Fäulnis,
ohne Wiederkehr zu sein wie der Frühling auf dem Fell der
Wildkatze.
Ein Tropfen dunkelgrünes Blut, so schmutzig wie Öl,
macht die Bäume brünstig, ihr trockenes Gerippe,
läßt uns vergessen
den Tod, nur einmal zu Lebzeiten auf dem Papier versucht,
eine ganze Nacht, noch kürzer als ein Schlaf.
Der Wind bewegt sich heimlich nach Art des Feindes.
Wenn der Mond, nur ein falsches Wort,
aufsteigt, scheint, dann in die Tinte gleitet,
taumeln wir vom Papier geradewegs in den Morgen,
üben das Sterben, als wär's die Auferstehung.

Etwas

Du bist so wie immer. Still gehst du aus etwas fort,
aus einer Sache unter vielen,
aus einem Tag unter vielen verschenkten Jahren.
Wenn modernde Fluren nochmals dein Schuhwerk lösen,
stützt dich ein Schnee auf rot gefrorenen Zehen.

An einem solchen Tag dunkelt der Himmel, ohne einen Hauch von Schnee.
Da ist nur Kälte für dich, vom Leben bis in den Tod.
So bleibt etwas Vergangenes ohne Stimme, der Schnee ohne Fußspur.

Alte Kleidung ist stets demütiger Art wie das Holzbett eines Toten,
von einem anderen Leib Liebender hinab gleitend ins große Meer.
In etwas Vergangenem kann sich nicht etwas anderes ereignen.
Der Fehler eines Lebens steht aufrecht als Baum auf der Anhöhe,
als Weiß, ferner als Schnee.
Das Gebein geht fort aus dir,
die Tage gehen fort aus dem Gebein. Gemeinsam
seid ihr verworfen, einer hinter dem anderen,

gemeinsam das viele Mondlicht zu schauen, so menschenleer.

Hospital

Vielleicht ist auch dein Gesicht vernagelt, wenn der Sarg
zuschlägt.
Das Gesabber hat längst ausgebleicht den leichten Tod
so reichlich wie eines Lebens Schmach.

Der eigene Schmerz ist einer Hand ungreifbar.
Heute nacht hält sich die Finsternis aus allem heraus.
Du hast dich eingemietet in vier dünne Wände,

zu lauschen dem Strom in einer Schachtel,
zu lauschen dem Gewitter unter freiem Gebein,
in Erwartung des nächsten Patienten,

als wär's eine Träne, die dir ins Auge fliegt.
Ein schriller Schrei wird, auf gleißendes Glas geprallt,
zum Jubel, derweil nagelst du die Nägel, ganz ohne Gefühl.

Ohne Ausweg

Du brauchst nur den Morgen an der Wand, sonst nichts.
Der Garten ist ein inwendiges Spiegelbild, ewig auf und davon.
Du brauchst all die Augen, fixiert auf dich.
Du wählst ein Paar, am leichtesten zu vergessen.
Das Vergessen beginnt.

Du fürchtest, fürchtest die Stille, da täglich ein Spatzengesicht
wächst.
Die Gewalt dauert von vier bis sechs.
Ein abgekratzter Knochen ist die Hinterlassenschaft der Musik.
Er trommelt in den Gefilden.
Niemand weiß, ob dir dabei die Ohren sausen.

Auch du nicht. Du brauchst nur einen leeren Raum,
um lang das Empfinden für dich zu verlernen,
um dank des Lichts den Jüngsten Tag zu schauen, wirklich,
aber unerfahren.
Nichts ist eine Träne, es sei denn die Sonne.
Der Name des Gartens, nie genannt und schon vergessen.

Das Tal

Bei Ankunft in der Finsternis schauen wir das Licht unten
im Tal.
Die Felsen sind tief wie der Himmel,
sie sind wie eine gefährliche Treppe, die abrupt abbricht.
Was uns zum Krüppel macht,
sind immer noch zwei Augen, die uns hintergehen.

Bei Verwandlung des Lichts in ein lebendiges Wesen sind wir
Entschlafene.
Die paar winzigen zuckenden Leiber
bohren sich in uns, sie leuchten hell.
Der Mond stürzt, einem Menschen gleich mit allen vieren.
Eine Stadt, gebettet auf das Lager der Täuschungen,
liest im Buch der Finsternis. Deckblatt ist der Ozean,
Rückseite ist das Scharren des Wildes im Schlamm.
Die Erinnerung besagt, die Fallen sind unter den Pfoten.

Bei Schwinden der Distanz erst berühren wir einen blutroten
Bach.
In den Furchen der Steine liegen bar alle früheren Ängste.

Der Lebenslauf des Hasses

Ein Spaziergang in der Dämmerung ist niemals ein Weg
zum Nächsten.
Feuer läßt sich nicht wieder erhellen
wie Haß im übervollen Becher,
der mich ungeniert trinken heißt
das so süße Blut eines Obstbaums,
eine dunkle Nacht, überdunkelt vom Tag.
Alle viere gelockert, der Sturm prellt nicht anders als die
Zunge.
Augen, im weiten Krankenzimmer des Vortags weilend,
sind ein Musikinstrument, frei zum Schuß.
Vögel gehören keiner Realität, sie sind ewig Flüchtende.
Ein weiter Blick, eingetrübt hinter Glas.
Das reinste Wasser war schon immer einem Blinden gleich.
Wer in der stillen Mitte eines Hais lebt, setzt austrocknend
Risse an.
Er sieht das Meer sich selbst verbrennen,
sieht Korallen sich überzähliges Fleisch von der Brust schaben,
den Tod putzen, als wär's ein winziges Kleinod,
um die Zeit zu verschönen nach dem Sterben.
– So hasse mich denn, denn ich bin immer noch durstig!

Die Straße vor meinem Fenster

Die Straße vor meinem Fenster kennt keinen Regen.
Sie ist gelassen wie ein Kamm,
zur Erwartung einer stimmlosen Frau
auf der Fensterbank abgelegt.
Die Frau ist wie eine Möwe, ermüdet auf dem Flug von
  der Küste,
oder wie ein Stein, mit beiden Händen sich fest umfangend.
Auf ihrem Rücken in grauer Tasche mit umgestülptem Futter
wechselt eine Zitrone heimlich ihre Gestalt.

Die Straße vor meinem Fenster kennt weißen Schnee.
Winters gibt es dort nur
sieben Wildkatzen und einen Schläfer in einer Karre
oder acht identische Augenpaare
wie gedroschenes Korn, ganz ohne Bitternis.
Ihre Nähe macht mich glauben,
sie hätten einander zur Sättigung ihren Leichnam versprochen,
und wie zum Beweis sind sie die Zärtlichkeit in Person.

Sternenbegleiter

Beidseitig am Horizont der Flucht sind die Sterne
kristalline Orkane im Gleichschritt mit dir.
Die Hälfte des Himmels gleicht Feldern nach der Ernte.
Du bist ein Weizenkorn, das in einer Mühle gemahlen wird.
Du schaust in die Ferne ganz wie ein Feind, der sich nach dem Feinde sehnt.
Jemand hält mit den Sternen Schritt, hundert Jahre unterwegs.
Er trinkt an der Küste Wasser,
hört dort die Trommeln, die vorn von der Stirn hinten ins Hirn gehen,
die Haut durchbohren und die Knochen silberweiß formen.
Du schaust zu den Sternen, auch du beginnst zu treiben.
Du treibst in dir.
Zeitunterschiede verderben im Gefährt eines Leibes. Im Gefährt der Sterne
erst offenbart die goldene See den Fleisch fressenden Lauf der Dinge.
Der Hälfte des Himmels verbleibt die lebende Tiefe
für den Fall.
Du bist erwählt, die andere Hälfte zu sein.
Mit dem unabdingbaren Tag wird sie unabdingbar zerfallen.

Eine Blutorange

Ein Mädchen versteckt sich unter dünner Haut.
Blut, so ausweglos, erwartet eine Wunde.
Ein Leib, halbiert, mag klagen.

Wie ein Frosch, der in einen dunkelroten Teich taucht.
Nacktes Fleisch war schon immer von süßem Geschmack.
So schließt du mit den Lippen auf den Herzschlag des
Mädchens.

Saugst die gierige Frucht aus, die in winzigem Uterus,
nicht rechtzeitig gesäubert, tropft.
Die Spatzen zittern. Weißer Vogelkot fällt von den Zweigen.

Fällt auf deine Zähne. Ungerührt spuckst du Kerne aus.
Das Vergessen reißt wieder ein Lächeln auf.
Was durch deine feuchte Kehle rinnt, ist Eiter.

Vor Tagesanbruch

Die stählernen Flügel von Schmetterlingen streichen wie
Hobel vorbei.
Stille Staubgefäße waren schon immer pures Gift.
Die Schleusen öffnen sich. Wer an grauem Star leidet,
sieht die Welt als vage Übersetzung.

Jemand hat das Fenster im Rücken, er kreiert seine eigenen
Albträume.
Mit dunklen Worten füttert er die Bestien, eingesperrt in
seinen Leib.
Die Hand des Zimmermanns sucht mit blutiger Axt
eine Brut Wanzen zwischen den Beinen einer Frau.

Sparen wir die Details. Ohne Gebein wird die Beschreibung
schöner.
Wenn der Geruchssinn, in Haut gepackt, fest ruht,
gleicht auch der Schrei dem Salz, leblos in kochendem Wasser.
Nur ein flacher Dämon kann sich durch dieses enge Tor
zwängen.

Ein Rind

Kunst, der Erwartung wert, ist stillstehende Kunst.
Grün war schon immer vor dir wach.
Ein dunkler Pansen, von Grasspitzen besudelt, gleicht
einem Morgen, an dunkler Schulter eilig aufgedeckt.

Ohne Rinder gäbe es keine Fluren,
ohne Fluren wüßten die Lügen der Kindheit niemanden mehr
zu betören, dich nicht mehr zu bekehren zum täglichen
Glas Milch.

Aus Gold, schwarz und weiß, stanzen wir einen winzigen
Schrein.
In den Furchen liegen Hufe begraben wie eine schmerzhafte
Ahnung.
Ein Rinderleib, von deinem Blick zerlegt,
wird Wirklichkeit. Gehäutet ist er nichts als ein blutiger
Pfirsich.
Sein fleischloses Gerippe ist eine vollendete Skulptur im
Grasland.
Aus der Dämmerung des Lebendigen tritt entblößt der Tod.

Doch nur inwendig, dem Drang entsteigt der Mond.

Eine absolute Frage

Im Bad fällt dir eine absolute Frage ein.
Wer kann den Wind ins Wasser blasen?

Dem Lichte gleich zwei schneeweiße Schenkel, die ins Wasser
tauchen.
Seidenraupen spinnen in einem Auge ihre Fäden.

Sand rieselt durch Finger aus Glas.
Die Haut, nicht mehr allein, klagt laut.

Lassen Spinnen dein Geschlecht aufblitzen,
wechseln Zugvögel den Tag der Geburt, des Fluges wegen.

Kaum unter Wasser, dreht der Wind nach Norden.
Das Böse ist ein Wissen, das stumm ins Geheimnis dringt.

Der einzige Hafen des Sommers

Für Yo Yo

Um so mehr dunkelt der Himmel. Du sagst, das Boot sei alt.
Die Orkane, die es lebenslang trug, sind längst fort.
Es ist an ihm, sich selbst zu löschen. Laß das Steinboot
verrotten.
Sommer ist der einzige Hafen.

Früh sind die alten Becher zerfallen, nächtens
rot vor Rost. Der Mond, sagst du, sei ein ausgesetztes Kind.
Wer Zeichen ins Wasser malt, kann nur zu Wasser werden,
den Hafen zur Wunde machen.

Vernimm im Laut des heißen Regens die unwandelbare
Erinnerung.
Die stechwütigen Tropfen gelten dir. Ihre Stimme ist deine
letzte Bleibe. Du bist alt, sagt das Boot.

Dieser eine, einzige Sommer war viele Jahre unterwegs.
Diese eine, einzige Zeit ergoß sich in ein Haus, schwarz war
seine Firnis.
Unter den Wellen sind nur unsere Leiber.

Schnee. Ein Neutrum

I

Ein Schneefall, trocken und eilig, imitiert eines Menschen Passion
An düsteren Morgen nach Art des Viehs
schreitet er mit leichten Tatzen über Baumzweige.

Ein leichtes Gerippe,
ein in großem Brand geläutertes Gerippe aus Glas.

Wenn dem Ohr zuwider,
hält der Schnee stets inne.

Was den Tod betrifft, was erinnert schon ein Toter?
Ein Leib wird klammheimlich mit Silber voll gepumpt.
Tausend Schwangere entbinden am Himmel
unstatthaft winterliche Waisen.
Rote Stiegen aus Fleisch leiten zu winzigen Mansarden,
da weißnächtig tote Leiber hinterlegt werden.

Du bist ohne Existenz, denn du ruhst das Jahr über unter dem
Schnee.

II

Sils-Maria

Das Schneeland ist reich mit Blinden gedeckt. Unsichtbar für sie
stirbt ein Gedicht in einer Herberge,
züchtet ein Tal untrauliches Sonnenlicht.

Sie haben unter demselben Felsvorsprung ihren Schatten
verloren
und sind zur Nadel geworden auf einer Sonnenuhr im Park,
schwarz und dünn.
Bei der Fußwaschung ist ihnen Gelächter lieb,

beim eifrigen Schnitzen von gemustertem Geschirr ein toter
Vogel.
Zur Picknickstunde trinken sie von blutrotem Bach die Fülle,
einem Bach, mittags blind ausgesondert von blinden Augen.

Unsichtbar sind ihnen die Reisenden in einem Gedicht,
entblößt auf dem Bett ihrer Herberge.
Keine Not für den Fall in die Tiefe einer Lawine.

III

Eine kleine Tonlampe ist dein Geschenk an die Finsternis.
Inmitten der Reibung all der Laute des Regens
ist geboren der Schnee in deinem Namen,
der Schnee mit einer Tätowierung für dich.
Der Schmerz läßt Vogelschwärme frei, Jahre verschlossen
im Gestein.
Ein Vogel ist ein Wort, doch du bist ohne Wort.
Ein Sturm ist ein Grab in den Lüften über den Dächern
einer Stadt.
Selbst Engel haben in Nestern sich die Wunden zu lecken
wie Bestien mit blondem Schopf, die in der Vergangenheit
knien.
Wer sich offenbart dank Wasser, hat der Strömung zu folgen.
Ein großer Schnee ist wie eine Musik, die niedergeht nach
dem Tod.

Namen sterben täglich, jedes Mal danach
gibst du einen Leib preis, von niemandem zu berühren.
Laß den Himmel ihn berühren,
vom Schnee bis aufs Blut die Flamme berühren,
bis die Finsternis eines Unbekannten Zeit erstattet.

IV

Sils-Maria

Eine finstere Nacht ist wie der Spleen eines Irren, der uns
an den Schädel schlägt und zur Begegnung zwingt.
Der Schnee der Gefahr ist ohne Distanz
wie ein Pferd, unter einem Doppelgestirn am selben Gipfel
vorübereilend,
wird er von einem Nagel durchbohrt und in Sommernächten
bestattet.
Er hört arme Seelen Wasser sprengen, das Mondlicht klären.
Er hört Grabsteine Lügen auftischen, mit der Lebenskunst
prahlen.

Wir sind von den Bergen herabgestiegen: Schnee,
ein natürliches Neutrum, das eines jeden Tod verschwendet.
Und wenn die Nächte auf Krankenlagern eitle Hoffnungen
verschwenden,
werden in den Dörfern der Irren die Zithern geschlagen.
Die Kerzen werden nie erlöschen. Die Glocken verströmen
Tränen.
Gebein, verteilt über Berg und Tal, legt der Tage Trauerkleid
ab.
Und wir in unserer Kälte werden zu einem ganzen Stein.

V

Das Tal läßt sich nicht erreichen,
so wenig wie die weißnächtige Mansarde in dir.

Vom Schnee eingeladen, sind Blumen und Gräser nichts als
Stille.
Das Augenmerk, einem Becher gleich in die Finsternis geleert,
flammt an ungleichem Ort.

Vom Schnee abgewiesen, bist du ohne Farbe.
Ein Adler, der in einer Wunde nistet, weint mit der leisen
Stimme der Sonne.
Felsgestein saugt dich langsam auf.
Doch dein Geschlecht funkelt unerwartbar hell nach
deinem Tod.

Wenn du das einzig Unerwartbare bist,
wird der Schnee eines Lebens ganz gefallen sein.

In weißnächtiger Mansarde greifen Zangen ineinander.
Im brüchigen Schlaf der Vögel jubelt der Himmel gnadenlos.
Die süßen Birnen an der Brust der Mädchen fallen
in die Regenzeit. Der Regen verfolgt dich mit seinem Klang
überall in dir.
Ein Mensch entblößt bis auf den zuletzt verbliebenen Schnee.

Fleckenlos, grell unten im Tal.

Tausend Jahre unterwegs, doch nie durchschritten ist dieser
Raum ohne dich.

VI

Sils-Maria

Wer nur in der Zeit lebt, weiß, die Zeit ist keine Zeit.
Ein Fels ist ein Gedicht,
und ein Schatten ist nach Gravierung ein Stuhl am See.
Jeden Juni hält hier das Unkraut seine Lesung ab.
Schnee, das silberweiße Totenbuch.
Die Drahthaarbürste hat sich auf ihr Werk versteift.

Ein Paar Schuhe aus schlammigem Sargholz,
ein Paar Handschellen aus Papier schrecken Häftlinge mehr.
Dies Wort für Wort einmal niedergeschrieben, ist falsch.
Worte, in Felsvorsprünge gemeißelt, fahren Seilbahn außer
Kontrolle.
Täglich in Stücke gerissen,
sind Dichter, in ein Gedicht gesprungen, nur wert, in Stücke
gerissen zu werden.

In der Eingebung, noch lebensnaher als der Tod,
ist der Schnee ein kurzer Spaziergang, einmal nur.
So fault denn der Juni mit vereinter Stimme, Totenleiber
läuten die Glocken.
Alles läutet die einsame Glocke, vollendet in diesem Moment.
Lebensnaher als die Eingebung stirbt
der Schnee. Schon zu weit fort, hat er alles zu begraben.

Finsternisse

I

Grüne Blätter vergißt man, wenn auch die Fenster zu grün sind
so wie jeder Kiesel den Frühling trifft,
vom Frühling mächtig geworfen.

Vögel ziehen weiter blaue Rollschuhe an.
Da werden alten Hunden die Augen müde.

Das Klopfen an Flußufern bedarf keiner Übersetzung.
Die Ästhetik des Todes heißt Blumen auszuschwärmen.

Nur die weite Flur erträgt ein wildes Herz.
Noch weiter geflohen verspritzt der April Blut.
Der Hain in der Sonne hält Wache hinter uns.
Ein unbewegtes Wissen bewegt wieder Totes fort.
Die Rezitation eines Gedichtes, vertiefte Stille.

Eine andere Welt ist immer noch diese, sagt die Finsternis.

II

Wer ohne Erzählung ist, flieht in einen Tag
Ganz so, als flöhe er aus seiner Mitte.

Wer ohne Vergangenheit ist, ist vergangen.
Der Abend kehrt Möwen in ein abstraktes Buch.

Auf der Isolierstation eingesperrt wird jeder zum Narr,
wähnend, mehr noch als Fleisch Fragment zu sein.

Ein Fragment aus Glas, ein Gebein, zersplittert peripher.
Ein fauliges Fragment der Zunge, ein Abend, rinnend, nur um
auszurinnen.

Ratten pfeifen spitz, wenn das Licht sich selber wund tritt.
Jeder Tag schreckt einen anderen auf.

In derselben Nacht eine Erzählung ohne Personal
zu erzählen, unmöglich, sagt die Finsternis.

III

Jeder Regen versetzt dich an dein Ende.
Seine Stimme auf dem Dach, der Schritt des Getiers
kehren dich starr in die Finsternis.
Bei starrem Wetter muß ein anderer schlafen gehen.
Schlaf meint Fortgang, alle Welt geht zur Regenzeit.
Da erst geht Finsternis durch dich hindurch wie ein Rappe
durchs Feuer.
Zu hören in dir: die allseits silberweißen Stiche
zur Besserung eines schäbigen Überwurfs aus Fleisch.

Jeder Regen fällt nur in offene Lande wie diese.
Vom Ende her gelesen tauscht ein Blatt mit schwarzer Erklärung
dem nächsten Tag einen Menschen ein.
Bei Fälschung einer Adresse sind die Friedhofswege
schlammiger.
Bei Musterung einer Hand drängeln gehässig die Bettler.
Sie bilden eine Stadt ohne Schutz vor dem Regen.
Ein Schwarm feuchter Krähen kollidiert in dir.
Es wächst das Böse, ungleich mit demselben Anschein,
sagt die Finsternis.

IV

Aber die Finsternis spricht nicht, zwischen ihr
und der Finsternis ist nur dieser Frühling.

Ein Drachengestell hängt in den Zweigen.
Die Rinde glänzt. Unterm Baum gehen Liebende kosend.
Die Pollen schlagen in der Lunge den Gong vom Vorjahr.
Ein Clown in Scharlachrot hat stets die Gabe zum
Kinderschreck.

Zähne, die an Händchen kauen, werden grüner und grüner.
Der Rasen alter Zeitungen händigt die Flammenschere aus.
Da hält der April Flüsse für Trugbilder,
und die vergessene Farbe der Flüsse hält uns für ein Trugbild.
Das Gurren nach dem Brand: alle Sterne nach dem Spiel
werden von Kindern in eine pechschwarze Schleuse gepresst.

In der Finsternis ist stets ein Leib, der dahin zurücktreibt,
wo man nicht träumt.

Auch wir fürchten, fürchten nur die eigene Furcht.
Die Finsternis spricht nicht. Da plappert ein jeder Passant
an der Ecke.
Die Finsternis lauscht der Finsternis, Scharlachrot auf die
Lippen aufgetragen.

Eine Schule des Frühlings wird uns nie weiser machen.
Wer in einer Erinnerung lebt, ist eine arme Seele.
Und Krankheit macht Mienen indifferent.
Trägt man einen Spiegel im Gesicht, verdaut das Meer einen
toten Fisch,
ausgespieen und weiterplappernd.

Es gibt so viele Finsternisse, daß das Leben keine einzige
erreicht.
Es schweigt, aus uns getreten, zuletzt der Frühling.

Krähen als Thema

In ihrer Sprache stirbt jeder Morgen ein weiteres Mal.
Die Krähen stellen dank Finsternis das Licht zur Schau.
Da werden aufs neue niedergetreten die grünen Gräber.
Wälder zeigen Konturen.
In den Kiefern wird fett das Fleisch der Toten.
Ihre Ohren, mal dünn, mal transparent, hängen noch zur
  selben Nacht voll im Gezweig.

Tot erst hört man einen häßlichen Schädel.
Wie erntet Denken einen Sturm?
Ein Schädel, der ins Schlafzimmer gesteckt wird, pünktlich
  und lachend,
ist so stolz wie ein kahlköpfiger Gefangener.
Die Krähen hüllen sich fest in Uniformen, der Nacht
  entliehen.
So sind sie nackter noch.

Vergoldet sind die Buchumschläge des Sommers.
Zarten Händchen, die über den Rasen gleiten, werden die
  Nägel gezogen.
Eure Lehrbücher sind im Traum erstellt.
Im Schlaf geht ihr zur Schule, gänzlich im Federkleid.
Schwimmend hört ihr ein Flußwasser
Höhlen öffnen im Leib, strahlender noch als ein Licht.

Noch einmal gerufen von unhörbarer Stimme, beweint
  vor Schreck.

Mondfinsternis

Ein wenig süßes Blut auf deine Lippen geschmiert,
hochgiftiges Blut, das du gern trinkst.
Schlamm im Busen, blau fließendes Mus.

Eine sanfteste Hand taucht das Papier
deines Leibes ins Wasser.
Du trinkst gern einen unreinen Tod.

Der Beifall, ein viele Jahre gezüchtetes Reptil,
das deine Verachtung umschleicht
im Moment deiner Beschmutzung.

Zwei Stunden, da Mädchen im Grase saßen,
einander berührend, einander verletzend,
und unreine Lieder sangen.

In vielen Röcken öffnen die Schlüssel der Schatten Schlösser.
Viele Gebeine strahlen todgeweihtes Licht aus,
wenn der Himmel vom Schluchzen widerhallt.

Die Nacht, die du gern trinkst, trinkt dich.
Eine verworfene Frau trinkt ihre eigene Milch.
Finsternis springt in das Schwimmbecken der Finsternis.

Der gelbliche Becher, Zeuge der Gebärmutter,
wird schmutziger mit jeder Reinigung.
Zwei Stunden später setzt sie sich fort, die lügnerische
Existenz.

Ein Haus wie ein Schatten

Das ist dein Haus, ein Haus wie ein Schatten,
ein Bau zur Vergrößerung der Dämmerung im Gras.
Der Vogelruf wird vom Himmel abgeschossen, wieder
bespricht das Zünglein der Blätter den ermatteten Sturm.
Auch die Schatten sind ermattet. Blinde bilden ein Spalier,
sie stürzen ahnungslos die Felsen herab.

Das ist dein Haus, ein Haus ohne dich.
Man schuldet dir einen Albtraum.
Eine Wühlmaus springt auf den Boden, ihr wird unwohl,
sie gleitet aus, eine Wühlmaus wie ein Schatten.
Das Gesicht dunkler stets.
Rosige Lippen beißen nun das Tor der Elegie auf.
Mit dem Tod des Tages gehst du im verderbenden Kerzenlicht
wohnen.

Das Geviert lernt stumm zu sein wie das Leben.
So fährt das Licht unter die Erde, rittlings auf schmalstem
Stein.
Es fährt in dich. Der Schatten ist wie ein Hausherr,
der pathetisch der Nacht den Balkon öffnet, um aufs Land
zu schauen.
Da fängt wieder eine Wildkatze den eigenen Schrecken.
Da endet wieder ein Schädel unter Nägeln, ins Gestirn
geschlagen,
eine silberweiße Fläche, dem Unkraut gleich.
Die Finsternis, gelähmt, steht senkrecht.
Sie streicht dich aus, an einem Tag ein Jahr gealtert,
so wie der furchtbare Mond ausstreicht das offene Land.

Nachbarn

I

Köstlich ist der Tod, im Topf nebenan von euch zubereitet.
Hundert Jahre brennt ein Stück Kiefernholz
in eurem Kamin nebenan.

Sommer sind trist wie Steinwände unter Efeu,
aber Wege führen durch Feuer tief in den Winter.

Vom Feuer aus sieht man Fenster,
eins ums andere putzen sie wie gehabt fahle Nächte.
Vor ihnen stehen, gestutzt, blecherne Schatten von Kiefern,
sie korrigieren euer Gebein.

Eine grüne Sonne stürmt, ohne ans Tor zu klopfen, ins
Gestein,
ein Wort stürmt in die unselige Landschaft zweier Gedichte.
Es bestätigt die verrenkten Lippen des Dichters.
Ihr ähnelt den Fischen über dem Feuer.

II

In anderer Zeit
preßt das schwere Blau des Himmels die Vögel in ein Stück
Lehm.
Das Dämmerlicht ist eine Säge, emsig in den Bäumen.
Die Pfähle lächeln trüb, eine kraftlose Vergeltung.

Unter der Zeit, die uns trennt,
rückt ein knöcherner Tisch dicht an einen anderen.

Totes, noch nicht fort,
gleicht der Lampe,
die im Tannenzapfen explodierend,
das flaumige Fell schwarzer Fledermäuse erschüttert.

Kaum später
sind wir wie gehabt das unvollendete Werk der Stille,
von jeder Stimme in Ton gepreßt, hinterlassen
als der heutige Tage eines Wortes,
als namhafte Zunge, altes Porzellan übersteigend.

III

Vergessen zu werden ist ein Glück, sagt sie.
Mag, wer keine Müdigkeit kennt, sich erinnern lernen.

Jede Frau nimmt ihren Anfang bei der Betastung
ihres Leibes,
sagt sie. Alles dunkle Wissen paßt zur Fäulnis.

Blut entfacht eine letzte Kerze, dann beginnt
der purpurne Nachthimmel, Wunden zu spinnen.

Eine Made gräbt Tunnel zur Hortung winziger Tode,
Tode, die ins Netz gehen und überwintern.

Totes gleicht auch einem ungelesenen Autor,
heimlich schwanger unterwegs auf der Straße.

Engel, Fledermäuse mit schrumpliger Brust,
hängen kopfüber unter weißer Haut, die Flügel geschlossen.

Sie sagt, Mörder sind schon genug gedungen.
Überdruß ist das einzige Bett.

Im Tümpel tauchen Wasserschlangen auf und nieder.
Sie steht am Ufer, sie ist ein Mond ohne Selbstbezug.

Bei Mondfinsternis berührt sie ein Fleisch, aus dem schwarze
Sümpfe sickern.
So wird eine Frau zu einer anderen.

IV

Dem Toten so nah ist das Lebendige, ein Gedicht.
Eine mögliche Gruft, verborgen am Himmel,
wie eine unmögliche Mansarde, verschlossen im Staub.
Einer Spinne oder einer Fliege
Aas ist eine verzierte Truhe, eine Wohnstatt, vereinbart für
arme Seelen,
in Erwartung meiner Hand, die beim Öffnen Abdrücke
hinterläßt.
Die Mäuse auf den Stufen kehren, kaum zertreten,
ins Leben zurück.

Sie wecken das Licht vor hundert Jahren,
schneiden fiepend den versponnenen Schatten der Poeten ab.
Eine Wolke steht über den Ziegeln,
gewohnt, mit grauen Knöcheln zu verderben.
Sie hält eine Lesung, dem Lebendigen so nah,
Hinterlassenschaften gleich mit Obacht auf meine Finger.
Schon hat sie parat für jeden eine Schmach.

V

Unsere Leiber sind zu Fenstern gebaut.
Im Feuer sehen wir eine Kiefer Feuer fangen.
Irgendein eingerolltes Handgelenk zuckt.
Es zittert und streckt jäh die Klaue einer Bestie.

Feuer und Feuer gießen einen Spiegel.
So hat, was ins Quecksilber taucht,
der Blick geschaffen. Wir stehen vor eigenem Fenster.

Gesichter, von nichtigem Meißel gemeißelt,
scharfe Gesichter, die Zungen schnitzen, züngelnd in Vasen.
Der Wind in der Kehle schwillt. Wenn er zudrückt,
stößt ein Gedicht den Dichter ab wie überzählige Plazenta.

Der Erde rotes Eisentor fällt allemal an den Ohren laut zu.
Grabsteine sind namhafter als wir.
Ein Bankett fruchtbaren Gebeins.
Augen sind stets Zwillinge, bloßgelegt an Jahrhundertenden.

Wer zum Tor wurde, hat nichts geschrieben.
So erst schnitzt ihn, was innen stirbt.

So erst redet er zu sich allein, fürchtet Kälte.
Mit den Klauen einer Bestie und des Feuers greift er eine Karte,
    eine Spielkarte,
teilt zwei Wunden, einander im Blick, uns.

Der Turm des Komponisten

I

Richtung Holzbrücke geht es auch Richtung Fischaas.
Den Regen färbt pechschwarz die silberne Seefläche.

Ein Gestein, so verwittert, so fest im Griff von Wurzeln.
Den Wurzeln des Hasses sticht Efeu ins Fleisch.

Regenlaute speiend ist der Sommer wie giftiges Leder.
Vogelstimmen gehen einem Ohr in die hungrige Falle.

So wird das Gehör zur Bresche des Morgens.
Was begraben ist im Turm, ertönt zugleich in der Musik.

Der Schädel eines Narren flutet tropfnaß heraus,
so daß der Himmel rastlos verfällt, die letzte Nacht zornig
wendend.

Doch letzte Nacht wird nie mehr vergehen, dein
Fenster, allseits trüb, ist offen allein eines Menschen Pein.

II

Ein Krieg einzig nur zwischen Stimme und Schweigen.
Du hörst Totenschädel Särge öffnen, der Erde entsteigen.

Schließlich hat der Jüngste Tag einen blassen Brief ereilt.
Vertagte Zeit ist gerade gut genug zum Vergessen.

Eine Lesung im brandneuen Ton eines blutroten Vogels.
Die Toten erwachen, unterlegen einmal mehr dem Tod,

und du bist unterlegen dem Leben auf einem Notenblatt,
wie ein Bilderstürmer, belehrt vom festen Gebiß eines Stummen.

Schreiben, ein Gras mit menschlichem Antlitz, es strömt ganz
dem Winter zu.
Unmerklich kehren Leiber zurück.

Leiber, in Kompositionen gestorben, sind da ferner noch,
wenn geleugnetes Licht von einer Note zur anderen schreitet.

III

Das Tor schlägt zu, der Inquisitor rast.
Vater verteidigt sich leise, fast kein Vater mehr.

Im Turm ist das Ohr eines Elfjährigen,
doch mit dem ganzen Alter klebt es an der Wand,

lauschend, wie eine Stimme in der Stimme erstirbt,
dem Schweigen gleich, das einen Kiesel schafft zur Verzierung
des Schweigens.

Das Kind auf hoher Turmspitze schluckt das Böse,
von dunklem Gestirn in die Hände gestopft.

Der Sturm da stopft einen stillen Magen.
Der Junimorgen hier überläßt dich dem Vorabend von Narren.

Der letzte Pfeifton niedergeschrieben,
ist der runzlige Turm so leicht fortzublasen.

Ein freudloser Sommer

Wenn dem Grün die Kraft fehlt, noch tiefer in die Haut von
Kranken zu dringen,
muß der Sommer freudlos sein.

Jeder Regentropfen ist schon fünf Mal gefallen.
Das Moos liegt schwer auf dem Dach, es schlängelte zehn
Mal.
Das weite Land ist eine Bettunterlage ohne Ort zum Trocknen,
es entwässert in deinem Denken.
Eine von Tannennadeln fein gefügte Geduld kehrt um das
Licht.
Dies bringt die Toten auf, denn sie finden keinen Spalt im
Sand.

In dem freudlosen Sommer entwirfst du gar kraftlos
einen letzten Sturm.

Verwirf die Saat und die großen Glasbäume in der Saat.
Verwirf das Ei und einen traurigen Ruf, überlebt im Gedärm.
Das Wort aber ist nicht zu verwerfen. Jedes Wort ist ein
Holzlöffel voller Fleisch und Blut,
ein verspielter Himmel, hundertfach entnommen
schwangerem Leib.

So und nicht anders. Dieser Sommer ist nur dein Sommer.
Was auf rotem Bahnsteig nicht verkommt, ist nur eine
Deutung.
Rostige Züge bedürfen keiner Ankunft.
Du bist umzingelt tausendfach vom Hauch der Toten.

Die Lunge ist ein bunter Fluß,
der nicht fließt. Auf dem Grabstein, den das Fleisch schuf,
  ist keine Lücke.
Jede Geschichte hat ihr Ende zweitausend Mal.

Wohin du starrst, da beginnt das Weinen neu.

Der Stein auf dem Fensterbrett

Der Stein auf dem Fensterbrett schaut nach draußen.
Er läßt das ganze Zimmer zum Abgrund stürzen.
Die Fische, lebendig noch im Wrack, sind bereit, als Gräte zu verderben.
Lautenklänge werden gefällt von einem Beil.
Die großen Bäume machen noch einmal eine Übung für fünf Finger in Grün.
Jedes Gewitter, auf dem Fensterbrett zur Ruhe kommend,
tritt nach Art der Ruhe ins Zimmer.
Das Licht, kalt wie der Stein, dringt in dich.
Das ganze Meer stürzt zum Ausgangspunkt.
Du wirst überwacht bei deinem Kriechgang, kriechend in ein Weichtier,
ahnungslos die Form eines Totenschädels annehmend,
jederzeit aufzupicken von Krähenschnäbeln.
Glas hat nun vergrößert die schweigsamen Gefahren.
Eine graue Pupille starrt dir ins Gesicht. Sie ignoriert dich.

Das Porträt, das Kälte fürchtet

Kälte scheidet keine Jahreszeiten. Wie die Wand hinter dir.
Kiefern fabeln stets einen Tag des Schneefalls herbei.
Selbst Flammen im Kamin vermögen vor lauter Grün
einzuschwärzen.
Wenn Feuer zu einer Art Realität wird, kann Kälte nicht
ausweichen.
Du hast Angst. So ähnelst du eher
einem, der immerzu mit dir verwechselt wird.

Wenn ein anderer dich seßhaft werden läßt, riechst du nach
Arznei.
In einem Schal, vom Himmel verfügt, ist nichts als
Regennacht.
Porträts treten aus der Tür, du aber hängst
an der Wand. Nach dem Tod erst hast du gelernt, ein
gemaltes Gesicht zu fürchten.

Auch der Sonnenschein wird verwechselt. Er gleicht allein
dem Schein.
Finger im stillen Wind ähneln Fingern, die leicht zucken.
Ein Spiegel ist auch einem Tor gleich
mit blödem Blick. Das Meer, ohne Erinnerung an toten Fisch,
gleicht dem Winter, der dir in die Augen spuckt.

Wenn einen Leib das Frieren überkommt, ist Lächeln ein
müdes Kleid.
Eine Lüge, wenn angenehm, dann nochmals verlautet,
geht dir eher ins Mark, ganz wie jenes Porträt.

Kälte ist ein Vergleich. Die Kälte fürchten ist ein weiterer,
ein hundertjähriger Vogel, der anderswo ruft.
Ein Vergleich für ein braunes Ohr, einem Totenschädel erfroren,
so furchtbar wie das deine,
so taub, so leicht zu erkennen, zu malen.

Die Gewalt in den Wäldern

Der Himmel schlägt den Kragen hoch, verstrickt in umgedrehte Hälse.
Die Slogans rauchen noch, da beginnt er mit dem Fleischverzehr.
Die Wälder senken das Haupt, er aber lächelt aus der Ferne.
Die Pfähle sind gestapelt, der Himmel hat es vergessen.

Dies ist die Gewalt, die du täglich siehst.

Herdenweise grüne Füße.
Totenstille für Totenstille laufen sie dem Tod hinterdrein.
Sie hören den Himmel, zufrieden füllen sie hinterrücks Erde auf.

Gewitter machen dich zu einem triefenden Hackbrett.
Wie angenehm ist dem Ohr ein Messer, das die Hüfte trifft.
Der Sonnensaphir zerkratzt Jahresringe, es schmerzt keinem Ohr mehr.
Die Baumstämme sind mit Macht verworfenem Faktum nahe gerückt.

Dies ist die tägliche Gewalt.

Der Himmel fällt die Wälder, da er gerade zum Menschen wird,
denn ein Mensch blutet nicht jeden Tag,
so wie du genießt das unaufhörlich eigene Zucken in der Stille.

So ist das täglich.

Das Leben eines Porträts

Dies Gefängnis kopiert euren stillen Leib.
Eine Nebenrolle, in Biographien vergessen,
lebt, allein für die Haft,

für den täglich zugewiesenen winzigen Fels,
wo abgeschlagene Schädel neu angeordnet werden,
Schädel, dem Rahmen der Dämmerung entschlüpft.

Sie alle haben sich die Zungenspitze abgebissen,
wie eine Familie, die im Regen dunkelt.
Blätter, in Betonflügel eingelegt, beginnen zu grünen.

Spitze Schreie beim Tritt auf Ratten oder Schlangen
sind sicherlich rot. So trete pünktlich auf euch die Mitternacht
mit der Kunde von Mienen, die das Vergebliche stunden.

Niemand kehrt vom Tod zurück, um sich selbst zu pflücken.
Auch schaut sich niemand wagemutig zu auf dem Weg
vom Bad in einen nächsten unerträglichen Morgen.

Biographien

I Was zu lesen ist

Die Kiefern atmen noch, wie wenn an chinesischen Gräbern
gewachsen.
Der Wind aber ändert still die Richtung der Frühe.
Pflüge zieht es wieder ans Ende der Felder.
Grün, ein fruchtbares Buch im August.
Das Leben sät die Saat der Toten.

Nächtens reisen alle Gestirne am Brunnengrund der Jade.

Einen ganzen Sommer lang liest du eine Biographie.
Die Schatten der Kiefern tauchen ins Wasser.
Aufgeschwemmt werden aus Stühlen plumpe Reliefs geschnitzt.
Das Meer zürnt weiter einsam an fernem Ort.
Vogelrufe treten über die Himmel, fast als riefen sie nicht.
Du liest, als läsest du nicht.

Es gibt nur Kunst, die einen Nachmittag bewegt und schwärzt.

II Was gelesen wird

Höflich Verachtung hegen.
Wenn du eine Landschaft verfluchst, wirst du daselbst zum
Schwan.
Im steten Fluß vergangener Dinge gleicht deine Panik
weiter dem schlechten Wetter, das dich leicht bezwingt.

Weiter gilt die statische Zeit.
In dunklem Gräberwinkel gibt eine Steinplatte
ein letztes Gesicht frei. Das Jochbein haben Absätze zutage
getreten.

Im Regen fährt ein roter Bus bis an den Endpunkt.
Ein Gedicht, täglich einmal zuende schreiben.
Das schaffst nicht mehr du, das schafft nur dein Wahn.
Da ist keine Hand, da ist nur ein Schirm, für den Spiegel
vorbestellt.
Er sieht den Dichter, von der Schreibmaschine korrigiert,
ins Mienenspiel treten,
so nah, daß die Biographie sich entblößt:
Ein Leben, ausgehändigt von dem dreistündigen Verhör
eines anderen.

III Was nicht zu lesen ist

Geträumt zu werden ist manchmal gefährlicher als Träumen.
Was unter der Haut sich rührt, ist ein Tropfen Blut und kein
Schriftzeichen.
Wunden von gestern lassen sich nicht mehr riechen.
Jene vagen Süchte, rote Schmetterlingspräparate herzustellen.
Die Dämmerung trägt dich eins ums andere in leere
Formulare ein.
Das Eisenbettchen eilt durchs Schlafzimmer mit spitzem
Schrei.
Du wirst von deinem Albtraum geleitet
so wie das Ende einer Elektroleitung: eine
Träne aus Glas, die nicht zu weinen versteht.

Leser anderer Sommer sind wehmütiger noch als du,
so wie dein Schöpfer,
der dich küßt. Deine Zungenspitze wird faulend wieder
grün.
Sie schreckt dich. Du hast nichts zu vergelten. Du bist
ohne Heim.
Die Kranken des Vortags wurden von den Silberzähnen eines
Buches zersägt,
von einem gußeisernen Namen aus sich selbst vertrieben,
denn der Himmel hatte längst diese eine Seite
umgeblättert.

IV Was nicht gelesen wurde

Ameisen verstehen, auf Fotos über Gesichter zu kriechen.
Ameisen gehen in weit aufgerissenen Augen daher,
sie treten auf schwarze oder fleischerne Wörter,

flach und ohne Mut zu engem Zusammenschluß.
Ameisensäure färbt einen Nachmittag gelb ein und
zerstreut sich.

In den Eingeweiden einer toten Katze haben sich Fliegen
versammelt.
Vögel, in die Bäume vor die Fenster gehängt, rufen laut.

Wer nicht mehr liest, der
hört die Federspitze eines Sturms auf Papier bedrohlich
vorrücken.
Sie geht über dich hinweg und über die Jahreszeit in deinem
Gesicht.

Die Augäpfel stürzen da wie gehäufter Schnee in
Augenhöhlen ein.
Sie zählen die Füße der Ameisen, die reihum abfallen,

zur Gänze sinken in die perfekte Vorstellung vom Tod.

V Leerstelle und Intermezzo

Lichte Tage beginnen stets beim Meer,
beginnen bei einer laufenden Leerstelle, beginnen bei der
Lüge.

Stets erinnern wir uns fälschlich der Zeit, erwarten,
einen toten Garten zu beschneiden und Rosen zu pflücken.
Im Licht schießen Hirne, rot und blaß, in die Höhe,
um Federspitzen zu jagen, so unordentlich in Tagebüchern.

Wir erinnerten uns fälschlich der salzigen Lüfte täglich am
Meer,
allesamt Leiber ohne Adressen.
Das unbewegliche Blau blendet erst, wenn von der
Erinnerung bearbeitet.

Eingeschmolzen fährt das aschige Leben fort,
Rosen zu beschneiden, bis der Garten ins Meer verpflanzt ist,
und einen Moment zu überschwemmen, da niemand lebt,
mit dem Empfinden für Bilderschrift und der Apathie für
Bilderschrift.

VI Das ungelesen Gelesene

Nur das Sterben wird weitergereicht. In der Sprache fällt
Schnee.
Nur Lippen reichen weiter weinende Mütter.
Wenn der Himmel ohne Hilfe ist, wie bei einem Wettkampf
keuchend,
wirst du durch eine Zikade zum schmerzhaften Ohr.
August, da ist das Grün voll gedunsener Toter.

Nur Einsamkeit vermag Glas zu gravieren.
Alle, in einen einzigen Leib gestopft, verdoppeln die
Einsamkeit,
so daß dir kein Alter bleibt für Altersschwäche.
Gedichte, die im Vergessenen ruhen, ruhen auch auf den
Schatten.

Es gibt nur Unterwegssein, so daß eines ihr am eigenen Leib
über einen anderen schreibt an Sommertagen.
Ein Toter fällt Jahr für Jahr in den großen grünen Schnee auf
den Kiefern.
So rann der Sand finsterer Nächte wieder viele Male.
Mit jedem Morgen war neu zu lesen eine gesäuberte
Erfahrung.

Himmelsbewegungen

Du weißt, dort gibt es nichts, nicht einmal den Himmel.
Wenn ein großes Stück Blau schneeweißes Gebein löst,
schwindelt dem Deck eines Grabes vom Zuschauen.
Jeder Tagesanbruch schrumpft hastig dahin.
Da gleicht das Fenster gleißender Rednerbühne.
Dein Lager tritt unter der Rede des Sturms weiter zurück
in die Richtung der vergangenen Nacht ohne dich.
Ohne Vögel. Zementgewölk hebt in den Bäumen laut an.
Du schaust auf, je wilder, desto blutiger die Lippen.

Was bewegt sich bewegt, ist diese Landkarte, den Ort deiner
Pein fliehend.
Abgewetzte Sohlen tun sich keinen Zwang an, sie säubern
Füße mit deinen Augen.
Was bewegt sich bewegt, ist ein blauer Panther. In der Klage
von Rind und Schaf
rufen Alte, tausendmal geschlachtet, nach der Mutter.
Du hast hier hinein zu sitzen wie in einen Tunnel.
Dem Tod zu lauschen bedeutet, bewegt sich zu bewegen.

Von der Richtung eines Sterns, belassen in der Gegenrichtung.
Was du auch verlorst im Schlaf, wird geordnet nach Wort und
Satz.
Der Mond, täglich gelb um entführter Leiber willen,
gleicht dem Auswurf auf einem Bettlaken.

Fäulnis kennt kein Geschlecht, sie drängt aufs weiße
Deckblatt,
so daß der Himmel in dir fliegt und durch dich hindurch.

Väter verstellen den Blick, sie lehren Einsamkeit, Jahr um Jahr.
Pferde sprengen ungestüm auf dich zu.
Schneeblinde tragen das Gesicht der Eule.
Dies ist die Vergangenheit in den schäbigen Gängen für
Himmelsbewegungen.
Auch ohne deinen Blick entschwunden, lastet sie
licht und weit auf einem Baum, ragend in dunkler Front.

Fehlanzeige

Lang schon ist das Licht abgestorben lebendigem Leib.
So sind denn Leerstellen gemalt überall,
im Zentrum umschlossen von panischen Hilferufen der Vögel,
unterwegs wie ein isolierter Himmel.
Ein Leib, ins Meer tauchend, macht das Meer zur Wunde.
So gleicht dieser Blaustrich dem Blau der Schulden,
überreicht dieser Morgen, vom Leib genötigt,
eine Betonlandschaft,
um bloß zu tun die Inkompetenz deiner Augen.

Schlangenbäume

I

Eine todbringende Phantasie vors Fenster verpflanzt,
da ist der Garten ein Teil übergifteten Himmels.
Grün vollendet sich in einem Schwall Hochwasser.
Aufgeschwemmte Pferde oder Krähen, pickend in fauligem
Darm.
Kinder haben den Baum im Visier und sagen: Schlange.
Im trägen Gehör des Sonnenlichts ertönt ein Zischen.

II

Stürme heißen dich leben.
Stürme peitschen den Künstler mit dem Schlangenleib.
Zwiefach erfundene Zweige.
Schwänze sind Knoten, unlösbar auf schriller Flöte.
So wie manch beißender Fötus von einer Gebärmutter nicht
lassen kann.

III

Finger spreizen, wo der Frühling Schuppen ansetzt,
schleimig und bäuchlings.

IV

Wo beginnen? Dies ist der Baum, das ist die Schlange.
Von dem einen Sterben zu dem nächsten.
Wie erträgt der Schnee in den Leibern
den Schmerz der Häutung?

V

Gärten sind Teil eines hochgiftigen Gedichtes.
Alle Wetter sind gerade gefaltet.
Alle Bäume folgen einem Baum, der zur Schlange wird.
Der Schrecken in Kinderaugen macht Spaß.
Die Zähne, tief in deinem Schlund,
erfinden den Vogelsang. Gepreßt in den dunklen Sumpf.
Der Nachthimmel. Er kriecht ins Gegenstück. Anders als ein Blau.
Worte des Fastens, so voll mit Früchten des Wahns.

VI

In jeder Minute wieviel Atem?
In jedem Atem wie viele Schlangenbäume?
Auf jedem Schlangenbaum wie viele Organe, vernarrt in den Traum vom Tod?

VII

Die Form des Bösen, hoch ins Herz gehängt, häuft Erde auf.
Dank deines Beistands wachsen die Äste weiter,
nach unten gekrümmt. Beschnittene Fleischkeulen.
Sie treiben Sprossen ohne Angst vor tödlichem Gift.
Die Jahreszeiten deuten eine klamme Winterästhetik.
Kaltes Blut sickert in jedes gebrechliche Gelenk.
Füße, hinfällig im Wind, verwirren sich zungengleich.
Da streifen die Dichter immer noch Blätter ab.
Gnadenloser ist eine gehäutete Schlange nur ein Busch,
der, auf Kinder anspielend,
Kinder durchbohrt,
wie von müßigem Schlangenbaum beiläufig bewirkt.

Die letzte Frage des Bertolt Brecht

Winter meint dunkelnde Kiefern.
Schnee meint Licht
im herrenlosen Raum zwischen Morgen und Abend.

Gedacht für einen Herrn in seinem Grab.
Abgeschminkt bis aufs Gebein scheinst du noch mehr
Dichter.
Lebenslang Prolet, ist vor dem Fenster die letzte Rolle
ausgespielt.

Das meint, das eigene eisige Lächeln zu besichtigen,
das Deckblatt aus Glas. Sein Inhalt ist ein Schneesturm,
das Repertoire des Todes, die Speisekarte einer Stadt.

So mach denn das Geläut zwischen zwei Endpunkten zum
Applaus,
das zwiefache Du einander zum Entwurf.
Die Hand ist ein garstiger Vogel: Ihre Fälschung eines fahlen
Himmels

meint, der Tote hat beizeiten erfaßt
das Epitaph vor der Klause: ein Zeichen für Kondolation,
das Grün einer jeden Nadel: angemietet zu guter Letzt.

So mach denn das Feindliche, das Seiende,
die perfekte Dämmerung zum Schöpfer deines Wahns.
Und frage: Was ist eigen der Nacht, was, zweifach gestorben,
ihr Begehr?

Der Ruhepunkt des Meeres

I

Ein Blau ist stets größer, wenn dein Ekel das Meer wählt,
wenn jemandes Blick von oben das Meer zwingt,
unwirtlicher zu sein.

Wie gehabt kehrt es zurück,
wo in dem Steinohr das Trommeln verdirbt,
wo ein großer Schnee niedergeht in winzigem Korallengebein.

Das bunte Gefleck auf dem Fischaas
gleicht dem Himmel, Hüter deiner ganzen Lust.

Es kehrt zurück an eine Scheide wie ohne Scheide,
zurück an einen Fels, den Schädel allseitiger Stürme.
Deine Orgel ist bestimmt, nach deinem Tod,
aufzuführen die faulende Musik, geborgen im Fleisch.

Das Blau, schließlich erkannt, ist verletzt,
und das Meer hält inne, ein Blendwerk aus Wachs.

II

Wieder demütigt das Wirkliche den furor poeticus.
Einem Kind steht der kurze Tod frei zur Demonstration.
Flammen bringen die Unzahl der Leiber auf Null.
So hat der Haß die Asche der ersten Frühlingstage geeint.
Der dichte Qualm, aus Staubgefäßen geblasen, ist je stolzer,
je stiller.

Der reine Terror eines Wunschdenkens.
Dieser eine Tag hat längst aufgebraucht die tägliche Pein.
Wenn Feuer die Lunge reizt,
sehen die Wasser Mutter verdunsten, Glied für Glied.
Die Gärten des Vorjahres wringen sich aus über dem Meer.

Im vagen Möwenschrei steigen sie zum Zenit.
Kindersterben ist ein Regelverstoß:
So springt der Tod in die Rolle eines Frühlings.
Was Feind ist, beiläufig Feind alles Kommenden
in der Finsternis, lebt nur im Moment der Weigerung.

III

Monotonie, und was Monotonie wiederholt, ist ein
Verbrechen.
Allein auf dem Fels ist ein Mensch dem Rand noch näher
als der Fels.
Du bist unter blauen Mahlstein gepreßt,
mit unausweichlichem Blick aufs mahlende Meer.
Was den hellen Tag schaut und was der helle Tag entblößt,
die Zeit, zügellose Lust der Toten.

Eine Gräte kann, poliert noch schärfer, kein Fehler sein.

Ein Blutstropfen hat das Wasser verdünnt, Hüter der
Wracks.
Elfenbein, überaltert und empfindungslos wie ein Balkon.
Wieder fangen Bäume einen Schwarm grüner Fische in ihrem
Gezweig.

Das Schneeweiß in diesem schneeweißen Krankenzimmer ist
eine Züchtung.
Auf den Dächern liegen bloß die Brüste. Stürme
ändern jede zu feine Hand.
Bettgestelle setzen dem Himmel beide Beine fest.

Dem Meer gegeben, gleitet das Meer noch unwissender
träumend.
Eine Schabe zuckt der Menschheit gleich.

Was vergangen ist und was das Vergangene ausspeit, ist
Fleisch, sonst nichts.
Was wirklich ist, von dir erinnert, ist Fleisch, in die Ferne
gerückt, sonst nichts.
Es negiert einen blauen Fels,
das beflügelte Meer, bei Zeiten zerworfen.
Jede Welle hat dir die Lügen des Lichts als Biographie ins
Gesicht geschrieben.
Und das Auge, auf den Rand fixiert, ist eine frische Auster,
gerade endlos zurückgekehrt, wo sie über Nacht verdarb.

Der Ruhepunkt des Meeres

I

Auf asphaltiertem Meer ist ein Vogel in den Lüften so weiß
wie eine arme Seele.

Wenn er das Ufer gewittert hat, hält der Leuchtturm inne,
zur Linken, wo wir einst strandeten.

Auf asphaltiertem Meer ist ein Anker ein geborstener Pflug.

Ein Jahrhundert schreibt unsere Namen neu,
ganz nach der Neigung von Grabsteinen.
Wir speisen vor aller Augen neben rotem Felsentisch
Meereswasser. Ein Feuer aus grünen Kiefernadeln wärmt
das Gebein.
Die Münder ein Gebiß, schwarz vor Rost, im Tanz.

Die Spitze der Kapelle ist eingepaßt in diese Nacht eines
jeden Augusts.
Stürme: Pflichtlektüre im Fach Tod.

Das Licht da hält inne, wo noch mehr Totes sich sammelt.
Wenn die Kette gebrochen ist, fällt der Anker tief in die Klage
von Säuglingen.
Liebende halten einander umschlungen unter dem Asphalt.

Nach einem Jahrhundert erst ist zu verstehen der schwarze
Inhalt einer Uhr.

II

Die Festung der Blumen hat das Meer im Visier.
Ein Bierglas erwartet den Sonnenuntergang, Gold beschmiert,
wie ein Krankenstand, der sich verschlimmert auf den Lippen.
Wer da spricht, spricht weiter im Glas.

Wer da singt, wird gesungen von einer E-Gitarre,
zehnfach verstärkt. So sperrt man einen Tauben ein.
Lächeln ist die Sache von Mitschnitten,
Speise etwas zum Aufbrechen von Fingern.

Die Silhouette eines ertrunkenen Matrosen drängt heran.
Zwischen Stuhl und Stuhl wird sie zum Plural.
Der Wind und der Wind ist ein stinkiger Auswurf Blut
 zwischen Atemzügen.
Was da Mensch heißt, stopft Risse mit Worten.

An altem Ort treten Steine auf der Stelle, schneeweiß sind
 ihre Fersen.
Sie lähmen des Herzklopfens Stiege.
Nicht steigend, nicht fallend, so erreichen nun die Tage
das letzte, das trunkene, das wiedergekäute Meer.

III

Jahre der Lähmung, Jahre gelähmt zur Untat gepreßt,
Jahre in versunkenem Schiff.
Der Leib hier, uneingedenk der Gabe zur Linderung, öffnet
 weit seine Haut,
bis das Meer nach innen faßt.

Gereinigt ist die Leber eine weiße Qualle.
Gepökelt bindet ein Gesicht Sterne tausendfach.
Beherrscht von Schildkröten, spielt das Bett weiter auf
funkelndem Instrument.

Wo der Mond zweifellos unsere Phosphoreszenz ist,
schaben die Gezeiten ruhelos jüngere Schöße aus.
Hilferufe halten inne in jedem Gehör, das keines ist.

In dem winzigen Moment, da ein Hai vor dem Blutrausch
still hängt.

Wir bewegen uns nicht. Rost hat den Himmel überhäuft.
Wir werden bewegt. Der purpurne Schatten des Meeres hat
ein Jahrhundert im Griff. Ein Paar tintenklecksende Hände
rühren an matten, matt umgesetzten Schlaf.
Schmach, rittlings auf dem Leuchtturm,
rührt an onanierende Leiber, von Toten den Stränden
vermacht.
Die Vögel in den Lüften sind ein winziger Bogen, der schießt
allen Flug in die fünf Finger seiner Hand.
Unsere Särge haben dieser Nacht zu folgen.

Auszugraben ist der verletzte, grundlose Meeresgrund,
innehaltend, wo ein Orkan nicht innehalten kann.

Der Ruhepunkt des Meeres

I

Jemand nähert sich dir in seinem Sterben.
Jemand sagt, der einzig geerntete Stein
läßt das Meer unter deine Wasser sinken.
Beim Anblick bist du ganz Ohr für den Vogellaut, für das letzte
Geleit.
Ganz Ohr träumst du vom dunkelroten Umschlag des Meeres
auf dem Fenstersims.
Albträume beenden kleinlicher ihre Lektüre deiner Person.
Kreide, wieder erinnert, füllt die Gebeine auf.
Jemand teilt mit dir die Distanz der Wehklage.

Das Gegenwärtige ist das allerfernste.

Dein Innehalten umfängt weniger nicht als der Furor des Meeres
als die Einsamkeit, so daß ein Ohr bedenkt,
geronnen ist das frische Blut von Bestien in jeder trocknen
Muschel.
Die schneeweiße, tödliche Milch. Ein Tropfen reicht,
dein Sonnenlicht zu stillen.

Offenen Auges bist du Realität,
geschlossenen Auges bist du vom Schlage der Finsternis.

II

Dieser todesähnliche Moment, der Moment der Passion.
Der weiße Fleck auf schwarzem Laken ist zur selben Stunde
auf dem Meer

der Moment des Abbruchs. Leiber
bedürfen eines Spiegels der Leiber, um sich zu entfliehen.
Das brennende Organ ist ein Wandelgang,
und so hat eine Lähmung das azurblaue Ziel, ein Meer zu blenden.
Mädchen bejubeln alle Preisgabe, wenn innehält alles Sein,
da, vom Meer aufgestoßen, triefen die frischesten, zartesten Fenster.

In eine Richtung geworfen ohne Richtung,
fern den Händen von Spielern ist ein Instrument erst Musik.
Fern dem Wind wohnt das Salz in den Wunden alles Vergangenen.
Nur Gegenwärtiges gleicht Vergessenem.
Auf dem schwarzen Laken des Mittags ein Wasser, der weiße Fleck der Lust.
Blutbande, je ferner, je lichter, erhellt ist der Moment des Verfalls.
Im Gegenwärtigen ist keine Zeit, niemand, der, nach und nach zu sich kommend,
sagt: ohne Trugbild ist lebendig kein Meer.

III
Was ohne Kraft zum Leben ist, ist auch ohne Gabe zur Wiederkehr.

Im kollektiven Keuchen des Meeres
werden Namen freigelegt vom sensiblen Kern.
Fingernägel widerstehen den Jahreszeiten. Was bleibt, ist der Mord.
Unter Vogelschwingen erkalten die Bilder.

Jemandes Besitz, von irgendjemandem dank Traum geformt,
im Gegenwärtigen ruhend, von der Ruhe schmerzfrei
geändert:
Du, immerzu die bösere Eingebung deines Spiegels.

Je mehr Abwesenheiten, je mehr Welt.
Ein jeder Wassertropfen verneint alles Blau im Blick.
Der Tod belegt die nächtliche Stadt mit festem Sand.
Ein Fischaas in den Medien
ist ein schmutziger Schatten, der seine Wöchnerin erneut
finden wird.

Doch erst wenn jemand das Ohrensausen eines anderen hört,
öffnet sich ihm das Wirkliche gleich dunkelstem Wissen.

Diese unvergängliche Sprache zwingt dich zu erlernen,
was furchtbar ist im Rückblick, ist das Eigene.
Gesichter, armer Seelen Tribut im Schein von Gräbern,
Geschichte, silberweißes Geäst im Blick des Herbstes,
Blätter nicht anders als Trauerkunde.
Ein Trug allesamt, doch vielfach am Himmel gestorben.
Das Meer ist ein Schnitter, so wird aus deinem Untergang
deine Gegenwart.

Das Ende, vom Spiegel erdacht, sucht das Weite.

Der Ruhepunkt des Meeres

I

King Street geradeaus,
Enmore Street nach rechts,
Cambridge Street Nr. 14.
Die Meereszunge fährt in den Kamin.
                    Ein altes Haus verrät
zahllose Orte zu unserer stillen Überwachung.

Wir sind so verschlissen, so beraubt, daß einmal wir
    gebrochener sind.
Da offenbaren sich Schatten auf Adressen.

                    Fremde Worte sind nur mehr Verwünschungen.
Die Nachbarschaft ist eine Inzucht, zum Verwechseln
    ähnlich.
Tote Schwalben speien Stadtlandschaften, Zeitalter für
    Zeitalter.
Glas, eine Intarsie für Augäpfel.
Himmel, das ist der Stolz, über Gleise hinweg Farbblindheit
    zu bewahren.
Hochglanzpläne mit Ruinen in jeder Hand,
                    da darf das Meer nicht fehlen.
Was nicht ist, entzieht sich ein wenig mehr.
Das ist ein Gedicht, das uns heimträgt nirgends
und überall: ein beschädigtes Leben.

II

In die Enzyklopädien der Meereswellen sind Sätze geschlagen.
Felsen haben die Chöre gestrichen.
Es gibt kein barmherziges Gedicht,

fähig zur Vollendung eines Gesprächs mit dem Dichter.
Aus schneeweißer Haut fließt Kühle über.
Dem Gebüsch sind ein Gleichnis die Fragen des Winters.

Ein Gebein, wie gehabt, vom letzten Vers geplündert,
ist ein Vogelnest, wie gehabt unfähig zur Brut,
ein Reflex des Meeres auf morgendlicher Wand.

Das Wort bringe den einen augenfällig unter die Erde,
nichts bleibt hinter dem Gewölk eines Gedichts,
den anderen verschlinge häppchenweise sein Schreiben

wie einen Kranken, den seine Krankheit grübelnd verlor.
Eine Autobiographie des Todes umfängt dank Himmel die Toten.
Es gibt keine barmherzige Schönheit.

Es gibt keine unverschnittene Hand eines Dichters.
Sie brennt, zur Abendsonne geformt, still zwischen zwei Seiten,
unaussprechlichen Schrecken benennend.

III

Auf irgendeiner Adresse teilen Kinder einen Granatapfel.
Irgendeine Adresse denkt sich Kinder aus als
Auge, weißer Kern im Fleisch,
als Blut, glasierter Singvogel,
halb in Händen, sich unmerklich windend,

und die rosa Frucht, zerbissen auf die Zähne geschmiert,
gefriert
tödlich, den Kindern vor Augen.

Was uns vergißt und was vom Vergessen fühllos erneuert
wird,
ein vereinzelter Lampenschein, nächtens mitten in die Stadt
getreten,
ereignet sich ein weiteres, doch nie ein letztes Mal.

Was uns der Richtung beraubt und was beraubt ist von
zuviel Richtung,
ein Blau, aufgehend in hohem Schädel
in starrem Blick geschwärzt,
muß einen Ort haben zum Ausdruck eitler Hoffnung,
zur Gewöhnung Adressen findiger Worte an die Schwären der
Menge.

Die Leere in den Augenhöhlen,
nur symmetrisch zum
Meer, ist ohne Gestalt bei der Berührung von Blinden.

Irgendeine Adresse heißt, Gebein, silbern duftig, zu setzen,
um unsere Tiefe zu schälen.
Kinder, von Jahreszeiten geröstete Mandeln,
werden zu einer jeden
Eingebung, erblickt und negiert,
zerstört und ermuntert.
Der Granatapfel umhüllt bläulich verkalkte Kerne.
Das Meer schlug nie über eine Einsamkeit hinaus.
Nie wurden andere am Felsen unten zermalmt.
Wir hören uns anderswo zermalmt werden.

Jedes Meer gleitet in den weißen Fleck eines Gedichtes.
Mit totem Licht schneidet es die Kinder und hält inne,
dort, wo wir uns selbst am Ufer in See stechen sehen.

Masken

I
Masken werden aus Gesichtern geboren,
als Kopie von Gesichtern,
als Mißachtung von Gesichtern.

Masken werden aus leeren Blättern geboren,
als Kaschierung von Leere,
als Präsentation von Leere.

II
Dieses Wort trägt dein Gesicht,
präzise gearbeitet,
teilnahmslos zurechtgestutzt so viele Mal.

Schließlich vergessen und heruntergerissen,
liegt es in seinem Blut ausgebreitet da.
Du hörst einen Gott sich übergeben.

IV
Du starrst auf die Gesichter da, in Holz eingelegt,
die Augenwinkel schwarz verfault,
Späne hie und da.

Du starrst, Gesicht und Gesicht prallen aufeinander
an rissiger Wand,
ohne Blick für dich vor dem Spiegel.

V

Ein dekoriertes Gesicht ist wie die Phrase einer Lüge.
Kaum ausgespieen unter dem Mond,
werden Kranke sogleich zu Schlafwandlern.

Ein Schwarm toter Fische
kehrt sich zuoberst wie wenn abgelaicht,
um mit der Leere an die Finsternis zu rühren.

VII

Ein Gesicht, allzeit schweigsam,
doch du, dahinter verborgen,
sprichst die Unwahrheit.

So wird ein Gesicht zur Sprache gebracht,
ganz wie die Lüge
kaltblütig hintergangen.

VIII

Bald tausend Jahre hast du dies Stück Leere kopiert.
Die Leinwand scheint zu lächeln und lächelt doch nicht.
Ein Gesicht auf alter Steinabreibung.

Museen reproduzieren gleicher Weise
Geschichte, nur eine Seite,
längst in deinem Buch beigesetzt.

IX

Falsche Masken brauchen keinen zweiten Firnis,
auch kein Rouge
oder ein schwarzes Tuch.

Längs der Straße ausgestellt,
sind die Gesichter unter gezwungenem Lächeln
schon auf und davon.

X

Im Meer einen Tropfen Wasser suchen
ist wie unter Masken
einen Menschen suchen.

Du hörst ihn reden,
hörst die Stimme des Blutes
das Fleisch leeren.

XII

Im Vergessen ruhen reichlich verlorene Gesichter.
Schicht auf Schicht, den Pilzen gleich
bedrängen sie einander, die Münder weit offen.

Mit einem Virus zur Erinnerung
züchtet das Weiß einer Krankheit oder eines Traumes
reichlich Vergessen in jedem Gesicht.

XIII

Du verpfändest dich an ein Wort,
verpfändest dich an einen Stichel.
Stummer als die Stille gehst du zu Werk.

Das Wort wütet auf den Lippen.
Das Wort prahlt mit deinem Gesicht.
Sein Gelächter ist eine Verschwendung ohne Gewinn.

XVI

Du sprichst laut zur Wand,
sprichst die Wand herbei,
du wirst an die Wand gehängt.

Die Wände schreiten auf und ab.
Die Wände erblicken andere Wände.
Die Wände haben einander nichts zu sagen.

XVIII

Der Gaumen eines Säuglings ist klein, aber fest.
Vom Tod gepflückt,
hat er gelernt, lautlos zu plappern.

Ein paar Milchzähne und was des Lebens ist,
so viele Jahre aufeinander fixiert,
sind sie alternd längst zerfurcht.

XIX

Dir ist ein Gesicht vertraut
und das Echo dahinter,
tief herbeigetragen.

Vom Gestirn der Gebeine
ein Echo ohne Ausweg,
in der Finsternis deine Pupillen meidend.

XX

Der Spiegel faßt kein Gesicht,
auch nicht ungelenke Zeichen.
Hinter dem Spiegel liegt keine Welt.

Daher ist abgewandt das Gesicht
bei Windstille und ruhiger See
ein anderes Gesicht.

XXIII

Der Schimmelpilz wächst heimlich des Morgens.
Feuchte Zahnwurzeln
tuscheln wie zu Lebzeiten.

Mit einem Lächeln füreinander.
Der Tod wäscht dir das Gesicht.
Dem Wasser gleich fließen seine Züge herab.

XXIV

Die Lüge hat den Lügner getötet,
so wie ein Gesicht jemanden tötet,
der ein Gesicht verfolgt.

Aber auch das Gesicht wird getötet,
von der Lüge an die Wand verbannt,
die Lippen aufgerissen zu einem Spalt.

XXV

Viele Zeichen werden an leerer Stelle ausgestellt.
Viele Gesichter stoßen in der Ferne
fremd auf ein anderes.

Aufeinander getürmt
zu dem gleichen, fremden Gesicht
sind ungleiche Zeichen gleichzeitig leer.

XXVIII

Jemand spricht von dir in diesem Satz.
Schwere Schritte erschüttern
das alte leere Haus.

Ein rostiger Wetterhahn,
sein Lack blättert.
Lang hat er gewartet, um dir die Kehle zuzudrücken.

XXIX

Masken sprechen nie mit sich selbst.
Ein Gemetzel in der Stille.
Unter Masken zirkulieren nur Worte zwischen Masken.

Mitten im Tod kleben sie am Wort.
Gott ist ein Satz, im Schlaf gesprochen
und mit dem Zahnbelag entfernt.

XXX

Du siehst Masken in einem Haus am Meer.
Wenn Glanz auf dem Wasser treibt,
ruhen unter jedem Gesicht zahllose Gesichter.

Sie sprechen aus einem Mund, klar und deutlich.
Blicke überfluten dich.
Dahin treibend erkennst du, alle Dinge sind nichts anderes
als du.

Krokodile

I
Krokodile schnappen mit Blicken nach dir.
Ihre Lider sind Messers Schneide,
sind das Versteck schlafloser Zähne.

Im Fleisch ist manch ein Pfad.
Der drängt zum Teich.
Dein kurzer Seitenblick ist dein eigner Todesbiß.

IV
Eine Zerstückelung ist lustig anzuhören,
angenehm auch das Gewinsel von Gebein.
Dein Name wetzt dir die Zähne.

Wenn du, genüßlich mit dem Blut,
andere ins Verderben schickst,
tötest auch du dich ein ums andere Mal.

VII
Ein Krokodil ist wie ein Wort, das mit geschlossenen Nüstern
und ohne Blick für dich
auf diesem weißen Blatt nur auftaucht, abtaucht.

Verzweifelt rufst du um Hilfe
und sinkst mit lang verstohlenem Wort
zu den Krokodilen ins Wasser.

VIII

Ein ungewisser Haß taucht ins grüne Wasser.
Deine Tage, eingewickelt
in die Haut von Toten, setzen über.

Naß gleiten sie dahin.
Eine Haut am Haken ist schon genug,
ein prahlerisches Nichts, weiß wie die Polarnacht.

IX

In den versteinerten Tränen der Jahrhunderte
wuchern schwarze Altersflecken.
Du bist so hörig, daß man dich unmöglich tadeln wird.

Du starrst nur auf die Fische am Ufer,
kaust wild deine Nägel.
So plump kaschierst du deinen unstillbaren Hunger.

XI

Ein Wort kann schon dein Ende sein.
Dir bleibt nur die Sonne als Versteck,
nackt im Schweigen.

Oder die Beisetzung in dunklem Körper.
Unter der Haut ist ein anderes Stück Mond.
Worte oder Kleidung sind da nicht vonnöten.

XII

Über die Stille führt kein Weg.
Der hitzige Atem von Krokodilen kommt näher.
Selbstbetrug macht dich geduldiger.

Alles geht irre in einem losen Zahn,
dem Klang des Unsteten.
In deinem Schweigen ist überall die Lüge daheim.

XIII

Nächtens, wenn du einsam dasitzt,
steigen verstohlen und zu reichlich Krokodile an Land,
unantastbaren Gedichten gleich.

Sie kriechen zwischen den Fingern empor.
Im dichten Gras
beißen sie dich unmerklich immer wieder.

XIV

Mit jedem Entwurf deiner Existenz
verhaftet dich das erste Wort und tötet dich.
Dies ist der Moment deiner Geburt.

Der matte Leib schwillt erkaltend an.
Mit einem Vers wiegst du die Welt.
So holt dich der Tod leibhaftig.

XV

Deine Hand mit dem Stift ist ein Stück blankes Fleisch,
als hätte ein Krokodil danach geschnappt,
das wild ins Sonnenlicht drängte.

Das stumm ins Wasser glitt.
Worte schnappen nach dem Stift.
Ein Krokodil trägt seinen Hunger aus.

XVI

Ein Wort wägt dich lange,
stiller noch
als ein Krokodil auf der Lauer.

Der Rachen ist weich und warm,
dieser dunkle Schlund,
sieht dich, zusammengestrichen, der Welt entschwinden.

XVII

Niemand ertrinkt in diesem Vers.
Totes ist nur ein Name,
ein anonymer Leib.

So bevölkert den Vers
ein jedes Neutrum,
für einen Atemzug beiläufig an der Oberfläche.

XVIII
Im Neutrum ist gewiß eine Person,
vielleicht du
oder ein anderes du.

Doch du bleibst ein Neutrum
im Maul eines Krokodils,
ganz die Panik, so dicht seid ihr beieinander.

XX
Jedes Wort ist zur Lüge verurteilt.
Du überantwortest dich allein einem weißen Blatt Papier,
den Silberblumen einer Grablegung.

Danach bist auch du leer.
An der Seite der Zeit vergehend,
bestätigst du dich mit Bild und Schrift.

XXI
Du fluchst dem Tag, der dich verwarf.
Doch er ist ein Wort aus vier hohen Mauern.
Auch die Zeit flieht vereinsamt.

Vereinsamt von dir belagert,
hörst du Flüche
aus der allseitigen Stille des Todes.

XXIII
Ein Gedicht anstarren,
bis tief aus der Leere Gesichtszüge aufscheinen
mit dem charmanten Lächeln einer Falle.

Das Gesicht dankt ab, seine weiten blanken Augenhöhlen
füllt wortlos ein Himmel.
Am Ende der Lektüre ist es schon geglättet.

XXV
Im Schweigen fahndest du nach Lauten.
Krokodil oder Name sind in die Falle gegangen.
Nun führt der Tod seine Pantomime

weiter auf.
Vor dem Vorhang ist die einzige Aktion
der lange Beifall des Vergessens.

XXVII
Jedem ist ein Krokodil auf den Fersen.
Dem Schatten ist der Schatten ein Leib.
Da fährt ein Zähneknirschen ausschwärmend hinein.

Es bleibt und wird
ein Reich der Schatten, faul und gefräßig,
vom Unheil gepackt und heftig gebeutelt.

XXVIII

Du fehlst wie gehabt unter neuen Namen.
Du gehst von einem Wort zum anderen
wie jemand, der entschwindet.

Entschwindet in ein Stück Blau.
Der Wind wendet Wort für Wort.
Du stirbst nicht, denn du warst nie geboren.

XXX

Das unabänderliche Gewicht des Todes
sinkt in die Augen eines Krokodils.
Gelassen wohnst du deinem Untergang bei.

Schwarz vor Augen,
hörst du die Kunde, alles lebe von kaltem Blut.
Ein Wort, niedergeschrieben, hat längst geendet die Welt.

Aufzeichnungen eines glückseligen Dämons

I

Es tropft aus Augenhöhlen. Der Hund, halbgehäutetes
Hundefell ziehend,
rennt. Das Weichbild fliegt mit einem Spatz, in den Ofen
gesperrt,
um die Wette.

Eine Berührung mit Schnee, da ist wie immer die Hälfte
verwest.
Brüchige Wände schirmen gestrige Tage ab.
Aufgetragen ist da eine Farbe, weniger als weiß.
Der Horizont spurtet einem Wassertropfen entgegen,
zurückgebeugt wider den Wind.

In einer Träne ist ein Birnenstiel, der führt mit sich ein
großes Geschrei:
Glück, Glück

II

Winter ist Heimat. Eine lichte Katze,
kaum gesprungen, schon sitzt sie Kindern im Gesicht.
Die Klauen azurblau wie der Name eines Ortes,
ein kalter Name mit all den Winterpflaumen in den Lüften.

Sie pressen Kindern die Lunge zu.
Ein alter Baum preßt die Wirklichkeit eines Nachmittages in
sich hinein.
Im Mund ein großes Stück Jade.

Die Stimme sagt ganz und gar nichts,
da sondert sie ab die Nachricht vom Tod der Mütter.
Nur wenn wir die Sonne beschmutzen, erwachen wir zum
Leben.

III

Der Weg ins Dorf erwacht im Schutt. Eine Mauer aus rohen
Ziegeln
ist so ansehnlich wie ein junges Mädchen unter Obacht.

Die Zungenspitze sondert einen salzigen Geschmack ab.
Eis, das ist sie und sonst keine? Weiter mit dem Rücken zum
Fenster.

Zwei Hände hüten die Mitte, eine Geschichte von Dämonen,
schnell hinuntergespült,
die Enthüllung des Wachstums, in einer vom Wind verfaßten
Autobiographie.

Alles Heutige stürzt haltlos ein, im Inneren der Westberge
ein Stück Jade, verloren unter null Grad,

macht duftig das Salz, ständig einer früheren Existenz
entkommen, die nie die ihre war.
Blutrote Finger bleiben vertraut mit Grenzüberschreitungen
unter dem Eis.

Vorbei an eintausend Jahren, vom Schmerz erfunden.
Wer ist beschämt, Detail zu sein in ihren Vorstellungen?

IV

Die Welt fürchtet keine Rückkehr in traute Vergangenheit,
da Krähen Erde ausheben, das Tote sickert.
Ein unvermeidliches Gesicht auf altem Foto,
gestern Abend ausgesperrt am Tor, wetzte sich an stumpfen
Ziegeln.
Der Fuchs, der durchs Gebüsch strich,
wurde plötzlich angeschrieen von einer Stimme im Bett.
Pappeln fürchten keine Rückkehr, ganz Widerschein ragen sie
über Firste hinaus.
Der Brunnen da mag wachsen, er birgt zwanzig endlose
Jahre,
nicht genug für die Entdeckung eines nie erprobten Kusses.
Vier Knie rühren aneinander in leerer Liebesmuschel.
Da kamen die Sterne gerade ein Leben zu spät.
Eulen verlachen das Gelächter der Menschheit,
sie verleihen Mondlicht. Das zu verpassen erst ist Glück.

V

Ruinen leugnen Mord.

Vergangenheit hat nichts zu tun mit Zeit.

Blut stellt keine Fragen.

Schlaflosigkeit findet nicht statt, parallel zum Himmel.

Es existiert keine öffentliche Geographie.

Was lebendig ist, ist ohne Kraft zum Leben.

Lichtjahre flossen nie über einen blinden Fleck.

Lawinen können sich nicht zurückziehen.

Das Schöne hat keine Richtung.

VI
Das Taxi taucht auf wie ein feuerrotes U-Boot,
geklebt an den Rand des Vergessens,
mit einem lößfarbenen Sturm einsam gegenüber.

Wir haben die eigene erschreckende Wassertiefe vergessen,
eine Art Ton, der Vergangenes erörtert,
scheint nie vorbeigeeilt zu sein an der See.

VII
Ich habe längst jeden Ort akzeptiert,
die Winkel dieses Dorfes, da es schneit.
Dieser Schneefall hat kleine kristallene Erker
und Pagoden. Die Dämmerung wittert den Bahnhof.
Eine Tochter klebt Sterne ans Fenster.
Baumgespenster bringen draußen die Nacht an. Wasser
verschließt das Portal. Das Reiseziel ist grenzenlos schwarz,
betörend wie der einstige Schoß von Mutter.

Der niederkam mit einem großen Vogel im Federkleid,
flügelschlagend. Der Himmel versank im Klang der
    Schneeschmelze,
ein Ohr nässend, dem Schweigen lauschend.

VIII

Eine Straße gleitet schräg dem Ende zu, einem Birnbaum
in Blüte.
Vergangenes drückt mit Macht auf einen Schlauch.

Da spritzt Weiß von fleischig weißem Gebein.

Frühling ist eine Fremdsprache,
eine Grammatik des Dufts, so fein gearbeitet.
Hinter jedem Blumenblatt fächelt das Licht schwärzliche
Strudel.

Nennt den verschobenen Himmel Jetzt,
ein junges Handwerk, das Blau unterlegt.
Der Goldschmied der Zeit feilt gebeugt.
Februar, so angenehm der Klang bei der Spanung von Silber,
das die Menge spiegelt beim Tintenklecksen am Strand.

Ihr Grab fand die Straße, kopfüber in den Pupillen, unter
eigenem Grund.
Da heißt sie willkommen
den versprühten, süßen Schlamm.

IX

Zwei Mauern aus rohen Ziegeln resümieren den
Zeitunterschied der Welt.

Keine Augen vermögen zu weichen, auch wenn der Blick aus
der Höhe ein Vergehen ist.

Die brüchigen Wände fallen langsam ab
Von einer Gräberstätte, in den Wolken geformt,
Birnenblüten, einem Gedanken zum Verschwinden
entnommen.

Die verlorene alte Füllfederkappe und unser schönes
Geschlecht,
sie erkennen das Glück, wie es aus Bilderrahmen tritt.
Zum Brennpunkt gemacht, faßt es zusammen das Licht,
unsichtbar der Welt.

In einem Stilleben des Todes gibt es kein Gestern,
ganz so wie es kein Heute gibt.

X

Eine Schmach sei der Preis alles Wahren.
Nur so hortet das Glück die Lüge.

XI

Es gibt keine Dämonen ohne ein Heim.

Wohin sich nicht zurückkehren läßt, das ist das Heim: ein paar Schritte entfernt von den Füßen, aber isoliert. Gräben kreuzen einander. Verdorrtes Gras, sich nah wie ein Spalt, des sommers sicherlich mehr als mannshoch, jetzt bedeckt es Fallgruben. Betonklötze, Stahlstäbe, alter Leitungsdraht, sie machen versteckt ihre Grimassen. Ziegelhaufen rechts und links, vom Rauch geschwärzt, verraten uns, einmal waren dies Ofenbetten und Herde. Auf dem letzten Schnee hat ein kleines Wildtier seine Tatzen hinterlassen. Der Wind bläst wie in alten Tagen, kein Fensterpapier aber vibriert und summt.

Die Zimmerdecken, mit Zeitungen ausgeschlagen, rascheln so plötzlich. Die kleine glimmende Pupille der Ratte, nach unten gerichtet, ohne jede Erwartung, einmal von Menschen erinnert zu werden. Ganz so wie das Haus, wie das Dorf, wie gestern, einmal aus und vorbei. Ein paar Schritte nur entfernt von den Füßen, doch unerreichbar jene Welt, deren Existenz niemand bezeugen kann.

Lehmmauerstücke, aufgefüllte Tümpel, eine Weide, sie alle in ihren Formen plötzlich erkannt, entwerfen nun das Piktogramm eines einzelnen Menschen. Der Löß, was er an den Tag bringt, bedeckt er, was er bedeckt, bringt er an den Tag. Was sich entzieht, häuft sich Schicht um Schicht. Trügerische Bilder von einem Heim, leerer als ein offenes Gelände. Hier stehe ich, noch weniger als niemand. Atemgrenze, ein kaputtes Gitter, das nichts mehr aufhält, es schaut nur hervor die Vergangenheit, die lebendige Ruine, wie sie auf mich kommt und an mir vorbeidrängt. Was ohne Heim ist, tritt ohne Ende in die Augenhöhlen: ein Nichts, real, fiktiv, verletzt.

Das Mondlicht, zum Mittherbst rot angeschwollen, ist noch zwischen küssende Lippen gefügt. Wird es weiter seine Abhörmaßnahmen durchführen, wenn »Die Aufzeichnungen eines glückseligen Dämons« uns überall ausspeien?

XII

Auch im Turm ist ein Fluß, pechschwarz fließt er aufwärts.
Der Himmel, ein Lager für frostige Geschicke,
zwingt zwei Fische, Folge zu leisten einem Gestirn.
Schauen, das heißt, an der Angel zu hängen, einen
 Silberhaken im Fleisch.

Ganz wie nutzlose Schönheit, am Ufer des Leibes.
Geheim sind da die Pfade, chinesische Lande warten im
Walde.
Die alte Brücke verlor halb ihren Bogen
und sprang in die Lüge. Fische leiten von fern wieder einen
Wassertropfen um.

Leben, das heißt, festgelegt zu werden, es dem Wahn
nachzutun beim Bau eines Turmes.
Die geheime, wilde, pechschwarze Kraft
läßt Gefangene hinter sich, voller Fischschuppen treibend
in einem verschlossenen Beginn.

XIII
Die Drei ist ein Verhängnis.

Drei Jahre liehen ein Menschenbild und lösten sich auf.
Sie und ihresgleichen beim weiten Gang über die Kanäle.

Rein und im Wechsel, kommt das Licht dem Bannspruch nahe,
kommen weiße Schatten dem Leben nahe, eingeschrieben in
beweglichen Silhouetten.
Der Wind dreier Sommer streicht die Räume neu,
wenn so viele Tonnen Grün für wertlos erklärt sind.

All die Organe im Wasser sind nun leer.
Keine Zeit mehr, die Liebe zu üben.

Da ist nun nichts mehr. Der Geheimschlüssel für die
Blutgruppe hat gewechselt.
Dreimal. Ein Saiteninstrument wird nie mehr Schmerzen lösen.

So weit zählt eine Drei das Unendliche,
entführt sie dieses Gedicht. Ein Flüstern erfüllt die Welt, im
 Flug auf der Suche
nach einem Ohr in der Ferne,

die nächste Periode der Dummheit im Visier.

XIV

Die verhaßten Orte helfen mir vorzustellen
eine imaginäre Linie des Lebens. Die Sterne legen, einer nach
 dem anderen,
das Fenster auf einen Breitengrad fest.
Sie führen den Alten zeitig das Spiel der Finsternis nach
 Verlöschen der Lampe auf.
Das Polarlicht schwankt, ein Wandschirm ist das bunte Dekor
 für die Schönste.
Er öffnet die Flügel, stellt sein vernageltes Gitter zur Schau.
Ich hasse den Ort, da ich bleiben muß,
ehe ich das Schicksal schmecke wie eine bittere Mandel.

XV

Totes
riechen,
den Geruch, verblieben im Schal.
Riechen, plötzlich erinnert man die Tage von einst.

Das Dingliche im Geruch wird seidiger und schwärzer noch.
Dies ist deine Luft.
Heute abend schickt das Tote Blumen.

Überall im Raum treibt ein Paar kosender Hände.
Die Nase ruht in Staubgefäßen, von Gräbern gewirkt.
Die Lunge gleicht einem anderen Uterus mit Blutdrang.

Warm fährt eine Schneide in deinen Hals.
Der tiefe Atem der Distanz, der tödlich verbleibende Duft des Komas.
So gestatte trügerischer Chemie einmal mehr Lug und Trug.

London

Das Wirkliche ist Teil meines Wesens.
Wieder akzeptiert der Frühling ein Grün, wenn Totes überall
hervorbricht,
und die Straßen akzeptieren Trauerzüge, mehr und dunkler
noch unter frischen Blumen.
Rote Telefonzellen im Regen sind wie eine Warnung.
Die Zeit ist ein Teil von inneren Organen. Die Vogelsprache
öffnet jedes rostige Gesicht auf langer Bank,
den verzögerten Absturz von Nachtaugen beobachtend.
Wieder ein Tag weniger. London

schreibt meinen Wahn zu Ende, leckt braunen Bierschaum
auf.
Der Glockenklang vibriert in einem Vogelhirn wie ein dunkler,
abberufener Vers.
Die Stadt ist ein Teil des Wortes, mein furchtbarster Teil.
Er offenbart meine Winzigkeit, akzeptiert den
schimmlig blauen Schafslederdeckel vor dem Fenster.
Die Erinnerung an Lammfleisch ist ein emsiger Buchbinder
für den eigenen Tod, den Tod im starren Spiegel.
Zwischen zwei Seiten einer Zeitung ist ein Grab. Hinter dem
Grab ist das Meer.

Die Rückkehr der Wasser

Dies ist immer noch einer Kinderwanne Blutfluß mit fünf.
Dies ist immer noch die Karte da, so viele Jahre fest in
  Händen.
Fest umklammert ist eine Totenfähre.
Das Ufer: so augenfällig wie eine leibliche Grenze.
Die Pein: zeitiger noch als ein Eisengatter.
Hinter dem Auge zerfällt Licht, es sezierte den See.
Der Dom aus Schnee stürzt in das Blau, nie gänzlich zu
  häufen,
er sieht in Lüften gebleichte Gesichte drohend nahen.

Am Ende eines langen Fadens schwebt deines Lebens
  Landkarte.
Die Flügel einer toten Taube hängen herab.
Die Wasser speichern Vergangenes tiefer. Im Rückblick
zwei Hände, die nie mehr verpassen, was nicht ist.
Dein Blut, noch einen fleischfarbenen Fallpunkt nutzend,
erduldet ein letztes Wochenende am See.
Die Alte mag, viele Jahre Tauben fütternd, eine schäbige Tüte
  ausgeschüttet haben,
sie ist längst zur Gänze Haut und Knochen.

Eine Nacht im Turm

Nur die Finsternis ist, was wir suchen. Fenster aber
sind wilde Tiere mit grellem Blick.
Ein Schnee, einmal geschaut, teilt die Ferne von Auge zu Auge.
Vögel breiten Irrlicht auf bleichen blanken Leibern aus,
und Steine wirbeln, bis sie, selbst umschlossen, zum Winkel
werden,
damit auch unser Fleisch selbst umschlossen ist.
Nur die Nacht ist notwendig, eine Nacht aus Haut,
ganz Ohr für den Sturm, nie still genug unter dem Fels.

Der Himmel genügt nie einer nicht existenten Tiefe.
Finger gehen über den Schlaf: rostige Zeiger auf Sonnenuhren.
Erst wenn Zeit aussetzt, berührt eine Frau blindwütig sich
selbst.
Mehr noch als unser Spürsinn genießt der Turm den salzigen
Geschmack labiler Insassen,
und ein Schmerz neigt mehr zu allem Unheilbaren,
irgendwo aufgedeckt von der Finsternis. Wir finden
einander erneut die Tiefe. Trunken wollen wir
nie mehr erwachen, schieben erneut den Morgen auf.

Buchenwald. Sonnenuntergang mit Kälte

Der letzte Bus ist noch nicht da, und der Fahrplan des Zwielichts
ist längst eingefaßt. Das letzte Licht tritt aus der Quecksilbersäule.
Die erste Kälte legt gerade ihre rosa Haut ab.
Auf den Bus wartend, warten wir auf den Sonnenuntergang,
er macht den Tag zum Lesesaal bei gelöschtem Licht.
Die Nacht tritt aus der Sekretion eines Leibes.
Der Platzanweiser der Finsternis weist nun das Gestein an.
Auf Zweigen kommen fein gearbeitete schwarze Perlen zur Ruhe.

Am Fuß des Hügels ist das Leben. Dorthin ist es nur ein leichter Sprung
wie die Sonne, die hinter dem Eisenzaun endlos sinkt.
Auf erstarrter Fingerspitze ein Kristall von hundertjährigem Glockenton.
Ein Häufchen Knochenasche
berühren, das ist im schmalen Lexikon für Beschädigung nachzuschlagen.
Der Horizont, unter Null entschwunden, legt
in steinerner Scheide einen Tropfen Sperma frei, hart wie ein Komet,
in Erwartung einer Zukunft ohne Menschen. Der letzte Bus ist längst gefahren.

Die Ming-Zeit

Niemand stirbt im Gegenwärtigen. Die Brücke dort ist
Vergangenheit.
Im wehenden Ärmel einer Schönen dreihundert Jahre
Ästhetik.
Von Vögeln träumen, von schweifenden Ziegeln. Ein Boot
legt an vor dem Bett. Das Bächlein rinnt am Leib die ganze
Nacht.
Im hölzernen Fensterrost hat der Mond eine Robe abgelegt.
Sterben ist wie die Lösung heikler Fragen.
Die schneeweiße Handfläche der Verben späht
regungslos. Die Brücke dort ist hier bei uns.

An jeder Ecke hängen einsam die Kaiser.
Straßenlaternen sehen die Zeit in die Uhren wirbeln.
Die Feinstruktur eines Leibes spannt die Saiten an.
Eine törichte Dynastie ließ sich in Körpertemperaturen nieder.
Das Schöne – wir verschwenden es – schert kein Sturz durch
Kälteschauer,
wach und hineingespült in die Falle atmenden Schnitzwerks.
Die Brücke dort, die Ming-Zeit im Dunkel,
eingedenk dieses Satzes: Arme Seelen verteilen das Wissen
der Gegenwart.

Die Ming-Zeit: 1368-1644. Gegenstand ist das alte Dorf Zhouzhuang bei Shanghai, d. Ü.

Form

Deine Finsternis wählt die Farbe des Hospitals.
Die inwendige Stimme des Windes verweht außen metallen.
Von der Nadel geritzt, der Schmerz des Vakuums.
So entsteht noch einmal ein Käfig in Menschenform.
Der Fische Fleisch und Blut putzen allseits eingeschlagene
Nägel.
Möwen reiten auf dem Licht aller Frühe.
Eine schneeweiße Operation, flink in den Augen,
billigt die Wiederkehr des Vorlebens.

Unrein: deine mädchenhafte Brust, die nicht fliehen kann
die gesunkenen Flügel, zwei blutige Puderquasten.
Zu rein: das Meer mit dem Duft von Arznei. In seinen
Zahnrädern
erblicken runde Vogelaugen nichts.
Das Blau da, aus Federn geschneidert, einmal gefunden,
ist so wahr wie das, was du begehrst: die Lüge.
Beim Erwachen verrinnt der Traum, wie das Wasser in den
Händen,
erneut vertrauend auf den brüchigen Spalt menschlicher
Existenz.

Mittelmeer

Kein Gestern, das nicht im Heute gründet,
so wie kein Heute zu erlauschen ist.
Die Schöne und die Bibliothek, sie verflachen im Blau des
Schreckens.
Weiter lodert der große Brand am Trommelfell,
wo Marmor überlädt den weißen Unrat in der Tiefe.
Das kurze Flöten eines Wasservogels schält die Ohren.
Steile Klippen, sonnenlackiert, sinken Tag für Tag.
Auf morschem Seebett bleibt uns kein Irrweg.

Unterhalb des Schwimmbeckens über dem Tal
wahren wir den kurzen Moment des Sprungs.
Unsere Leiber, einsam in den Lüften, der Legende gleich,
wollen verlegen mit der nackten Haut des Wassers kosen,
das Wasser nachahmen, das nie anwesende,
das, frei von Hörvermögen, ein Ohr füllt, aus Stein
geschnitten.
In Anhörung des Himmels das feuchte Seidenkostüm ablegen,
und einmal sterben, das reichte schon.

Licht

Treibende Götter sammeln Wasser (daoistischer Bannspruch)

Im Hof sitzen, eine Zitrone das Meer sammeln sehen.
In diesen goldnen Tropfen des Zweigs hineinsitzen.
Schau, in deiner Pupille blickt die blauschwarze
Distanz auf dem Sims sacht zurück.
Das findige Maschinchen mit Vogelruf ruht zwischen
Kiefernzapfen.
Das entfernteste Geländer: ein Paar flatternder Flügel.
Nochmals die Ellipse malen, unterlegt mit drei Wolken,
und hineinzusitzen in das Lichtbündel der Zitrone.

Staubgefäße sind eine Explosion.
Der Hof gleicht einem Kern, der in die Luft gespuckt wurde.
Das Licht sammelt gerade weitsichtige Venen.
Farbiges Fleisch öffnet einen Wandschirm.
Die Helligkeit des Todes in einer Zitrone hat geblendet
den goldenen Schmerz in belagertem Blick.
Schau, die Vögel, die Höhe ihres Herzschlags, und
in deiner Pupille den einzigen, den unsichtbaren Wasserfall.

Der Longhua-Tempel

Der Vorabend wird zum Gedicht im Maul eines Krokodils,
eine furchtbare Wirklichkeit im Traum. Ein Tempel,
ein Kloster am Ufer, auf dem Berg.
Nur wenn die Lotushand weiter wie jener Tag blattweise
aufbricht
die Leere, ist unsere Ankunft halb Pflaume, halb Blut.
Nur wenn die versprochene Kälte zu bleiben vermag
im Weihrauchbecken, eine stückhafte Existenz von
Fotoapparaten,
zwirbelt das Moos, zwirbelte es den Augapfel aus Stein.

So findet sich das Vorleben dieses Gedichtes.
Ein Skelett, ein anderes im Arm, schlendert im Rücken einer
Glocke.
Unsere Mutmaßungen liegen in einer Knospe begriffen.
Die Pflaume fällt und mengt duftiges Blut.
Blutspuren rinnen unter dem Knie, nochmals von eins bis
sieben zählen.
Nur wer an das Wiederkehrende glaubt und bedenkt
den Kamerablitz, der geheim besah einen gerade gestalteten
Leib,
erinnert vage den Beischlaf mit einem Krokodil: so schön,
so schmerzhaft.

Der Tempel findet sich in Shanghai, d. Ü.

Zimmer mit Flußmündung

Immer ist da ein Schiff auf dem Weg in die Ferne, es blickt
dir nach.
Das andere Ufer begibt sich in die Ferne. Der Himmel ist ein
Lehrsatz, der kopfsteht.
Zwischen Zeichen und Zeichen geht ein Fluß hindurch.
Wenn du ohne Worte bist, ist das Flaggenalphabet der
Möwen weiß und fischig.
Ebbe. Der Mond reißt die Namen der Ertrunkenen an sich.
Fische schauen auf die Dämmerung hinab, aus ihren
Augenhöhlen sind Leuchttürme gekratzt.
Im täglichen Spiegel die Gefangenschaft eines Oberlaufs mit
Weingeruch.
Die Finsternis gleicht einem Gericht aus Meeresfrüchten,
stromauf treibend.

Das Meer beginnt mit einem Fragesatz, es fragt, wo.
Das Zimmer ist wie ein Vogel auf einem Mast.
Adressen, Vagabunden der vier Wände, führen die
Streichmusik der Brücken auf.
Zwischen Finger und Finger ist nur stehendes Wasser.
Du bist es, der in die Ferne zieht, stets ferner als die Ferne,
einem Gedicht nachblickend, in eine Körpertemperatur
eintauchend, mal kälter, mal blauer.
Der Nebel ist da, der Nebel ist die Schleuse der Nacht. Du
weißt, schließ die Augen, die Frühe ruht dann im Meer.

Gegenstand ist St.-Nazaire in der Bretagne mit Blick auf die Loire, d. Ü.

Berlin. Storkwinkel 12

Das Schauspiel des Todes hat euch die Sinne verstellt. Schon keiner mehr
gedenkt des Gelächters und der Angst schwächlicher Kinder.
Der Flur ist leer, der Baum ein duftender Stamm.
September führt gerade die Goldmünzen der Welt ab,
putzt die Hausnummer blank mit weltlichem Spleen.
Das Treppenszenario übertreibt die Sache mit dem Hut in der Stube.
Ein gewöhnliches Zeitalter steht hoch und aufrecht,
zerfingert die Flugdrachen der Meere. Blut kennt keine Märchen.

Es gibt nur, im Tod erneuert, Gutes, das zieht weiter heim.
Das Laub schneidet still den Herbst von der Klinge.
Die gewöhnliche Lüge eines Briefes. Wir nehmen heimlich
eure Namen an. Arme Seelen sind ein altes Foto.
Und große Werke wissen zu gut, wie Makel mundgerecht werden.
Sie schönen eine Sternenkarte in Kinderhänden.
Wer ins Gerücht flieht, falle nicht in die schwarzen Austern der Füße.
So stirb denn. Ein Gedicht ist die einzige Adresse, wert der Auferstehung.

Im Storkwinkel 12 lebte 1992/93 der Dichter Gu Cheng (1955-1993), d. Ü.

Ein Zürcher Schwan

Wie er sagt, hat das Glück die Form der Elegie,
fordert die Schönheit, die ihr selbst unbekannt ist, zum Bleiben auf.
Tanzende Wasser schlummern schon 700 Jahr,
jemanden auf der Bogenbrücke verstohlen im Blick.
Wie sie sagt, unwiederbringlich, jeder Bissen will gekaut sein.
Einmal mehr ein Schnee, unter die Achseln gestürmt,
reihum orangefarbene Schnäbel gespitzt zu traulich scheinendem Ufer.
Nach Preisgabe verlangt das Verlangen des Leibes.

Pinsel unterzeichneten so oft zitternd ein Sterben.
Immer war die Zahl ungerade, wie er über dem Wasser sagt.
Wie sie im Spiegelbild den einzigen, kalten, den gedoppelten Flügel erkennt,
der am Grund gebrochen schlägt, sagt sie, zerkaut ist das Licht.
Unbestimmtes in festem Griff macht die Schönheit von Fingern aus.
Eine Silberkette ist greller im Blau, das hervorkehrt, was zuinnerst ist.
Gebogen zum Schmuck aus eigenem Schorf,
bejaht sie das Gewaltige eines großen Vogels, so gelassen wie eine Elegie.

Die Berge, so weiß

Wenn die Kontur der Berge namhaft wird,
nächtens beim Schlaf in seiner Kammer, geht jemand in
Wolken spazieren.
Schrittweise erreicht der Schnee die schwesterlich kalte
Meereshöhe.
Noch weißer sind die Augen im Traum.
Kristall, in Büchern nachklingend, gibt ein Testament preis.
Es hinterläßt die nächtliche Arbeit der Berge neben einem
Holzbett.
Das alte Instrument spielte und spielt
seinen Jubel beim Erwachen, seinen Schmerz in den Gliedern.

Totes hat teil an einer inneren, süßen Sekretion.
Am Himmel blitzt ein Streit: Wer ist noch mehr Narr
oder Jungfrau. Die Lunge exportiert säuselndes Kalzium.
Auf schmutzigem Kissen liegt verstreut sein Blick in die Ferne.
Eine Gegenwart, da ein Fels, je unwissender, desto eher
blendet.
Die Holzstiege, rissig vor Frost, gesteht erst jetzt die Fälschung
der Schwester. Sein Gesicht hing die ganze Nacht den Fels
herab.
Gerade schaut es zum Fenster herein, möchte durch eine
Sonnenbrille die Frühe sehen.

Gegenstand des Gedichtes ist das Nietzsche-Haus in Sils-Maria, d. Ü.

Schattenspiele

Jeder Schmerz hat wie das Schöne sich selbst zum Ziel.
Die Wand ist die Bühne für den Weg einer Katze,
und der Tanz ist der Pomp für die dritte Person.
An tiefem Ort liegt eine Hand, bereit zum Wurf der
Abendsonne. Unter Schatten
liebt sich das Geschlecht, Fledermausrufe fest in der Hand.
Die Dämmerung ist flink auf Pfoten.
Jeder Moment im Auge einer Katze ist gerade auf dem
Sprung.
Die Heimat wurde gestutzt,

damit sie verbleibe in einer Tätowierung.
Eine Rolle wurde geplündert, so lange, bis sie Theater war.
Nun plündert Lampenschein das Abendrot, das Wirkliche im
Griff, das zur Seite sich neigte.
Die Schatten, so schäbig, kleiden sich in Menschenwürde.
Täglich vernähen sie ein großes Gelächter. An tiefem Ort
echot die Meuchelhand. Unter Katzenpfoten
schmeckt aller Sonnenuntergang die eigene Blutlosigkeit,
trägt seinesgleichen ins beifällige Schwarz, geht schlafen mit
Geschenken.

Vaters Porzellan

Ein kleines Gefäß tiefe Nacht. All die Grenzen vor dem Fenster
hegen Vater.
Der alte Himmel brennt weiter Ton,
ordnet weiter Blumen in der Schale. Vom Lampenschein
glasierte Hände läutern ein blaues Husten.
Ganz Leib, stickt Vater das brüchige Weiß der Epigonen.
Er wendet sich und wendet sich. Das Kabinett,
ein Schlangenbauch, schluckt den längsten Durchmesser
des Lebens.
Vater ist wach die ganze Nacht, als spräche alle Welt im
Traum.

Wach erblickt er keine Menschheit. Er erwartet nicht einmal
den Tee der Finsternis. Weich gleiten die vier Wände vorbei.
Der kleine Eisentisch stürzt in den vergifteten Gang,
und wieder ist da ein rundes, rotes Siegel.
Seine Bücher, wenn ungelesen, straffen ihr Gefieder.
Das wievielte siebzigste Jahr ist dies? Kaum da, schon
verspielt.
Es schreckt mit windfesten Blüten ein Geschirr.
So schlaf denn, bis sich wieder zeigt das Muttermal des Tages.

Reflexionen

Aus dem Chinesischen von Karin Betz

Berliner Gedanken oder: Was uns der Kalte Krieg heute noch sagt

Berlin ist eine Stadt, die zum Nachdenken anregt. Ich habe schon vielfach darauf hingewiesen, daß es weltweit keine zweite Stadt gibt, die in Chinesen, die nach dem Massaker auf dem Platz des Himmlischen Friedens ins Exil gingen, so viele Emotionen wachrufen kann. Im November 1989 – der Blutgeruch des von Panzern zermalmten Fleisches hatte sich aus den Straßen Beijings noch nicht verzogen – wurde die Berliner Mauer von Menschenströmen, die schwarz-rot-goldene Fähnchen schwangen, niedergerissen. Direkt vor unseren Augen vollzog die Geschichte eine zweifache Kehrtwende. Es war wie in einem Traum, nur daß wir in zwei völlig verschiedenen Wirklichkeiten erwachten.
Einige Jahre später sah ich in London eine Fernsehdokumentation über die Nacht, in der die Berliner Mauer fiel. In diesem Bericht gab es eine Sequenz, die mir nicht mehr aus dem Kopf ging: Gegen den *Checkpoint Charly* brandeten bereits die Menschenmassen, als einen Offizier der Nationalen Volksarmee, der die Wachmannschaften am Grenzübergang unter sich hatte, zu Hause ein Befehl erreichte, der ihn dringlichst zur Berliner Mauer beorderte, wo er »seine Pflicht tun sollte«. Als Soldat verstand er natürlich sofort, was das Wort »Pflicht« in diesem Augenblick zu bedeuten hatte.
Doch als er mit seinem Wagen durch die von begeisterten Menschenmassen überfüllten Straßen fuhr, als er sah, wie zahllos dieses Glück war und wie sehr es aus dem Herzen kam, war sein Kopf plötzlich völlig leer – bis auf einen Satz, der sich ihm wieder und wieder einhämmerte: »Nur kein zweiter Platz

des Himmlischen Friedens! Nur kein zweiter Platz des Himmlischen Friedens!« Nicht unter seiner Verantwortung! Und in dem Augenblick, als die Absperrungen durchbrochen wurden, war es tatsächlich dieser Mann, der den Schießbefehl nicht weitergab und gleichzeitig die »heilige Pflicht«, die den Soldaten von der Sozialistischen Einheitspartei aufgebürdet worden war, hinter sich ließ.

Es ist, als habe sich so zwischen Berlin und China ein unauflösliches Band geknüpft. Die Bedeutung der Berliner Mauer und des Platzes des Himmlischen Friedens erschöpft sich bei weitem nicht in der Aura der dortigen Bauwerke, und beide Orte sind auch mehr als nur Sinnbilder einer zu Ende gegangenen Epoche. Worauf sie hindeuten, ist etwas anderes: Sie verweisen auf den Grad, bis zu dem der Mensch in der Lage ist, sich zu spalten und sich selbst zuwiderzuhandeln. Die gleiche Stimme, die dieser DDR-Offizier gehört hatte, reißt auch uns Traumwandler am Rande einer Schlucht aus dem Schlaf, und wir erschrecken über die Furchtbarkeit des Abgrunds, dem wir schon so nahe waren.

Wenn man die Erfahrung des Kalten Krieges eingehender betrachtet, darf man nicht bei den äußerlichen Unterschieden, die beide Blöcke voneinander trennten, stehenbleiben. Man muß sich vielmehr philosophisch der Frage nähern, wie der Mensch sich selbst in eine derart aussichtslose Lage hat bringen können. Der albtraumhafte *status quo* ist keinesfalls zusammen mit den kommunistischen und kapitalistischen Parolen verschwunden. Heute, wo einem der Kalte Krieg längst wie eine Legende aus dem Mittelalter vorkommt, entdecken wir, die wir damals vor der Berliner Mauer mit dem Gefühl standen, einen neuen Menschheitsfrühling zu umarmen, mit Schrecken, daß unsere Lage seither noch viel auswegloser und düsterer geworden ist. In unserer kalten und sprachlosen Welt

haben Blutvergießen und Zerstörung erst recht überhandgenommen.
Und in der Tat ist die Berliner Mauer viel zu schnell nieder- und abgerissen worden, der Kalte Krieg zu früh in Vergessenheit geraten. Wir hatten nichts Eiligeres zu tun, als die Erinnerung daran hinter uns zu lassen. Und das nicht, weil wir etwa mittlerweile besser begriffen hätten, was Freiheit ist, sondern weil eine weitere Gehirnwäsche in uns die Illusion einer Reinwaschung erweckte, aber diese Reinheit war eigentlich nur Leere. Der Kalte Krieg, das war wie eine Horrormaske, ein Spielzeug, das die Kinder weit von sich werfen, weil sie eine verschwommene Ahnung haben, daß der Teufel aus der Maske springen wird, um sie zu fressen. Aber was haben wir aus diesem Abschnitt der Menschheitsgeschichte gelernt?
Nach der Geflissentlichkeit zu urteilen, mit der wir ihn hinter uns gelassen haben, hat die Erinnerung keinen Wert – oder haben wir in unserer Oberflächlichkeit diesen Wert einfach nicht erkannt? Da ist aber noch etwas anderes, das beklagenswert ist und tiefer liegt: Wegen dieses Wettbewerbs im Vergessen hatten oft gerade diejenigen wieder am wenigsten Gewicht in der öffentlichen Debatte, die den kommunistischen Despotismus am eigenen Leib erfahren hatten. Der Bankrott der kommunistischen Staaten war wie der Abgang eines Boxers aus dem Ring – plötzlich stellten wir fest, daß die Gloriolen unserer Helden nichts anderes waren als ein Abglanz der Despotie, und auch wir selbst standen im Schatten. Als sei unsere Sprache nichts als ein Parasit auf den Begriffen der Ideologie gewesen, fiel sie von einem Tag auf den anderen plötzlich wieder ab, und uns blieb nichts, als zu schweigen. Daraufhin traten all jene Komplikationen auf, die man von der Aphasie oder Sprechunfähigkeit kennt: Zunächst wurde der Kalte Krieg einfach totgeschwiegen, als handele es sich

bei ihm um eine Peinlichkeit, die man nur schwer über die Lippen bringt – etwa, als wolle man die eigenen abgetragenen Schuhe vor der reichen Verwandtschaft verbergen und sei zu nichts weiter in der Lage, als wortlos in einer Ecke vor sich hin zu grübeln. Die wenigsten machten den Kalten Krieg zu einer Ressource ihrer Überlegungen, aus der sie einen Bezugs- und Blickpunkt für das Verständnis der heutigen Welt gewannen. Angesichts unserer nur noch durch Egoismus und Zynismus vereinten Welt, ist es da so schwer zu erklären, daß das Wort »Widerstand« keinen tieferen Sinn und Gehalt mehr hat? Besonders schmerzlich ist die Tatsache, daß in einem Gefängnis ganz ohne sichtbare Mauern auch die unabhängigen Persönlichkeiten fehlen, die man für einen echten Widerstand bräuchte.

Gestern war es die Herrschaft des Kommunismus, heute ist es die Herrschaft des Geldes und der Moden. Die globalisierte »Großallianz des Profits« bedeutet für den einzelnen, der sich Unabhängigkeit und Kritikfähigkeit bewahren will, auch die bewußte Entscheidung für die Einsamkeit. Ich will Menschen gegenüber, die den kommunistischen Despotismus nicht am eigenen Leib erfahren haben, nicht überkritisch sein, aber eine solche Höllenerfahrung kann man nicht im Schnellverfahren, etwa durch einen Kinofilm, nachholen. Ich meine den Film *Das Leben der Anderen.* Wie hätte ich mir gewünscht, daß die sentimentale und dramatische Wandlung des Geheimagenten etwas mit der Wirklichkeit zu tun hätte! Aber leider wäre es realistischer gewesen, wenn seine Frau, die im Film gar nicht vorkommt, ihn denunziert hätte. Die Kälte des Kalten Krieges war ein Teil der Menschen.

Aber deshalb ist unsere Aphasie nicht zu entschuldigen, sie basiert auf einem weiteren Verrat: Wenn wir uns unserer ureigensten Geschichte entledigen, entledigen wir uns auch der unzähligen Toten, die das Leid mit sich riß. Auch die Stadt Berlin ist in gewissem Sinne einer von ihnen. Wenn es uns nicht gelingt, die Erinnerung an den Kalten Krieg tief in unserem Denken zu verankern, dann sind die Toten umsonst gestorben, dann ist es, als habe ihr Tod keinerlei Spuren hinterlassen.

Nun bleibt eine Frage zu beantworten: Was war der Kalte Krieg? Was ist der Kalte Krieg? Dieser scheinbar so einfachen Frage ist doch nicht leicht zu entgegnen. Man könnte sagen, es gibt mindestens drei verschiedene Deutungen. Zuerst einmal der Kalte Krieg à la Hollywood, der immer in einem großen Showdown endet. Das sind die üblichen ›Held rettet Schöne‹-Geschichten, die sich in einer Welt mit klaren Kontrasten abspielen, gut gegen böse, Demokratie gegen Despotismus, West gegen Ost. Die Menschen sitzen bequem in einer Art Kino, beobachten die Schlachtengemälde auf der Leinwand, während draußen die Politik zur Ökonomie verkommt, Gedanken peu à peu zur Ware werden, der Kalte Krieg zum Entertainment. Wenn es diese Variante des Kalten Krieges wirklich gegeben hätte, wäre er wohl schon viel früher mit dem Sieg des Westens gekrönt und beendet worden.

Die zweite Version ist die von George Orwell: In *1984* und in *Die Farm der Tiere* ist das gesamte menschliche Leben nichts als eine kalte Parabel. Wir werden Zeuge, wie das System die Menschen bricht, wie das Politische in die Intimität und Substanz der Person vordringt, wie die totale Kontrolle durch den Großen Bruder und der Schrecken in Zimmer 101 alles Menschliche abtöten. Der Fehler dieser Parabel liegt in ihrer unterkomplexen Logik. Die eigentliche Frage ist doch die: Wer trägt das System? Wenn es die Menschen selber sind, was hat sie dann zu Mitläufern des Bösen gemacht? Nur die Angst? Oder etwas Tieferes und Komplizierteres? Der Selbsterhaltungstrieb auch unter den schlimmsten Bedingungen, aufgrund dessen man noch vor den unmenschlichsten Mitteln nicht zurückscheut? Anders gesagt: Liegt Zimmer 101 nicht vielleicht überall, und gibt es vielleicht viel mehr als nur einen Großen Bruder? Sind wir auf die eine oder andere Weise nicht alle selbst der Große Bruder?

Das wahre Ausmaß der Verbiegbarkeit des Menschlichen kann diese Version des Kalten Krieges immer noch nicht denken. Wenn ein Mensch geistig tot ist, heißt das noch lange nicht, daß sein Körper nicht weiter vegetieren könnte. Im Gegenteil, abgrundtiefe innere Leere ist oft die beste Voraussetzung für eine möglichst große Manipulierbarkeit. Dies ist die dritte Version des Kalten Krieges. Sie kommt in China besonders deutlich zum Ausdruck. Sie hebt darauf ab, daß System und Mensch aktiv interagieren. Der reine Machtwille der Partei streute wie ein Krebs ins Volk in Gestalt von dessen rein materiellen Wünschen. Seit dem verlockenden Slogan Deng Xiaopings »Erst einmal reich werden!« geriet das ganze Volk in einen selbstzufriedenen kollektiven Freudentaumel und ließ sich für einen Löffel Suppe über die gesellschaftlichen Mißstände hinwegtrösten. Heute ist das Zimmer 101 eine Präsidentensuite in einem der unzähligen Fünf-Sterne-Hotels in China. Darin wohnen Menschen, die keine inneren und äußeren Widersprüche mehr kennen, die nicht mehr differenzieren können, denen Empathie und Imagination herausoperiert worden sind. Dennoch fordern sie für sich nur das Beste und glauben sogar noch, daß sie es bekommen.

Es sind gerade diese Menschen, in denen die Häßlichkeit und die Düsternis des Menschlichen schonungslos zutage tritt. Und die Grenze zwischen Tätern und Opfern ist dabei ausgesprochen verschwommen. Wer das Unheil zwar vor Augen hat, aber nicht hinsieht und weiter davon schweigt, auf welcher der beiden Seiten steht er? Hinter solchem Verhalten steckt eine ganz einfache psychische Logik: Wenn ich die Welt nicht ändern kann, dann ist es allemal besser, mich anzupassen, als stigmatisiert zu werden. Akzeptieren, mitmachen, Erfolg haben – das sind Eigennutz und Zynismus in Vollendung. Und diese Logik ist heute nicht überholt. Wenn man einen Schritt weiter denkt, so wird einem klar, daß jede Grausamkeit des Kalten Krieges – von den Säuberungen in der UdSSR bis zur Kulturrevolution – im Namen des historischen Fortschritts begangen wurde, unter dem großen Schirm leerer metaphysischer Begrifflichkeiten, die den Himmel des Menschlichen und des gesunden Menschenverstandes überdeckten, uns schließlich all unsere Urteilskraft raubten, bis wir völlig betäubt und empfindungslos waren, so daß wir, als wir aus unserem Schlaf erwachten, oft nicht wußten, wo wir uns eigentlich befanden. An dem Ort der versprochenen »Menschheitsutopie«? In dunkelster Vorzeit? Sollte beides am Ende etwa ein und dasselbe sein? Schlimmer als der Schmerz ist, keinen Schmerz mehr zu spüren.

Wenn ich über China spreche, benutze ich oft den Ausdruck »Inspiration durch den Albtraum«, eine Formel, die allerdings auch auf die Welt als Ganzes anwendbar ist. Wenn man die Welt erlebt als einen überdimensionalen Albtraum, dann steckt darin doch auch die Möglichkeit, daß man beginnt, sich selbst zu verstehen. Ein paar Milliarden Menschen, zig Millionen Tote, über viele Kulturen und fast ein ganzes Jahrhundert hinweg – aber am Ende immer ein kleines Ich, von dem all dies ausgeht. Aber was ist daran eine »Inspiration«? Es sind die vom Schmerz geläuterten Augen, die doppelt klar sehen, wo wir uns befinden. Heute ist jemand, der unabhängig denkt, in einer auswegloseren Situation als während des Kalten Krieges. Unsere politischen Begriffe sind vollkommen ausgehöhlt, unter den farbenprächtigen Labels der Parteien ist nicht eines, das nicht eigentlich nur für Profitgier stünde. Unser politisches Denken hat eine nie gekannte Verarmung erreicht. Wer kann schließlich noch den Unterschied benennen zwischen den korrupten Beamten der Kommunistischen Partei und den westlichen Kapitalanlegern, die auf gemeinsamen Banketten zechen?

Als ich 1992 in New York in »Finsternisse« den Satz niederschrieb: »Eine andere Welt ist immer noch diese«, da war ich dem Kalten Krieg vielleicht sogar zu Dank verpflichtet, weil er mir half, mir von vornherein keine Illusionen zu machen und mich auf eine noch härtere Prüfung vorzubereiten. Und es war diese Bedrängnis, die Antwort gab auf die Frage: »Warum schreiben?«, und in der Tiefe auf die noch drängendere: »Wie schreiben?« Die Einbahnstraßenpropaganda des Kalten Krieges und die Sprache der Ideologie verbunden mit infantilen Etiketten wie »Untergrund« und »Exil« waren nicht in der Lage, auf diese seit Urzeiten virulenten Fragen auch nur annähernd zu antworten. Wo, im Abgrund des Menschlichen, befindet sich der »Untergrund«? Wer ist nicht im »Exil«? Eine wirklich fundamentale Poetik kann heute nur in einem einsamen, in der Sprache zu leistenden Widerstand liegen. Dieser Widerstand verlangt eine originelle Form, die mit einer Individualisierung des Denkens einhergehen muß, eine innere Notwendigkeit, die sich zwischen Form und Inhalt auftut. Ich sage »in der Tiefe«, und nicht nur »neu«, denn die Tiefe verlangt nach einer neuen Ausdrucksform, aber das Neue allein hat noch keine Tiefe. Man hat mein Dichten als ein »Fischen in den Tiefen der Existenz« bezeichnet, und das trifft es! Damit verglichen sind Veränderungen von Thema und Stil, der Geschmack der Wohnzimmer und der Moden, die Exotismen und *identity games* nichts als äußerlicher Schnickschnack. Wenn man von einem künstlerischen Maßstab sprechen will, der uns aus dem

Kalten Krieg erwächst, dann besteht er darin, daß Kunst kein mittelmäßiges *anything goes* dulden darf.
So müssen wir durch unsere Arbeit eine Grenzen und Sprachen überschreitende Tradition errichten: die Tradition des »einsamen Widerstandes«. Wenn ich an die Zeit vor dem Ersten Weltkrieg denke, haben da nicht alle großen Lehrer der Moderne, die bis heute in Philosophie, Psychologie, Literatur und Kunst die Quellen unseres Denkens bilden, ebenfalls einen solchen einsamen und aussichtslosen Widerstand geleistet? In dem Maße, in dem die Welt ausweglos ist, in dem Maße entwickelt sie ihre Energien.
Im Jahr 2005 führte ich mit dem südafrikanischen Dichter Breyten Breytenbach ein Gespräch über das Wesen des Gedichtes, Motto des Gesprächs war ein wundervoller Satz: »Das Gedicht ist unsere einzige Muttersprache«. Wir als Menschen können uns nur gegenseitig wärmen mittels unserer stetig wiederholten Versuche, die uns umgebenden Mauern zu überwinden – selbst wenn dies doch immer wieder zu der Entdeckung führt, daß die Mauer noch vor einem liegt. Das Festhalten am Wesentlichen ist ein Stolz und ein Adel. Nur so können wir uns vielleicht den Geistern der Erschossenen würdig erweisen, die bis heute über den Freiflächen schweben, an denen einmal die Berliner Mauer stand.
Auf den Grabsteinen der Erinnerung haben sie nicht nur ihre Namen hinterlassen, viel mehr als das, sie haben einen Weg geebnet, der geradewegs in den Abgrund führt, wie Vergil, der Dante geradewegs in die Hölle führte, und uns damit die Entfernung gezeigt, die es zurückzulegen gilt.

Sie geben der Literatur ihre Tiefe.

Und Tiefe ist alles.

Auf der Suche nach dem Prototyp des Exilgedichts

»Niemand vertraut dem Wort weniger als ein Dichter«, schrieb ich in meinem Gedicht »Ein Garten im Winter« aus dem Jahr 1990. Als Dichter glaube ich nicht, daß Exilliteratur eine besondere Art von Literatur sein sollte oder könnte und daß sie Privilegien genießen sollte bei unserem literarischen Anspruch und Urteil. Nein, ein Gedicht ist nichts anderes als der Versuch, die Grenzen der Sprache zu überschreiten. Und der Dichter ist niemand anderes als der, der über die Mauer, aufgetürmt aus den Meisterwerken der Vergangenheit, hinwegklettern möchte.

Einmal stand ich an den Überresten einer Mauer aus Stein, nämlich der von Berlin, und starrte auf diese parallel verlaufenden Linien, zwischen denen kein Bäumchen Platz zum Wachsen fand. Das Bild des Todes, das sich mir bot, schien kein bißchen fremd. Es wirkte auf mich wie ein gerade vollendetes Gedicht, welches die Leere hinter dem geschriebenen Wort offen zutage treten läßt. Es liegt in der Natur eines Gedichts, daß es nicht wirklich enden kann, immer weiter geschrieben wird und so zum Ausdruck bringt, wie der Mensch immer wieder seinen Mut zusammennimmt und doch immer wieder scheitert. Mehr als ein bestimmter Gegenstand ist das Exil eine Art Haltung, ein Anspruch des Dichters an die Sprache. Was sich dem Blick des Exildichters bietet, ist ein verschlossener Himmel bei jedem Öffnen des Fensters.

In wem könnten die Fernsehbilder vom Fall der Berliner Mauer mehr widersprüchliche Gefühle auslösen als in einem chinesischen Dichter? Es ist, als wäre die Geschichte an einer Weggabelung angelangt: Während die Osteuropäer jubelten, wurde im Sommer des Jahres 1989 in China die Demokratiebewegung auf dem Platz des Himmlischen Friedens blutig niedergeschlagen. Und während die osteuropäischen Exilschriftsteller in ihre Heimatländer zurückkehrten, wurden meine Bücher in China verboten, und ich mußte ins Exil gehen. In den neunziger Jahren gingen Macht und Geld dann eine unheilvolle Allianz ein, und es kam zu der mittlerweile sprichwörtlichen »Kulturrevolution des Geldes«. Zur selben Zeit, als innerhalb Chinas die eigentlich Unterdrückten aus freien Stücken und aus Profitgier zu willigen Helfern der Macht wurden, war man bemüht, im Ausland den Eindruck zu erwecken, daß der Kalte Krieg – zumindest im letzten und größten ›Museum des Sozialismus‹ namens China – noch nicht aus der Mode gekommen war. Was mich dabei besonders traurig macht, ist, daß der Dichtung durch diese Entwicklung mehr und mehr die Luft zum Atmen geraubt wurde. Wenn man politische Dichtung nur noch zur bloßen Propaganda degradiert, ist sie am Ende schließlich weder politisch noch Dichtung. Selbst wo sie sich nach außen regimekritisch geriert, kann sie doch die komplexen inneren Konflikte der Menschen nicht mehr erkennen. So ist es ein besonderer Erfolg der Diktatur, daß wir unsere eigenen Maßstäbe verwässern. Natürlich bleibt es uns theoretisch unbenommen, die Kriterien der Authentizität und Unabhängigkeit nach wie vor hochzuhalten, aber damit ist praktisch natürlich noch nicht viel gewonnen, weil es gerade an der Umsetzung dieser Prinzipien hapert.

Mir selbst hat das Exil jedoch auch etwas gebracht, es hat mir einen neuen Blick auf die Dinge beschert. So kann man mich durchaus einen glücklichen Menschen nennen. Dreimal habe ich die Bezeichnung für mich selbst mittlerweile geändert. Erst war ich ›ein chinesischer Dichter‹, wodurch ich die tiefe Verwachsenheit von mir in meiner Heimat betonte. Dann nannte ich mich einen ›Dichter des Chinesischen‹, womit ich den einzigartigen Horizont und die spezifischen Möglichkeiten des Chinesischen hervorhob. Schließlich wurde ich zu einem Dichter des ›Yanglischen‹, der ›Yang-Lian-Sprache‹. Damit meine ich, daß meine Gedichte selbst den muttersprachlichen Lesern fremd sein sollen, daß sie unübersetzbar sein sollen in das umgangssprachliche Chinesisch. Die Form, die ich für jedes neue Gedicht erfinde und mit der ich die vorangegangenen Werke durch die neuen ersetze, schafft eine kalkulierte Distanz zu meinen Lesern. Wann ich mit dieser Selbstexilierung begann, kann ich nicht sagen. Ist nicht jeder Dichter, der der wahren Natur von Dichtung nachspürt, in einem geistigen Exil? Ich möchte, daß auch mein Schreiben zu einer Reise in zwei verschiedene Richtungen gerät, zu einer Weggabelung, daß es sich permanent von meiner Heimat entfernt und dabei gleichzeitig zur eigenen Sprache zurückkehrt. Und in dieser Sprache möchte ich die Tiefe der Wirklichkeit ausloten, bis hinein zu jedem einzelnen Satz, aus dessen Innerem ein Laut ertönt, der in einen Dialog mit der Umwelt tritt. Wenn die Sprache sich selbst zu verändern beginnt, dann entsteht ganz von selbst das Neue, das der Dichter sucht. Allerdings ist diese zweifache Reise endlos, denn alles Bemühen, die äußersten Grenzen des Dunkels zu ertasten, wird doch niemals zu einem Ziel führen.

Die Exilschriftstellerei ist ein altes Thema – alt, aber noch immer voller elektrischer Energie. Gerade in China scheint es eine besondere Affinität zwischen Exil und Kunst zu geben. Das wesentliche Thema der chinesischen Literatur im 20. Jahrhundert ist die Transformation der kulturellen Tradition. Es ist wohlbekannt, daß diese in Form einer Tragödie verlaufen ist. Einige Jahrzehnte der Revolution haben genügt, um die über Jahrtausende gewachsenen Strukturen unserer Kultur zu zerstören, ohne daß es aber im Gegenzug gelang, die westliche

Kultur zu importieren. Am Ende setzte sich eine Verbindung zwischen dem jeweils Schlechtesten der beiden Kulturen durch, dem östlichen Despotismus und der westlichen Fortschrittsideologie. Als in den achtziger Jahren also die Dichter an die Öffentlichkeit traten, konnten sie auf keine Tradition oder Sprache zurückgreifen, sondern holten ihre Inspiration allein aus ihren persönlichen Albträumen. Nach der Kulturrevolution begannen überall im Land Dichter, die einander gar nicht kannten, zur gleichen Zeit die großen politischen Begriffe wie »Sozialismus«, »Kapitalismus«, »historische Dialektik« aus ihrem Vokabular zu tilgen, als ob es eine Absprache unter ihnen gegeben hätte. Das hatte einen einfachen Grund: Diese Begriffe sind nicht greifbar. Sie transportierten kein Gefühl, keinen Sinn. Erst Jahre später habe ich in dieser urwüchsigen, kunstlosen Sprache einen ersten winzigen Versuch einer neuen Poetik erkannt.
Wir sind seit jeher daran gewöhnt, von der glorreichen Tradition der chinesischen Literatur zu sprechen. Doch haben wir darüber vergessen, daß jede lebendige Tradition die individuelle Kreativität jedes einzelnen voraussetzt. Wenn wir nicht in der Lage sind, eine Verbindung herzustellen zwischen unseren eigenen Werken und den Meisterwerken von gestern, ist alles, was wir haben, bloß Vergangenheit und keine Tradition in einem gehaltvollen Sinne. Ganz gleich, wie unreif unser Schreiben in den frühen achtziger Jahren also noch war, allein der Wille, mit einer individuellen Sprache unsere individuellen Gefühle auszudrücken, hat die lange versiegte Quelle unserer Literatur wieder zum Sprudeln gebracht. Unsere Modernität fand ihren Ausdruck in einem neuen und eigenen Verhältnis zur Sprache. Mit ihrer Hilfe setzten wir uns mit Themen auseinander wie den vielen Wunden, die die Kulturrevolution geschlagen hatte, der Verseuchung der Gegenwart durch die

Geschichte oder den Schmerzen, so viel Zeit einfach verloren zu haben. Dieses ›Exil‹ in Gedanken hatte etwas Abstoßendes und Anziehendes zugleich, die Flucht vor der Wirklichkeit war ebenso eine Heimkehr zur Literatur. In China gibt es die alte Redeweise: »Das Unglück des Landes ist das Glück des Dichters«. Wenn wir in uns selbst diese Tradition wiederbeleben, dann erwartet uns der Dichter Qu Yuan, der sich, nachdem er vor 2500 Jahren seine »Fragen an den Himmel« in quadratische Schriftzeichen gebracht hatte, in einem Fluß ertränkte. Irrlichternd und einsam ihre Verse singend, erwarten uns Li Bai, Du Fu, Su Dongpo und Huang Tingjian. Unsere Stimmen hallen von ferne wieder, niemals vergangen, stets gegenwärtig.
Im Jahr 1993 führte ich ein Gespräch mit dem späteren Literatur-Nobelpreisträger Gao Xingjian, das unter dem Titel *Was hat uns das Exil gebracht?* veröffentlicht wurde. Ganz bewußt heißt es nicht »genommen«, sondern »gebracht«. Im Laufe des Gesprächs verlagerte sich der Schwerpunkt von der Frage nach dem Warum des Schreibens im Exil zu der viel drängenderen, nämlich nach dem Wie. Mit welcher Sprache und Form werden wir dieser außerordentlichen Erfahrung gerecht? Meine Sprache, das Chinesische, ist einzigartig. Sie ist seit Jahrtausenden ununterbrochen in Gebrauch, und unzählige klassische Meisterwerke zeugen von ihrem ganz eigenen Denk- und Ideensystem. Doch hat diese Vergangenheit angesichts der Erfahrungen des modernen Menschen noch Bedeutung? Ich jedenfalls halte dafür, daß sie nicht nur einen Zugang zum heutigen Bewußtsein der Menschen öffnen kann, sondern auch das Bewußtsein der Menschen selbst.
Das Exil ist etwas Internationales, doch muß es sich in einer bestimmten Sprache konkretisieren. Anders als die europäischen Sprachen, die alles daran setzen, etwas konkret zu erfassen, ist das Chinesische von vornherein abstrakt. Seine

Verben kommen ohne Pronomen, Zeit- und Pluralformen aus. Daher beschreiben chinesische Sätze auch keine Handlungen, sondern Zustände. Wenn der Tang-Dichter Wang Wei schreibt, »Immer weiter bis zum Ende des Flusses gehen, sich niederlassen und das Aufsteigen der Wolken betrachten«, wer geht da und wer betrachtet? Und wer geht und betrachtet nicht? In dieser Formulierung sind alle Gehenden und Betrachtenden aus den Jahrhunderten mit eingeschlossen. Daher nenne ich das Chinesische eine ›synchronische‹ Sprache im Unterschied zu den diachronischen europäischen. Schreiben heißt für mich die Zeit auslöschen. Wenn ich mich von dem typisch Chinesischen meiner Sprache verabschieden müßte, hieße das, beinahe alle Ausdrucksmöglichkeiten aufzugeben, auf die ich in meiner Poetik Wert lege.

Texte mustern, eingehend und kaltblütig, wie das Leben mit jeder Minute und jeder Sekunde erlischt. Im Exil wird das allgemeine Elend, in dem wir Menschen stecken, besonders deutlich. Mit meinem Schreiben im Exil möchte ich daher keinesfalls auf dem Jahrmarkt der *political correctness* und der *identity games* noch ein weiteres Markenprodukt, den Exotismus, feilbieten. Nein, es würde überhaupt nichts bringen, die westliche Weltanschauung einfach durch die östliche zu ersetzen. Dies wäre nur eine weitere Methode, sich selbst zu verlieren, statt sich endlich zu finden. Dichtung verlangt vom Künstler vor allem eine eigene Weltanschauung. Mir kommt es daher besonders darauf an, kontinuierlich an der Form zu arbeiten, einen poetischen Raum zu gestalten, die Zeit auszulöschen, die existentielle Erfahrung des In-der-Zeit-Seins umzumünzen. Statt »man ist nicht mehr hier«, soll es heißen: »wir sind immer schon da.« Damit die Zeit aber derart aufgehoben werden kann, muß sie zunächst vollständig ins Gedicht einfließen.

In einem gewissen Sinne bin ich stolz, daß ich mich wohl als einen Formalisten bezeichnen kann. Denn was wäre Literatur, wenn nicht Form? Zweitausend Jahre lang waren die chinesische Schriftsprache und das gesprochene Wort weitgehend getrennt. Dies kann man etwa an der großen Tradition der Gedichtarten mit besonderer Formstrenge ablesen, der *fu*-Dichtung aus der Han-Zeit (206 v. Chr.–220 n. Chr.), den parallel konstruierten *pianwen*, den *jueju*-Vierzeilern, dem festen *lüshi*-Versschema, ja selbst den achtgliedrigen Essays *baguwen*. Mit der kollektiven Verdummung durch die diversen Anti-Intellektuellen-Kampagnen der Kommunistischen Partei wurde diese Literatur jedoch in Trümmer gerissen. So kann und will ich sie mit meinem Schreiben auch nicht einfach wiederaufbauen, sondern ich richte meinen ganzen Ehrgeiz statt dessen darauf, mit jedem Werk am Haus meiner eigenen Dichtung zu arbeiten und dabei immer wieder Neues zu erschaffen. Ich warte auf den Tag, an dem ich mein eigenes *Exile's Return* im Geiste von Malcolm Cowley veröffentliche, wenn meine Gedichte gar keinen Verweis auf ihr Entstehungsdatum mehr benötigen, da ihr Bezug, ihr Kontrast zueinander schon alles sagt. So schreibe ich also an meiner eigenen kleinen Tradition. Gedichte sind wie jene Klippe außerhalb von Sydney, die in mir immer weiter zu wachsen scheint. Die mich dazu bringt, zu sagen, dies sei der Ort, »wo wir uns selbst am Ufer ins Meer stechen sehen«.
Das ›Exil‹, wie ich es verstehe, beinhaltet längst alle Arten von geo- und psychologischen Bedeutungsschichten. Das Gedicht selbst ist es, wo diese Sedimente zusammentreffen, wo Leben und Schreiben konvergieren. Das Gedicht selbst ist es, das die Frage stellt, das Energie aussendet, in dem das Schriftzeichen, die schreibende Hand, der Schriftsteller als Person und alles Vergessene und Erinnerte aller Zeiten zu einer Frage an die

Gegenwart wird. Immerfort fragend, aber jede Antwort verweigernd. Vielleicht kann man es sogar so sagen: Wenn es nicht Bücherverbrennungen und verfolgte Autoren gäbe, ja selbst das Blutvergießen auf dem Platz des Himmlischen Friedens, wie könnte man im Gegenzug beweisen, daß die Dichtung absolut frei ist. Wenn ich kein Heimweh verspürte und das Gefühl, ein Dichter in meinem eigenen Land zu sein, nicht fast schon vergessen hätte, welche Bedeutung hätte dann die Gedichtzeile »Vom Unmöglichen her neu beginnen« auf einem weißen Blatt Papier? Wenn es nicht diese Hütten mit ihren undichten Dächern in Neuseeland gäbe, die Bergziegen im Berliner Zoo, deren Schreie nachts wie die von Kindern klingen, die wilden Katzen, die einen aus den Kellern von Brooklyn heraus anblicken, wie könnte sich dann das Gelebte ins Geschriebene verwandeln, sich dem niemals geschriebenen Gedicht annähern, diesem in unserem Herzen verborgenen Prototyp des Exilgedichts? Meine Reise, je länger sie sich zog, hatte nie einen anderen Ort zum Ziel, immer strebte sie nur in die Tiefen meiner selbst. Das Land, wo ich zu Hause bin, schließt alle fremden Länder mit ein. An einem grauen Londoner Winternachmittag kam mir ganz plötzlich dieser Gedanke in den Sinn: »Die Wirklichkeit ist Teil meiner Person.« Sei es harmonisch oder verstörend, es gibt nichts, was außerhalb seiner Grenzen läge. In »Konzentrische Kreise« schreibe ich:

»Unser Wissen ist Zerstörung   doch dieser verurteilte Turm
Den Mund   die Augen überquellend von Teer
Hat diese Sprachlosigkeit noch nicht erreicht.«

Die Heimat des Exildichters

I

Wann war es eigentlich, daß sich mein Verhältnis zu London gewandelt hat, daß diese Stadt für mich von einer der Stationen auf meinen vielen Reisen im Exil zu einer echten Heimat geworden ist? Oder, um genau zu sein, zu einer Art ›Heimat in der Fremde‹? Zum ersten Mal überraschte mich dieses Gefühl im vierten Jahr, in dem ich in meiner jetzigen Londoner Wohnung lebte. Es war ein kalter grauer Tag kurz vor Winteranfang. Mein Blick wanderte, als wäre er auf der Suche nach etwas Bestimmtem, unbewußt durch das rückwärtige Küchenfenster in den Garten. Und da war er: ein Apfel, der da an demselben Baum und beinahe an derselben Stelle an dem schon fast kahlen Ast hing wie jedes Jahr. Wieder so klein, so rund, rot und grün gesprenkelt, wie der vom letzten und vom vorletzten Jahr. Wie ein Geist, der zu einer jährlichen Verabredung aus dem bedeckten Himmel herabsteigt, schien er mir ein Zeichen geben zu wollen. Wenn du zum vierten Mal diesen letzten Apfel am immergleichen Zweig erblickt hast, dann kann dir dieser Ort einfach nicht mehr gleichgültig sein.
Ich rede hier nicht von der Großstadt London insgesamt. Meine eigentliche ›fremde Heimat‹ umfaßt nicht mehr als ein paar Straßenzüge, nämlich in dem im Norden Londons gelegenen Bezirk Stoke Newington, den selbst viele Einheimische nicht kennen. Dadurch, daß ich dort nicht wieder nach drei Monaten meine Koffer gepackt habe, wie bei den Stationen zuvor, ist mir meine Straße allmählich vertraut geworden. Sie sticht heraus unter all den unzähligen Straßen, durch die ich gehetzt bin. Häuser und Nachbarn lassen ihre Masken fallen und werden lebendig. Da ist dieser Baum an der Ecke, der in jedem

Frühjahr in prächtiger weißer Blüte steht. Zu meiner großen Bestürzung wurde er eines Tages gefällt. Wenn ich über einen Friedhof oder an einem Fluß spaziere, wenn ich das frische Immergrün auf mich wirken lasse, wenn das Schattenspiel der Wolken dort über mich hinwegzieht und mich die Rufe der Wildgänse in stillen Sommernächten erreichen, dann entspricht all dies mittlerweile ganz und gar meinem eigenen Lebensrhythmus. Ich bekomme wieder Bezug zum Wechsel der Jahreszeiten und schreibe Dinge wie: »Der niemals wirklich erreichte Herbst / War schon immer Herbst«, und »Der niemals wirklich erreichte ferne Ort / Lag mir schon immer zu Füßen.« Auch ich bin ein Apfel, fühle, wie mir die Schale birst, um den Ort mit seinem besonderen Menschenschlag, seiner Sprache, die Landschaft, sie alle in mein Fruchtfleisch eindringen zu lassen. In der Fremde werde ich zu einem Einheimischen, als würde langsam wieder eine zweite Nabelschnur wachsen. Wie ist es dazu gekommen? Ganz von selbst? Durch die Geschichte? Wessen Geschichte? Der Geschichte dieser Stadt oder meiner eigenen? Ist das, was ich als Heimat erkenne, dasselbe wie das, was die Einheimischen Heimat nennen? Ob sie meine persönliche Heimat wahrnehmen können?

Dieses Gefühl der Heimat in einem fremden Land fühlt sich noch seltsamer an als das ständige Umherziehen zuvor. Als zeitgenössischer chinesischer Dichter, der seit den achtziger Jahren im Exil lebt, haben meine Füße schon den Boden von über zwanzig Ländern berührt. Man kann sich wohl vorstellen, daß solch eine Entwurzelung schmerzt und daß Heimweh nicht ausbleibt. Wann und wo immer ich morgens aufwache, erinnert ein fremder Raum mich an einen Ort in meinen Träumen. Im Westen Beijings, unweit der Ruinen des Alten Sommerpalastes, liegt dieser Ort, den ich »Geisterwohnstatt« nenne und der noch immer an das Schulklassenzimmer erinnert, das er einmal war. Darin steht mein kleiner Schreibtisch, dessen Platte aus einer Glasscheibe gefertigt ist, in welcher wiederum die ganze Geschichte meiner Zeit als junger Dichter eingeschrieben zu sein scheint. In meinem Regal stehen zwei Urnen, eine mit der Asche meiner Mutter und eine mit der meiner Großmutter. Da sind sie, und ich spürte ihre liebevollen Blicke auf mir ruhen.

Diese Heimat von gestern ist ein so unveränderlicher Teil von mir wie meine Ahnen. Mein Schreiben war früher mit diesen Wurzeln engstens verbunden, es stammte von ihnen ab und gehörte zu ihnen. Doch plötzlich ist es anders. Die Heimat von heute hat die von gestern ein Stück weit von mir entfernt. Ich gebe nur ungerne zu, daß das Exil auf Dauer keine praktikable Lebensform ist, daß es auch keinen absoluten Wert darstellt. Es ist etwas, das sich abnutzt und ersetzbar wird. Auch die Verbindung zu den Ahnen sollte man nicht allzu wichtig nehmen. Da ein Mensch überall überleben und schreiben kann, braucht er nicht mit dem Schicksal zu hadern, das ihn gerade an diesen Ort verschlagen hat. Gerade dann, wenn man äußerlich zur Ruhe kommt, beginnt die innere Reise. »Wie weit habe ich mich von China entfernt?« ist hier nicht die Frage, sondern, »wie weit bin ich in mein Inneres und das Innere meiner Sprache vorgedrungen?« Heimat – das beinhaltet in gewissem Sinne all meine Reisen um die Welt. Während die Tage dahingehen, wächst sie langsam in dem faustgroßen Apfel heran.

II

Daß sich chinesische Dichter über einen längeren Zeitraum im Ausland aufhalten, an internationalen literarischen Events teilnehmen und sogar Preise für die Übersetzungen ihrer Werke erhalten, ist ein neues Phänomen in unserer Literaturgeschichte. Diese Situation beeinflußt unweigerlich unseren Lebens- und Schreibstil. Dieser Essay, den ich für eine dreisprachige Ausgabe von *Der Ruhepunkt des Meeres* verfasse (chinesisch, italienisch, englisch), ist ein Beispiel dafür. An dieser Sprachenvielfalt zeigt sich der lange und internationale Weg, den dieser Gedichtzyklus und die Gedichtsammlung gleichen Namens schon gegangen sind: Das Chinesische, das ich darin verwende, hat einen äußerst engen Bezug zu meinen Reisen von 1992 und 1993. Die italienische Übersetzung ist dagegen das Ergebnis zahlreicher Diskussionen über chinesische Dichtung mit meiner Übersetzerin Claudia Pozzana. Die englische Übersetzung Brian Holtons schließlich erschließt meine Gedichte einer noch größeren Leserschaft.

Oberflächlich betrachtet, scheint diese ›Internationalität‹ der Gedichte dem Thema dieses Essays zu widersprechen. Wie kann man über Heimatorte sprechen, wenn man sich immer weiter davon entfernt? Aber wenn man nur ein wenig weiterdenkt, wird einem rasch klar, daß eine Heimat zu haben eigentlich immer eine unverzichtbare Voraussetzung für Internationalität ist. Erst wenn man Erfahrungen unterschiedlicher Orte miteinander vergleichen kann, erhält die Rede vom ›Internationalen‹ einen echten Sinn und ist keine hohle Phrase mehr.

In den Jahren nach der Niederschlagung der Demokratiebewegung von 1989 sahen chinesische Dichter das Exil zunächst als Strafe an, dann akzeptierten sie es notgedrungen und schließlich nahmen sie die Herausforderung bewußt an. Als wir aufhörten, uns über das zu beklagen, was wir verloren hatten, und statt dessen über das redeten, was uns das Exil gebracht hat, begannen wir unsere Situation auch besser zu verstehen. »Das Wirkliche ist Teil meines Wesens« schreibe ich in »London«, und es ist auch Teil der Dichtung. Man könnte sagen, daß ich mich trotz all meiner Reisen nicht vom Fleck bewegt habe. Zwischen mir und der chinesischen Sprache, zwischen mir und der Dichtung hat sich nichts verändert. Mit jedem Gedicht verwandle ich die äußere Welt in die Welt meiner Dichtung. Es ist wie ein Prozeß des Abschälens, bei dem ich jegliche Kultur, Sprache, Staatsgrenzen, Regionen, Gruppenzugehörigkeiten, Politik und Dichterschulen hinter mir lasse und ich ganz allein bin mit mir und meiner Sprache. In dieser Form der Heimat finden sich tatsächlich Spuren meines Wegs um die Welt, ja eine gewisse Internationalität. Doch ist diese nicht mehr leer, sondern enthält konkrete Gefühle an konkreten Orten, bildet so eine Konstellation, die Dichter und Gedicht miteinander teilen.

Die Gedichtsammlung *Der Ruhepunkt des Meeres* enthält all meine Gedichte, die in den Jahren 1992 und 1993 entstanden sind. Diese Zeit bezeichne ich als die dunkelste Phase meines Exils. Die Hoffnung, nach China zurückkehren zu können, wurde immer geringer, und ein Ende der Tage in der Fremde war daher immer weniger abzusehen. Neben all den existentiellen Nöten stellte sich mir das Problem, wie ich mit den drängenden und offenen Fragen »warum Schreiben?« und noch schwieriger, »wie Schreiben?« umgehen sollte. Der Lyriker Gu Cheng (1956-93) ging an dieser Problematik zugrunde. Seine persönliche Tragödie bestand in der Koinzidenz von der schwierigen historischen Situation und einer Krise als Autor. Sein Gedicht »Geister kommen in die Stadt«, das er zu dieser Zeit verfaßte, kann man eher als Ausdruck eines Bruchs begreifen, als eine Suche nach einer neuen Ästhetik. Ich kann sehr gut die Fragen verstehen, die hinter diesem Zusammenbruch standen. Ein Dichter muß immer eine Form finden, damit seine Sprache und er selbst fortbestehen können. Daher betone ich unentwegt, daß Form und Inhalt in einem engen Entsprechungsverhältnis stehen müssen. *Der Ruhepunkt des Meeres* kann man als Ausdruck meiner eigenen Suche danach betrachten. Zu Beginn

des Jahres 1992 kam ich nach New York, eine Riesenmetropole in der ich kaum eine Seele kannte. Ich fühlte mich, wenn ich aus meinem Fenster auf den Hudson blickte, als würde ich darin versinken. »Es gibt so viele Finsternisse, daß das Leben keine einzige erreicht«, schrieb ich damals. Ich konnte mir gar nicht vorstellen, daß es im Englischen gar keinen Plural für Finsternis gibt. So hatte ich bei dem Titel meines Gedichts »Finsternisse« im Chinesischen ganz bewußt die Mehrzahl gewählt. Bei der Übersetzung ins Englische wurde daraus ganz nebenbei ein völlig neues Wort.
Das Gedicht »Haus wie ein Schatten« aus der Sammlung *Der Ruhepunkt des Meeres* entstand in meinem von Kiefern gesäumten kleinen Arbeitszimmer in der Künstlerkolonie Yaddo, im nördlichen Teil von New York State. In diesen beiden Monaten barst ich geradezu vor Energie. Mit den »Himmelsbewegungen« bewegten auch wir uns – nämlich meine Frau Yo Yo und ich – wie im gleichnamigen Gedicht vom Sommer der nördlichen Hemisphäre zum Winter der südlichen. Während der Monate in Neuseeland fühlte ich mich immer mehr wie »Ein gebrochenes Bein, das die Wände hochgeht«, wie ein weiterer Gedichttitel lautet, ein Bein, so gebrochen wie mein Weg. Ich konnte nichts anderes tun, als herab auf »Das Meer von toten Lämmern« zu blicken, wie ein Baum, den der weite, leuchtende Himmel zwang, »aus der pechschwarzen Dunkelheit in den Vordergrund zu treten«. So ist das Gedicht für mich wie ein langer Anlauf vor dem Absprung: Nach so vielen Umwegen und Unterbrechungen ergreift man den Moment und rennt drauflos, um schließlich abzuheben. Der Zyklus *Der Ruhepunkt des Meeres*, mit dem die Gedichtsammlung schließt, ist dieses Abheben. Er steht am Ende des Buches, ist die Zusammenfassung eines Dichtungs- und eines Lebensabschnitts. Einmal vollendet, scheint sein Ende seinem Anfang gleich.

Ich erinnere mich noch genau, wie ich außerhalb von Sydney auf dieser hohen Klippe am Südpazifik saß und dem Klang der Wellen zu meinen Füßen lauschte. Auf einmal kam es mir vor, als könnte ich mich selbst beim Hinausfahren aufs Meer beobachten. War dieser Moment nicht schon vorherbestimmt, als ich von einem Ort schrieb »dort, wo wir uns selbst am Ufer in See stechen sehen«? Der Gedichtzyklus gehört für mich zu meinen bedeutendsten Werken, nicht nur, weil Gedicht und Dichter hier so im Gleichklang standen, als ob das Schreiben dem Leben direkt die Vorlage geliefert hätte und nicht umgekehrt. Mehr noch bin ich glücklich über die Form, die ich dafür fand: vier Abschnitte, vier Strukturen, vier verschiedene Ebenen, ein schrittweises Herantasten an die Wirklichkeit, zugleich immerfort tiefer zum Grund vordringend. Der Raum dieses Gedichts gleicht einem Gebäude, und noch mehr gleicht er Musik. Ganz bewußt hatte ich versucht, verschiedenen Satzkonstruktionen und den letzten Zeilen jedes Kapitels ein gemeinsames musikalisches Erinnerungsmotiv zu geben. So überrascht es wohl nicht, in der letzten Strophe des Zyklus eine genaue geographische Beschreibung zu finden – sehr konkret und dabei sehr symbolisch: Der Weg von der Universität Sydney nach Hause, den ich dort beschreibe, veranschaulicht paradoxerweise geradezu die Heimatlosigkeit meines Lebens. Und umgekehrt ist diese Entwurzelung der Keim meiner Kreativität. So habe ich schließlich auch für mein Leben eine Form gefunden.

III

Die Tragödie der zeitgenössischen chinesischen Literatur besteht in ihrer ideologischen Reduktion, und es scheint kaum einen Weg zu geben, sich dieser sinnlosen Posse zu entziehen. Der spezifisch ästhetische Charakter wird geopfert auf dem

Altar der Ideologie. Werke werden geschrieben, publiziert, nachgeahmt und sind doch bar jedes literarischen Werts, ganz zu schweigen von ihrer mangelnden gedanklichen Inspiration. Dabei hat die kommunistische Ideologie weltweit doch längst jede Bedeutung eingebüßt, und der vielbeschworene »Kampf des chinesischen Volkes am Wendepunkt der Geschichte« ist so obsolet wie eine Schlacht von Dinosauriern im Naturkundemuseum. Natürlich machen sich Fossile wie der Kalte Krieg oder der Kommunismus immer noch ganz gut in einem politischen Propaganda-Comic für denkfaule Leser und Kritiker. Doch ein Gedicht kann und soll nicht einfach sein, sondern komplex und differenziert. Wo bleibt die Faszination seiner Schönheit, die den Dichter antreibt? Worauf kommt es bei einem Gedicht eigentlich an?

Meine Schriften haben alle einen starken Bezug zum Ort ihrer Entstehung, weshalb ich sie in drei Gruppen unterteile: die China-, Europa- und Südpazifik-Manuskripte. Metaphorisch gesprochen, entsprechen sie meiner persönlichen Weltkarte. Mir gefällt die Idee, daß diese Orte sich scheinbar heimlich in meine Gedichte einschleichen und dort wie verborgene Geister hausen. So ist mein jeweiliger Aufenthaltsort nicht nur ein geographischer Punkt, sondern immer Teil meiner Dichtung. Zum Beispiel bemerkte ich, erst als ich die Gedichte aus *Der Ruhepunkt des Meeres* am stahlgrauen schottischen Atlantik rezitierte, wie »blau« diese Gedichte sind. Gedichte haben ein viel tieferes Gedächtnis als ich. Sie erinnern sich an das gleißende schattenlose Sonnenlicht über dem Pazifik, den durchsichtigen Puder, der die Luft zu erfüllen schien, die sich in Sommernächten zu einer Wand verdichtende Hitze – all das war blau wie Lapislazuli, wurde von meinen Lungen eingesogen, in meinen Adern verteilt und tropfte mir als Tinte durch die Finger aufs Papier. Das ist keine leere Metaphysik, das ist physische Evidenz, die jeder bestätigen kann, der einmal von oben herab auf das Meer geblickt hat. Und erst weil ich mit dieser Erfahrung ein Kapitel meines Lebens schließen konnte, wurde mein Langgedicht »Konzentrische Kreise« möglich, mit dem ich mein Europa-Manuskript begann. Heimatorte kennen keinen Stillstand, sie wachsen mit jedem meiner Gedichte weiter. Sie blicken unablässig in die Tiefen ihres Selbst, wie mit den Augen eines Dichters, den Augen eines Archäologen.

In einem Interview, das Claudia Pozzana in den frühen neunziger Jahren mit mir führte, ging ich auf zwei Besonderheiten moderner chinesischer Lyrik ein, die nichts an Aktualität eingebüßt haben: erstens die Tiefe des individuellen Erlebens, zweitens die spezifische Bedingtheit der Form durch die Eigentümlichkeit der chinesischen Sprache. Mit dem ersten Punkt, der Tiefe des individuellen Erlebens, meine ich, nicht nur beim Politischen stehenzubleiben, sondern die Gesamtheit der inneren Erfahrung des Dichters als Repräsentation der universellen *conditiones humanae* zu betrachten. Indem ich endlos die Grenzen der Dunkelheit in mir austeste, führe ich einen Dialog mit meiner eigenen Existenz. Damit verglichen, bleibt das Politische nur an der Oberfläche. Die Tiefe, die ich meine, bedeutet, von allen Möglichkeiten der chinesischen Literatur und Sprache Gebrauch zu machen und neue hinzuzufügen. Es ist eine Tiefe, wie man sie erfahren muß, so wie das Exil, von dem James Joyce einmal gesagt hat, daß niemand, der es nicht kennt, sein Werk verstehen wird. Das ist keine Effekthascherei, sondern eine innere Notwendigkeit von Form und Gehalt, von der ich sprach. In »In Symmetrie mit dem Tod« etwa besteht solch ein Bedingungsverhältnis zwischen der chinesischen Geschichte als Thema, dem Fehlen der Flexion der Verben und der Zusammenstellung mehrerer Gedichte als Zyklus. *Der Ruhepunkt des Meeres* vergrößert den den Schriftzeichen inhärenten Raum, erweitert den Bedeutungsraum des einzelnen Schriftzeichens zu einem Bild, einer Zeile, einem Gedicht, einem Kapitel, zu einer ganzen Gedichtsammlung, von Ebene zu Ebene einer verborgenen Struktur gehorchend. All die Stürme im Werdegang eines Umherziehenden kommen in diesem Raum zur Ruhe, kein Kreisen, kein Leck, kein Verlust, all das wird quasi gänzlich ausgelöscht: Das Meer steht still.

Eines der großen internationalen Mißverständnisse in Hinblick auf die Literatur des 20. Jahrhunderts war die Idee, Neues um des Neuen willen anzustreben. Dabei sollte das Neue doch stets aus der Tiefe hervorgehen. Eine Poetik des noch nie Dagewesenen fordert auch eine ebensolche Form. In Hinblick auf eine solch schöpferische Potenz ist die klassische chinesische Dichtung nach wie vor unerreicht. Dies zeigt etwa Ezra Pounds Untersuchung über die Bildhaftigkeit und evozierende Kraft der chinesischen Schriftzeichen, die nicht nur tiefe Spuren in der modernen amerikanischen, britischen und kontinentaleuropäischen Dichtung hinterlassen hat. Pounds Ideen wurden sogar in die moderne chinesische Dichtung reimportiert. So ist das Ziel, das ich mir selbst setze, die Wiederentdeckung dieser Tradition: der häufige Gebrauch von Parallelismen, der die schöne Regelmäßigkeit und Korrespondenz der Schriftzeichen heraushebt, das *pingze*-Prinzip, d.h. die musikalische Alternierung zwischen flachen, an- und absteigenden Tönen, oder die geradezu moderne Fülle an intertextuellen Bezügen. Und schließlich dieses einzigartige, menschengemachte kleine Universum des *qilü*, des sogenannten Regelgedichts mit sieben Schriftzeichen pro Zeile, das noch bis heute die chinesische Grammatik prägt und eine Art Metaphysik, geboren aus Sprache, bietet. Vieles gibt es hier noch zu entdecken. Ich weiß, daß meine Gedichte als schwierig gelten, aber die Freude am kreativen Schaffen liegt gerade darin, an die Grenzen der lyrischen, der rein formalen Abstraktion zu gehen. Jede Zeile kreiert ein Bild, die Bilder wiederum überschneiden sich nach einem verborgenen Prinzip und eröffnen eine Art musikalischen Raum. Angesichts dieser Vorgeschichte bleibt gar nichts anderes übrig, als der Zerstörung der großen historischen Linie des chinesischen Formalismus – dieser eleganten, künstlerischen Tradition – meine eigene kleine Tradition entgegenzusetzen.

IV

London ist nach achteinhalb Jahren der Wanderschaft also meine Heimat geworden, und auch all meine Gedichte sind damit an einem neuen Punkt angekommen. Warum und wo sollte auch eine Grenze zwischen Geographie und Psychologie verlaufen? Das Wort ›international‹ ist ein Widerspruch in sich selbst. Was soll es eigentlich heißen? Wo liegt diese ›Inter-Nation‹? Wer lebt auf diesem Territorium des Nichts? Wenn wir unsere einzelnen Heimatorte nicht kennen, wird auch das Internationale leer bleiben für uns. Eine vermeintliche Weltsprache ist wie ein totgeborenes Kind, denn sie verneint die Unterschiede, die den verschiedenen Sprachen ihr je eigenes Leben geben. So wird dem Dichter, der nicht die Tradition seiner eigenen Sprache kennt, die Rede von einer Weltliteratur zu einer hohlen Phrase. Heimat, um es noch einmal deutlich zu sagen, liegt in der tiefen Empfindung, wenn Dichtung und Dichter, Innerlichkeit und die umgebende Welt mit einemmal eine intime Verbindung eingehen. Hier bin ich, und doch bin ich mehr als nur hier. Ich bin ein Buch: Öffne mich und du kannst von all diesen Personen lesen, die ich gewesen bin und nicht gewesen bin. Dort, wo ich stehe und frage, ist mein Schicksalsort. Wenn mein China, mein Sydney, all meine Erfahrungen während meiner Wanderungen auch hier in meiner neuen Heimat London enthalten sind, ihre tieferen

Sedimente bilden, kann sich ein echter, umfassender Dialog entwickeln. Wenn mein nach gelber Lößerde riechendes Langgedicht »Sonnenmensch«, das lapislazuliblaue »Der Ruhepunkt des Meeres«, das in den bunten Farben Europas schillernde »Konzentrische Kreise« alle in einem neuen Gedicht wiedergeboren werden, an dem sich ihr Wert bemißt, dann spiegeln die Worte dieses Gedichts mein ganzes Leben im kleinen. Und wenn meine Gedichte durch ihre zahlreichen Übersetzungen so viele Sprachen zu sprechen lernen, die ich selbst gar nicht beherrsche, wenn ich ins Gespräch mit meinen Übersetzern komme, wenn sich so zwei Sprachen auf den Weg machen, um sich an einem gemeinsamen Punkt zu treffen, dann sind sie wie zwei zufriedene Reisende, die einander mit stolzen und zufriedenen Gesichtern die Schätze ihrer Vorfahren präsentieren. Werden dann also die dreisprachigen Versionen von *Der Ruhepunkt des Meeres* dem Leser drei verschiedene Meere anbieten? Oder drei verschiedene Sphären desselben Meeres? Es wird der Klang dreier Wellenschläge, dreier Zonen sein, und ich bin gespannt, welche Resonanz er bekommt.

Zur Verleihung des Flaiano Preises für internationale Dichtkunst 1999, hielt ich eine Rede mit dem Titel »Der Fragende«. Es war mein Tribut an den Dichter Qu Yuan, eine bekannte historische Gestalt aus der Zeit der Streitenden Reiche (475-221 v. Chr.), der in der Verbannung einen Märtyrertod starb und im Miluo-Fluß ertrank. Vor 2500 Jahren verfaßte er sein Gedicht »Fragen an den Himmel«, in dem er zweihundert Fragen stellt. Diese Haltung des von Berufs wegen Fragenden ist bis heute nicht überholt. Hier ist Wissen nicht mehr Macht, sondern Kraft erwächst gerade aus der Anerkennung des eigenen Unwissens. So ist es auch in dem Moment, in dem ich in London an meinem Fenster stehe. Der Wind heult, und ich sehe deutlich den Apfel am Baum.

Vom politischen Mythos in der chinesischen Literatur. Über den Transformationsprozeß der traditionellen chinesischen Kultur und seine Probleme

Nach dem Verschwinden des Kampfplatzes der Ideologien, dem Kalten Krieg, ist China zu einer Art ›Museum des Sozialismus‹ geworden, ein sehr vitales Museum allerdings, in dem ein ganzes Jahrhundert voller historischer, politischer und moralischer Erfahrungen zu besichtigen ist. Man kann von diesem Museum mit all seinen Ausstellungsstücken begeistert sein oder es verdammen, in jedem Fall aber muß ein chinesischer Schriftsteller sich fragen, ob diese kulturelle Verfassung für die moderne Literatur seines Landes ein Glück oder ein Unglück ist.

Zunächst einmal natürlich ein Glück! Unter all den Labels und *selling points* für chinesische Kunst im Westen ist die sogenannte ›politische Situation in China‹ sicher das schrillste und auffallendste. Auf jeden Fall sollte man als Schriftsteller zum ›Untergrund‹ gehören, sofern man in China lebt, oder, wenn man im Ausland wohnt, wenigstens im ›Exil‹ sein. Einen Dichter als Dissidenten zu präsentieren, ist der beste Weg, keinen Zweifel an der künstlerischen Qualität seiner Arbeit aufkommen zu lassen. Aus diesem Grund überschwemmen derzeit an die hundert Titel von selbsternannten Regimekritikern mit ihren Memoiren aus dem sozialistischen China den ausländischen Buchmarkt, von *Leben und Tod in Shanghai*, über *A single tear* und *Wilde Schwäne* bis *Rote Azalee*. Ungeachtet ihrer Trivialität und ihrer Mittelmäßigkeit, brauchen sie bloß die Klischeevorstellungen des Westens über die politische Situation in China zu bedienen, um als seriöse Literatur durchzugehen: Hollywoodreifer Held des politischen Widerstands fordert die roten Teufel heraus! Willkommen an Bord des Ori-

entexpresses‹ mit dem Namen China-Boom, aus dessen Fenstern die Literaturagenten mit den Fähnchen des marktwirtschaftlichen Erfolges winken. So ist es eigentlich kaum überraschend, daß ein Zhang Xianliang, der als Ehrengast weltweit an die Universitäten und zu den literarischen Großereignissen reist, plötzlich zum Autor des »chinesischen Gulag« werden konnte, zum »Lawrence of China« oder gar zum »chinesischen Milan Kundera«. Sein Roman *Die Hälfte des Mannes ist die Frau* lebt vom klassischen Bestseller-Konzept ›Held plus schöne Frau plus Sex‹, und er glaubt auch noch ernsthaft daran, mit diesem Rezept die Deformation der menschlichen Natur in einem chinesischen Gefängnis angemessen beschreiben zu können. Im Grunde erfüllt er nur die voyeuristischen Bedürfnisse vieler Leser sowie all die gefühlsduseligen Klischees über das, was ›Freiheit‹ angeblich bedeute.
Ein politischer Mythos durchweht die chinesische Literatur, der ironischerweise völlig konform geht mit dem Mao-Zitat: »Was auch immer unsere Feinde bekämpfen, wir sind dafür!«, nur unter umgekehrten Vorzeichen. Das Thema eines Werks und besonders die schlechten Erfahrungen des Schriftstellers mit dem politischen System werden zum einzigen Wertmaßstab, vielleicht nur noch neben dem Prinzip ›je trivialer, desto besser‹. So scheint der Erfolg dieser Art von Literatur direkt zusammenzuhängen mit einem seichten Tonfall, man denke nur an das völlige Fehlen jeden Stilwillens in *Wilde Schwäne*. Je direkter sich ein Werk mit der Politik befaßt, desto begeisterter wird es aufgenommen und desto weniger sparen Verlage und Kritik an Werbung und blumiger Rhetorik. Eigentlich geht es dabei auch gar nicht um das Buch selbst, sondern um die Bewertung von Geschichte und die Bestätigung der gängigen Urteile über sie. Die Literatur bildet hier lediglich den Vorwand zum Austragen ideologischer Grabenkämpfe.

Angesichts dieser Diagnose stellt sich natürlich die Frage, ob dieser Zustand, in dem sich die chinesische Literatur befindet, der Tatsache geschuldet ist, daß man die Wünsche des Westens bedienen will. Aber werden Worte wie »Sozialismus« oder »kommunistische Partei« hier eigentlich noch in dem Sinne gebraucht, den sie im Laufe der Geschichte für den Westen gewonnen haben? Wenn nicht: Welche Ausstellungsstücke befinden sich anstelle dessen tatsächlich im ›Museum des Sozialismus‹ namens China? Welcher Art war das Verhältnis der chinesischen Schriftsteller zur Politik in der jüngeren Geschichte? Die Antwort auf diese letzte Frage birgt eine besonders bittere Ironie, denn die Mehrheit der während der Kulturrevolution geächteten und verbotenen Literatur war gar nicht primär parteikritisch. Statt dessen war sie voll von Lobeshymnen auf das »Neue China« und damit von der offiziellen Revolutionsliteratur kaum zu unterscheiden. Etliche der Schriftsteller, die den Freitod wählten, taten dies nicht etwa aufgrund der erniedrigenden Behandlung, die ihnen zuteil wurde, oder als Zeichen des Protestes, sondern weil sie ganz einfach die Zweifel der Partei an ihrer Loyalität nicht ertrugen. Das ging soweit, daß viele ›Rechtsabweichler‹, sobald sie aus der Haft entlassen wurden, noch linker als die Linken wurden und zur Hetzjagd auf ihre Schicksalsgenossen bliesen, weil sie glaubten, sich so von alten Sünden reinwaschen zu können.

Nein, der eigentliche Schlüssel zum Verständnis der Gegenwart in China liegt nicht in den politischen Verhältnissen selbst, sondern vielmehr in dem viel grundsätzlicheren Transformationsprozeß, den die traditionelle chinesische Kultur im letzten Jahrhundert durchlaufen hat. Dies ist das eigentliche und zentrale Problem, das China und seine geistigen Eliten bis heute noch umtreibt. Mit der traditionellen Kultur meine ich hier natürlich nicht etwa die alten Kaiser, die abgebundenen Füße der Frauen oder die fadengehefteten Bücher. Ich meine basale Denkweisen, wie zum Beispiel die, daß alles Teil eines großen Ganzen sei, dessen Struktur dem einzelnen erst seinen festen Platz zuweise und seinen Wert verleihe. Mehr als jede konkrete Ideologie garantierte diese Denkweise die Unumstößlichkeit der sozialen Hierarchien, die Stabilität der Beziehungen zwischen denen, die die Regeln aufstellen, und denen, die sie befolgen. Sie reicht von der übergeordneten Machtstruktur des Staates bis in die Familien, ja bis ins Unterbewußtsein eines jeden einzelnen Menschen. All diese Ebenen sind nach ein und demselben Prinzip organisiert. Nichts hat sich daran geändert, außer vielleicht dem Grad an Suppression, den der einzelne für sich selbst noch verspürt. Das, was man Transformation nennt, entspringt dem Wunsch nach einer Umkehrung des Verhältnisses von Herr und Knecht, dem Wunsch nach Selbstbestimmung. Es ist kaum zu leugnen, daß die KP China selbst Produkt dieses Wunsches war. »Durch das Nachdenken über sich selbst die eigene Kultur neu zu definieren« – dieses Unterfangen, das an sich so einfach erscheint, ist durch den besonderen Verlauf der chinesischen Geschichte im 20. Jahrhundert zu einem sehr komplizierten geworden. Verletzter Nationalstolz, der erzwungene Abschied von dem alten sinozentrischen Kulturchauvinismus, das Gefühl der kollektiven Demütigung haben allesamt zu einem Verhältnis der Haßliebe gegenüber dem Westen geführt. Die Formel: »Chinesisches Denken als geistige Essenz, und westliches Denken für die Praxis«, die Ende des 19. Jahrhunderts von den auf Ausgleich bedachten Reformpolitikern der späten Kaiserzeit geprägt wurde, bedeutete nicht mehr und nicht weniger als den Versuch, Kultur und Politik aus dem Ausland zu importieren, ohne die althergebrachten Denkweisen aufzugeben.

Mit jeder Massenbewegung seit der antikonfuzianischen Studentenbewegung vom 4. Mai 1919 bis zur ›Kampagne gegen die vier Alten‹ (das sind Ideologie, Kultur, Gebräuche und Gewohnheiten) während der Kulturrevolution, wurde zwar die Zerstörung der traditionellen sozialen Formen betrieben, die überkommenen Denkweisen aber gleichzeitig immer tiefer im Unterbewußtsein jedes einzelnen verankert. Unter ständiger Beschwörung des ›Neuen‹ wurde im chinesischen Kommunismus die Vorstellung von einer individuellen Person, auch des Schriftstellers, nur immer mehr zurückgedrängt. Auch wenn immer wieder Macht- und Epochenwechsel stattfanden, waren diese doch substantiell gleichwohl nichts anderes als die dynastischen Umbrüche aus den Jahrhunderten zuvor, als zwar die Herrscher wechselten, nicht aber das System.
So wird alles eine Frage der richtigen Übersetzung – es haben nur die Worte gewechselt: In China bezeichnen ›Klassenzugehörigkeit‹ und ›sozialer Status‹ heute ein und dasselbe, ebenso Revolution und Rebellion, Sozialismus und der traditionelle Despotismus, Geschichte und Schicksal. Man kann eine fremde Kultur nie als ganze importieren. Sobald das politische Vokabular des Westens die heimatliche Erde verlassen hatte, trieb es, in chinesische Erde gesät, vollkommen neue Blüten. Und genau hier lag und liegt die Herausforderung: Die Transformation der chinesischen Kultur muß aus ihren eigenen Voraussetzungen erwachsen und auf dem Eigenwert eines jeden einzelnen Menschen gegründet werden, nicht eines abstrakten ›Volkes‹, einer Gruppe von Untergrundkämpfern oder Exilanten. Sie hängt ab von den Gedanken und Entscheidungen des Individuums.
Wenn diese Diagnose aber zutrifft, dann kann ich nur feststellen, daß die KP China und die Kultur des Kommunismus nichts weiter als Paradebeispiele für das Scheitern einer Transforma-

tion Chinas zu einem ›modernen Staat‹ in diesem Sinne sind. Zwar ist es ihnen durchaus gelungen, die traditionelle Kultur zu zerstören, doch haben sie es nicht vermocht, ein neues System des Denkens und Handelns zu etablieren, das auf dem Wert des einzelnen gründet. So treten nur Macht und Geld, bar jeder geistigen Substanz, an die Stelle der alten Werte, und die chinesische Kultur befindet sich in einer beispiellosen Degeneration.
Um aber zum Ausgangspunkt meiner Überlegungen, der chinesischen Literatur, zurückzukehren: Meiner Meinung nach ist die inflationäre Verbreitung von politischen Sujets, Ikonen und Parolen aus der Kulturrevolution sowie unappetitlicher *sex & crime*-Geschichten und schwülstiger Romanzen noch schlimmer, als wenn gar nicht über diese Themen gesprochen würde. Im Schweigen läge zumindest eine gewisse Ernsthaftigkeit, während die oberflächliche Allgegenwart dieser effekthascherischen Themen reine Heuchelei ist, da man nicht wirklich gedenkt, der Sache auf den Grund zu gehen. Die größte Hypokrisie liegt darin, daß aus der politischen Tragödie kommerzieller Profit geschlagen wird. So bezeichnet sich Zhang Xianliang, wie erwähnt, als Autor des »chinesischen Gulag«, während er gleichzeitig in Interviews ausländischen Journalisten gegenüber beteuert, daß es in China keine politischen Gefangenen gebe. Man nennt ihn einen Milan Kundera, doch reist er frei nach China ein und aus. Und obwohl er gerne darüber schreibt, daß es 22 Jahre politisch verfolgt wurde, schwärmt er gleichzeitig von seinen Möglichkeiten als Unternehmer, von Aufbau und Eröffnung der ›Ningxia Filmcity‹ (einer Touristenattraktion im Nordwesten Chinas) und der Leitung einer Import-Export-Firma, wie von der erfolgreichen ›Glasnost‹-Politik seines Heimatlandes überhaupt. Darin muß man durchaus keinen Widerspruch sehen: Opfer (im Westen) und Günstling

(in China) desselben Systems zu sein bringt doppelt Ruhm und Ehre – und natürlich auch doppelte Tantiemen.
Die angeblich so sehr dem ›tieferen Nutzen‹ verpflichtete Ära des Deng Xiaoping hat wie Zhang Xianliang viele chinesische Intellektuelle dazu verleitet, sich einspannen zu lassen in einen Transformationsprozeß ganz nach dem Willen der kommunistischen Partei. Wo es keine Prinzipien gibt, gibt es auch keine moralischen Schranken mehr. Alles ist möglich, alles ist käuflich und verkäuflich, selbst das Blut deines Mitgefangenen. Niemals hätten sich die Toten träumen lassen, daß ihr Tod einem ihrer Leidensgenossen zu so viel Ruhm verhelfen könnte.
Auch wenn es sarkastisch klingen mag: Die zeitgenössische chinesische Literatur braucht die Partei mehr als die Partei sich selbst. Sie hat ja kein anderes Thema. Erinnern wir uns an einen großen Skandal in Chinas Literaturszene: Wang Meng – in den fünfziger Jahren als Rechtsabweichler verfolgt, zu zwanzig Jahren im Umerziehungslager verurteilt und später, bis zum Massaker auf dem Platz des Himmlischen Friedens 1989, Kulturminister unter dem Reformer Zhao Ziyang – hat das Regierungsorgan *Zeitung für Literatur und Kunst* wegen Verleumdung verklagt, weil es seine Geschichte *Zäher Reisbrei* als Angriff auf Deng Xiaoping kritisiert hatte. Gefährlich oder genial? Man könnte sagen, daß er damit gleich drei Fliegen mit einer Klappe schlug: Als erstes brachte es ihm großen Applaus ein, da mit ihm ein angeblich ›einfacher Bürger‹ es wagte, eine Klage gegen das diktatorische System vorzubringen. Wang Meng konnte sich so als unabhängiger Intellektueller inszenieren. Der zweite Streich war noch unterhaltsamer: Während man im Ausland nur sah, daß hier jemand gegen das Regime klagte, achtete die Partei dagegen auf den Inhalt des Prozesses, der ihr natürlich gefallen mußte. Ein Schriftsteller

möchte sich gerne politisch reinwaschen: »Ich habe Deng Xiaoping doch nicht angegriffen!« Doch am raffiniertesten war der dritte Streich. Wang Meng konnte beruhigt davon ausgehen, daß kein Gericht sich jemals mit seiner Klage befassen würde. Er konnte in jeder Hinsicht nur gewinnen, denn er hatte den Applaus des Publikums auf seiner Seite, ohne ein echtes Risiko einzugehen. So machen die chinesischen Schriftsteller sich die Partei genauso zunutze, wie sich die Partei umgekehrt der Schriftsteller bedient, und Wang Mengs Klage diente am Ende obendrein der Partei als triumphaler Beweis ihrer makellosen Rechtsstaatlichkeit.

Die, die dieses Spiel spielen und diejenigen, mit denen gespielt wird, sind schlicht voneinander abhängig. Indem man zur Aufrechterhaltung des politischen Mythos beiträgt, strickt man zugleich an seiner eigenen Legende. Dabei profitieren die Machthaber ebenso wie die vermeintlich Verfolgten von dieser Vorspiegelung einer scheinbar aufrechten politischen Haltung. Am Ende gewinnt immer nur einer, nämlich das System selbst. Gleich welcher Provenienz, es gehört zu jeder Form von Macht, daß sie bestrebt ist, sich so weit auszubreiten und alle Bereiche zu infiltrieren, bis sie am Ende unanfechtbar wird. Daher kann man gar nicht sagen, daß die kommunistische Partei das unabhängige Denken zerstört hätte, sie hat es schlicht noch gar nicht zugelassen. Das ›Museum des Sozialismus‹ sollte also vielleicht besser ›Hypnosezentrum‹ heißen, denn in ihm herrscht ein kollektiver Zustand des Halbschlafs, eine umfassende Weigerung aufzuwachen.

Entsprechend ist der politische Mythos in der modernen chinesischen Literatur eigentlich nichts anderes als die moderne chinesische Politik selbst. Und er lebt deshalb immer weiter, weil niemand bereit ist, ihn zu entzaubern. Für das politische Denken des Westens ist es kaum nachvollziehbar, wie die Partei von ihrer Reform- und Öffnungspolitik direkt in ein Blutbad umschlagen konnte, genausowenig daß ein und derselbe Schriftsteller, der bis zum Abwinken über seine leidvollen Erfahrung berichtet, nicht mit allem recht haben könnte, was er über China schreibt. Die Partei und die Schriftsteller sind folglich nicht die wirklichen Opponenten, da sie beide der eigentlich wünschenswerten Form von kultureller Transformation auf der Basis des Individuums gleichermaßen entgegenstehen. Ob von der reinen Zentralgewalt zur Anerkennung individueller Rechte oder vom kollektiven Schicksal der Nation zum einzelnen kleinen Menschenleben, stets handelt es sich um denselben Prozeß: Das Kollektive, Vorgeschriebene, Staatliche, soll werden zum Individuellen, Wandelbaren, Menschlichen.

Die Tiefe eines Kunstwerks hängt davon ab, wie stark der Autor in der Lage ist, sein Selbst mit Hilfe der Literatur zu erschließen. So betrachtet, verliert das konkrete Thema eines literarischen Werkes an Bedeutung. Während die Geschichte über eine Internierung möglicherweise das System nur stabilisiert, kann ein Gedicht über ein Kätzchen und ein Kind direkt an das Dunkle und Grausame der menschlichen Natur rühren und geradezu umstürzlerisches Potential entfalten. Der Maßstab, mit dem man das eine vom anderen unterscheidet, muß die Frage danach sein, welche Rolle der individuelle Künstler spielt. Versucht er, sich reinzuwaschen, handelt es sich mit hoher Wahrscheinlichkeit um eine Lüge, gesteht er eine Mitschuld ein, ist er vermutlich sehr viel aufrichtiger.

Wenn man also die Tiefe und den Reichtum des menschlichen Wesens mit Hilfe der Literatur erkunden will, dann kann man auch keine triviale und oberflächliche Form akzeptieren. Eine ›Politik‹ im wirklichen Sinne wird sich nicht einfach im selben Denkrahmen vollziehen können, auf der Bühne des bestehenden Theaters der Macht. Vielmehr kommt es darauf an, jede

Rolle in der Tragikomödie, die dort gespielt wird, entschieden abzulehnen. Es ist eine traurige Wahrheit, daß China weder faktisch noch gedanklich viel zu bieten hat, was eine neue und bessere Form der kulturellen Transformation anbelangt. In der aktuellen chinesischen Literatur gibt es immer noch viel zu wenig gute politische Texte. Dabei hatten nach dem Ende des Kalten Krieges beide Literaturen, die westliche und die chinesische, doch die Chance auf eine ganz neue Wissensordnung, auf eine neue Sicht der wirklichen Probleme, zu denen auch die Frage gehört, was ›Politik‹ heute heißen kann und soll. Vielleicht wird die chinesische Literatur dann, wenn sie mit dem politischen Mythos endlich Schluß gemacht hat, wirklich politisch sein – und auch Literatur.

Der Erfolg der Fälschungen

Nach der Vorführung des Videos *Das Teehaus* des chinesischen Künstlers Wang Jianwei auf der documenta X im Jahr 1997, gab es eine Podiumsdiskussion zwischen mir und der künstlerischen Leiterin Catherine David.

Yang Lian: Darf ich fragen, nach welchen Kriterien dieses Video ausgewählt wurde?

Catherine David: ...

Yang Lian: Ich meine, gab es andere Kriterien als die exotische Atmosphäre?

Catherine David: Das ist nicht einfach ein Video, sondern ein Kunstwerk.

Yang Lian: Genau das möchte ich bezweifeln. Nach meinem Dafürhalten meint »Kunstwerk« immer auch Form – eine bestimmte Perspektive, Struktur, Rhythmus, Bildsprache und dergleichen. In *Das Teehaus* jedoch erkenne ich nicht das geringste Formkonzept. Mit seiner Monotonie und simplen, einfallslosen Kameraführung ist das Ganze einfach nur ziemlich langatmig und weitschweifig. Formal gesehen, ist das ziemlich schlecht gemacht.

Catherine David: Ich finde, daß das Werk späterhin durchaus poetische Qualitäten entwickelt.

Yang Lian: Es tut mir leid, aber mir als Dichter sind hier keinerlei poetische Qualitäten aufgefallen. Aber ich verstehe durchaus, was Sie meinen. Für Sie liegt das Poetische in der exotischen Atmosphäre: der ferne Osten, ein mysteriöses Reich, fremde Völker und Bräuche, eine geheimnisvolle Kultur. Ich komme aber leider von dort, und daher ist das für mich keinesfalls fremd und exotisch. Aber einmal ganz abgesehen davon: Das Poetische sollte nie am Stoff oder Thema hängen, sondern zuerst am unverwechselbaren Umgang des Künstlers mit seinem Material zu erspüren sein. Der Künstler ist es, der

den Stoff in etwas Poetisches verwandelt. Und da der Schöpfer von *Das Teehaus* sein Material überhaupt nicht in diesem Sinne mit Bedeutung füllt und gar keine Kontrolle über sein Thema zu haben scheint, finde ich das Ergebnis auch ziemlich belanglos.
Soweit dieses Gespräch, das mir Anlaß gibt, mich noch einmal grundsätzlich zum Thema der zeitgenössischen chinesischen Kunst zu äußern.

Mir hat früher die Ölmalerei von Wang Jianwei sehr gefallen, seine grobe Pinselführung auf jedem Bild, die instinktiv erkennbare Mao-Uniform, die schmutzig auslaufende Pinselfarbe, die surreale Art und Weise, mit der eine furchtbare Wirklichkeit künstlerisch vermittelt wird. Doch sein Video *Das Teehaus* halte ich für gründlich mißlungen. Er bedient schlicht jedes Klischee über China, und so sind auch seine Symbole und Metaphern nur allzu leicht aufzulösen: Das Teehaus ist China, die Plakate an den Wänden der Kommunismus, die Fliege, die das Gesicht des Schlafenden hochkriecht, steht für die Rückständigkeit und Ignoranz, der künstlich forcierte Dialekt gibt dem Ganzen Lokalkolorit, der Geschichtenerzähler und die Sichuan-Oper geben eine volkstümliche Note und so weiter und so fort. Die vier Figuren des Films zeigen keinerlei innere Widersprüche oder Entwicklungen. Warum also diese endlose Wiederholung einer nichtssagenden Handlung? Warum kein detailgenauer Umgang mit den Dingen, die zu einem Teehaus nun einmal gehören? Selbst die Armut, die das Video zeigt, ist nicht echt, sondern gehört zum künstlerischen Kalkül. Doch auch die vielen effekthascherischen Bilder können nicht von der Monotonie der Kameraführung ablenken. Obwohl die Videotechnik doch so viele Möglichkeiten bietet, nutzt der Regisseur sie nicht zur Entdeckung einer tiefer gelegenen Wirklichkeit, und so gibt sein Film auch der Videokunst keinerlei neue Impulse. Als ›Neorealismus‹ kann man dieses Fehlen einer künstlerischen Sprache denn auch beim besten Willen nicht bezeichnen, denn wo würde hier Realität neu geschrieben? Für mich bleibt *Das Teehaus* auf der Stufe einer unnötig in die Länge gezogenen Karikatur stehen. Schade, daß der Regisseur das nicht selbst bemerkt. Durch seine künstlerische Schwäche entgleitet ihm die Realität und versickert im Nichts wie Wasser im Boden.

Ich muß das so hart ausdrücken, weil die Idee der Kunst in China kaum mehr Fürsprecher findet, außer bei einigen wenigen staatlich verfolgten Künstlern. Allerdings feiert die moderne chinesische Kunst auf dem Weltmarkt derzeit große Erfolge und wird heiß gehandelt. China erobert die Weltmetropolen. Ob in Sydney, Berlin, Venedig, New York, London, Kassel, Paris, Hongkong oder Tokio: Welches der großen Museen der Welt, welche der berühmten Galerien und Kunstschauen hätten noch keine groß angelegte Ausstellung moderner chinesischer Kunst veranstaltet? Wang Jianwei selbst ist gerade vom *Institute of Contemporary Arts* in London eingeladen worden, um anläßlich der Ausstellung »Beijing – London« ein weiteres Video zu präsentieren. Und so wird vom Mao-Pop über die ›jungen Wilden‹ Chinas bis hin zu daoistischen Sexualpraktiken, Cyberkunst und der medial ausgebreiteten Geschlechtsumwandlung eines bekannten Tänzers in westlichen Kunstmedien alles zum interessanten Thema, nur nicht die Kunst selbst. Doch fühlen sich zunehmend auch chinesische Künstler, die jetzt noch auf den Wellen des China-Hypes treiben, ein wenig unwohl angesichts des Erfolges von China-Klischees wie in *Das Teehaus*. Der Jubel bei der Premiere chinesischer Kunst auf der Weltbühne ist mittlerweile am Verfliegen, der Champagner langsam leer getrunken. Die Massenmedien haben

die Themen der chinesischen Medien schon eine ganze Weile breitgetreten und werden sich bald neue andere suchen. Und dann? Wird es also Zeit, den Beruf zu wechseln, oder schaffen wir es gerade noch rechtzeitig, in uns zu gehen, nicht mehr auf den Erfolg von Fälschungen zu setzen und uns den wirklich wichtigen Gegenständen zuzuwenden?
Am meisten frappieren mich die unangemessenen Wertmaßstäbe, die im Westen an die chinesische Gegenwartskunst angelegt werden. Ich habe früher schon einmal angemerkt, daß der Westen gegenüber der modernen chinesischen Kunst offenbar alle Standards des ästhetischen Urteils über Bord geworfen hat. Das heißt aber natürlich nicht, daß er keine eigenen Bewertungsmaßstäbe hätte, er legt sie nur einfach nicht an. So kann man sich etwa fragen, wie sich westliche Kunstkritiker nach Andy Warhol noch derart für Mao-Pop begeistern können. Künstlerisch ist dieser Stil längst passé, erst recht angesichts der Probleme von heute. Ich würde fast sagen, daß es noch schlimmer ist, als gar keine Kriterien zu haben, die falschen anzulegen, nämlich die eigenen Prinzipien aufzugeben und blind einem falschen Bild von China zu huldigen. Man will einfach nicht wahrhaben, daß die künstlerische Sprache der vorgeblich regimekritischen Kunst so dürftig und farblos ist, daß sie all die Kraft, die sie überhaupt noch aufweist, eigentlich nur parasitär von der Aura der wirklichen Oppositionellen bezieht. Die zeitgenössische chinesische Kunstszene bedient sich der Eigenheiten unserer Kultur eigentlich nur noch, um damit in die Welt zu schreien: »Seht her, auch China hat X bzw. Y!« Mich erinnert das stark an die sogenannte Narbenliteratur nach der Kulturrevolution, bei der ebenfalls ein an sich unkünstlerischer, lediglich gesellschaftlicher Ausbruchsversuch aus dem politischen Käfig mit literarischer Qualität gleichgesetzt wurde. Eine gewisse menschliche Authentizität

galt als Ersatz für künstlerische Standards, ohne zu fragen, ob nicht Authentizität schlicht die Minimalforderung eines jeden Künstlers an sich selbst sein sollte. Wenn überhaupt, dann ist sie der Ausgangspunkt für kreatives Schaffen und nicht sein Resultat. Man hatte sich damals lediglich aus dem negativen Bereich zur Null vorgearbeitet, aber immer noch nicht ins positive Spektrum.

Die Haltung des Westens gegenüber der modernen chinesischen Kunst läßt sich also gut mit dem amerikanischen Schlagwort der »positiven ethnischen Diskriminierung« zusammenfassen. Die chinesischen Artisten stehen somit vor der Wahl: Dienen Sie sich der Erwartung des Westens an und erfüllen die Klischees, oder nehmen sie sich vor einer solchen Haltung in acht. An der Entscheidung für eine dieser Positionen läßt sich leicht das künstlerische Niveau erkennen. Wer mokiert sich hier eigentlich über wen? Im Grunde scheint es, solange es nur profitabel ist, überhaupt keinen Unterschied zu machen, ob man Mao, den Westen oder sich selbst zum Narren hält. Ich sehe keine große Differenz darin, seinen Prinzipien untreu zu werden, indem man unter Zwang die Vorlieben eines diktatorischen Regimes bedient oder indem man eben dem trivialen Wohnzimmergeschmack der bürgerlichen Mittelklasse huldigt.

Diese falschen Standards haben ihren Ursprung in einer großen Utopie mit Namen China. Das Image des ›Reichs der Mitte‹ ist im Westen vor allem durch die beiden Worthülsen »Kommunistische Partei« und »5000 Jahre alte Kultur« geprägt, doch niemand fragt sich, ob dem Kollektivsingular ›China‹ eigentlich irgendeine Realität korrespondiert? Taiwan, Festlandchina, Hongkong und die Überseechinesen bilden weder des politischen Systems noch der Kulturgeschichte, ja nicht einmal der Schriftzeichen nach eine Einheit. Es gibt also gar kein ›China‹, das einfach so existierte und ganz einfach definiert werden könnte. Vielmehr ist China ein Phantombild, das durch die Köpfe der Leute geistert.

Damit aber der Absurditäten noch nicht genug: Begriffe wie »Sinizität« und »Identität« werden mit Pseudoinhalten überfrachtet. So kommt es auch, daß alles, was die zeitgenössische chinesische Kunst ausmacht, nur in den Themen und Inhalten zu stecken scheint. Ja, diese fungieren nicht einmal nur zu dem bereits erläuterten Zweck, eine Art ›Einheit‹ und ›Identität‹ der chinesischen Kunst zu konstruieren, wo es so etwas eigentlich gar nicht gibt, sondern sie fungieren zugleich auch als Qualitätskriterium, dem gemäß nicht das ›Wie‹, sondern das ›Was‹ der Kunst über ihren Wert entscheidet. Die chinesische Kunstwelt ist abhängig von all diesen disparaten Elementen und chemischen Reagenzien, da sie ja gar nichts anderes hat, wodurch sie sich legitimieren könnte.

Zu den in der Vergangenheit, der Gegenwart und vermutlich auch noch in der Zukunft gut bewährten Erfolgsmethoden und thematischen Dauersellern gehören die folgenden:

1. Politik: Mit der Ideologie des Kalten Krieges fährt man immer noch am besten. Mao-Bilder, Rote Garden, Slogans aus der Massenpropaganda, Poster mit Motiven aus der Kulturrevolution, bluttriefende Bilder schmücken weiterhin das derzeit größte Staatsmuseum des Sozialismus namens China. Unisono tischt man uns wieder und wieder die unterkomplexen Moralpredigten aus den Kinderfibeln auf, weil sie ein so schön zweckmäßiges Feindbild abgeben. Will man noch mehr auf Nummer Sicher gehen, muß man sich nur die Biographie eines politisch Verfolgten zulegen, schon fällt dem westlichen Publikum und den Kritikern nichts mehr Negatives ein, und sie erstarren vor Ehrfurcht und Bewunderung.

2. Ethnie: In unserer vom Westen dominierten Welt, in der

allerdings der Orientalismus in Mode ist, gehorcht auch die Kunst den Spielregeln und dem Wertesystem der Macht. Obwohl der Begriff »China« kaum zu definieren ist, betont man einfach den ethnischen Charakter der Kunst, und es fehlt eigentlich nur noch ein kleiner Schritt, um gleich in eine Art Rassenlehre zu geraten. Was immer noch am meisten zieht, ist jedoch eine ethnische *political correctness*, wobei die zynische Wirklichkeit in China mit der europäischen Klischeevorstellung einfach ausgetauscht wird. Doch können all die beliebten Kollektivismen und Pauschalismen nicht darüber hinwegtäuschen, daß sie mit dem konkreten Leben des einzelnen Menschen eigentlich gar nichts mehr zu tun haben.

3. Kultur: Im Zeichen von Geldgier und Profitsucht durchläuft die chinesische Kultur eine beispiellose Degeneration. Fengshui, das *Yijing*, gebundene Füße, Konkubinen, Kungfu, Qigong, Kalligraphie, konfuzianische Selbstkultivierung, farbenfrohe Volksbräuche, mit roten Lampions geschmückte Lokalopern – jede individuelle, kritische Reflexion auf die eigene Tradition muß sich letztlich auf den kleinsten gemeinsamen Nenner eines großen kulturellen Konsenses bringen lassen. Statt daß ein Kunstwerk nach eigenen Ausdrucksmitteln sucht, wird es von inhaltlichen Klischees überflutet. Über der Frage, *ob* ein Thema etwas taugt, gerät auf diese Weise der eigentlich interessantere Punkt aus dem Blickfeld, nämlich *wozu*. Wie kann die Kunst, die stets ein individueller Ausdruck sein muß, es aber tolerieren, derart für öffentliche Zwecke mißbraucht zu werden? Eine lebendige Tradition und Kultur kann es immer nur geben auf der Basis der individuellen Kreativität des einzelnen. Wenn es nicht so wäre, würde die Kultur, je bunter und undeutlicher sie sich darstellt, doch immer mehr zu einer lebenden Toten.

4. Postmoderne: Es scheint, als gäbe es nichts Einfacheres, als

direkt von der Vormoderne in die Postmoderne zu springen. Die beliebteste Methode in den Lehrbüchern der modernen chinesischen Kunst ist daher die der bloßen Addition. Ob Rote Garden *und* Coca-Cola, kleine rote Kungfu-Krieger *und* Computerspiele, Familienidyll der fünfziger Jahre *und* multimediale Verkabelung, ein altes Familienfoto *und* Computersoftware, nachgemachte traditionelle Landschaftsmalerei *und* drittklassige Pornos – immer lautet die Formel: Man nehme chinesisches Lokalkolorit plus westliche Mode und Technologie, und schon winken Ruhm und Erfolg. Es scheint so leicht, mit dieser Formel den Sprung vom zurückgebliebenen Hinterland in die globale Avantgarde zu schaffen, und es gibt nichts, nach dem sich die chinesischen Künstler so sehr sehnen. Alles wird negiert, deshalb ist alles möglich, und es gibt keine Maßstäbe, also kann alles zum Maßstab gemacht werden. Was, außer dem schieren finanziellen Nutzen, bleibt da als letzter Wert und letzte Wahrheit?

Auf diese Weise also opfert die zeitgenössische Kunstszene Chinas dem Erfolg am Markt den individuellen Charakter der Kunst. In der Tat gewinnt sie so in gewisser Hinsicht die erhoffte Konsistenz, Identität und einen Wiedererkennungswert, aber es fragt sich natürlich, um welchen Preis. Die Gewehrsalven auf dem Platz des Himmlischen Friedens haben den Traum der Intellektuellen, ›durch Kultur das Land zu retten‹, wie es damals hieß, nachhaltig zerstört. Keiner der idealistischen Oppositionellen der achtziger Jahre will am Ende dieses von Materialismus und Konsum geprägten Jahrhunderts noch den Helden spielen, nicht gegenüber der Politik und nicht gegenüber dem Markt. An den eigenen ästhetischen Prinzipien festzuhalten und die Rolle des einsamen Außenseiters zu akzeptieren wird damit immer seltener und schwieriger.

Aber eine solche historische Begründung für den Niedergang

des künstlerischen Lebens erklärt die gegenwärtigen Verhältnisse nur zum Teil. Schließlich wird niemand gezwungen, mit belanglosen trivialen Ölbildern zu kindischen Themen herumzuwedeln. Dem Publikum wird suggeriert: »Seht her, auch ich bin ein Aktionskünstler, der demonstrativ seine Installation zerstört«, nur um die Dämlichkeit und Schwäche des eigenen Konzepts zu vertuschen und sich in dieser prätendierten Infragestellung seiner selbst gemütlich einzurichten. Dabei hat man allerdings vergessen, daß solch ein Konzept der Selbstrelativierung zur Heuchelei verkommt, wenn man es am laufenden Band reproduziert. Natürlich ist es dennoch sehr verlockend, so leicht im Westen Erfolg zu haben, und in Scharen springen die chinesischen Künstler auf diesen Zug. Jeder Unfug, wenn er nur zigfach wiederholt wird, erscheint irgendwann wahrer als die Wahrheit. Und so flattern allenthalben die neureichen chinesischen Künstler fröhlich durch den Kunstbetrieb.
Aber diese Diskussion über das Dilemma von Kunst und Kommerz ist eigentlich ja ein alter Hut. Die von einem linearen Geschichts- und Zeitbegriff geprägte westliche Denkweise wirkt sich auch auf den Kunstbetrieb aus. Dadurch steht sie wirklicher Kreation von Neuem aber gerade im Wege, statt sie zu befördern. Es wird zwar allerhand vermeintlich Neues geschaffen, das nur an der Oberfläche glänzt, aber im Inneren leer und schwach ist. Die gegenwärtige Nachfrage nach chinesischer Kunst ist folglich auch ein Indiz für eine Krise der westlichen Kunst. Der aus dem Westen importierte, blinde Glaube an den Mythos des Neuen, leistet in China einem wirren und fanatischen Drang nach »Modernisierung« Vorschub. Das beste Negativbeispiel hierfür ist der Kommunismus in China, der eigentlich nichts anderes als die übelste und neueste Spielart der traditionellen autokratischen Kultur ist. Die überkommenen Strukturen unserer Kultur wurden zerstört,

ohne durch neue Ideen ersetzt zu werden. Es ist dem Kommunismus lediglich gelungen, die geistigen Prinzipien unserer Gesellschaft zu vernichten, nicht aber, etwas Neues an deren Stelle zu setzen. Übrig blieb daher nur ein Skelett aus Macht und Profit. Man hat uns so lange mit Parolen und Theorien überflutet, bis da, wo einst unser kritisches Bewußtsein war, nur noch ein großer Hohlraum blieb. Und wo nichts Eigenes ist, da paßt man sich gerne gängigen Moden an.
Der Erfolg der Fälschungen ist angesichts einer solchen Mentalität natürlich fast unvermeidlich, denn er verhilft uns zu einem erlogenen Selbstwertgefühl, mit dem wir uns selbst und andere blenden. Wir müssen, um die Krise in Ost und West zu überwinden, über die Reflexion der Kunst auch wieder zu einer kritischen Kultur und echten Auseinandersetzung mit der Realität gelangen. Und ich bin diesbezüglich gar nicht einmal pessimistisch. Immerhin beinhalten die Schwächen der bestehenden Verhältnisse immer auch das Potential zu ihrer Verbesserung. Wenn wir fortwährend Begriffe wie ›Moderne‹, ›China‹ oder ›Kunst‹ hinterfragen, fordert uns dies auch unweigerlich heraus, unsere Vorstellungen von Tradition und Moderne, Ost und West und unsere Werte neu zu formulieren. In jeder Negation steckt auch eine Position, alles Alte, Abgelebte macht Platz für einen Neuanfang.
Gehen wir also noch einmal die Begriffe und Konzepte durch, anhand deren ich die Problematik der modernen Kunst darzulegen versucht habe, und sehen wir uns an, wie sie alternativ gedeutet werden könnten. Alles Kollektive fängt beim Individuellen an. Auf der politischen Ebene kann es nicht darum gehen, daß eine autokratische Macht darüber entscheidet, ob sie die Künstler und ihre Werke toleriert oder nicht. Vielmehr obliegt es den Künstlern, ihr unabhängiges Denken gerade auch an dieser Stelle geltend zu machen. Was die Rede von

der Ethnie betrifft, so ist die Schöpferkraft des einzelnen immer die Vorbedingung dessen, was am Ende als Ausdruck der chinesischen Volksgemeinschaft erachtet werden könnte. Und auch die Kultur beruht zunächst stets auf dem Verhältnis jedes einzelnen zur Tradition. Je ausgereifter und vollkommener die kulturellen Symbole sind, desto wichtiger ist es, ihnen immer wieder durch das individuelle Vermögen Sinn und Bedeutung zu verleihen. Der Begriff der Postmoderne schließlich kann nicht bedeuten, daß man die chinesische Weltanschauung einfach durch die westliche ersetzt, sondern daß man aus der eigenen Tradition heraus eine neue formuliert.

Ich kann nicht vorhersagen, welches das Leitprinzip der chinesischen Kunst im kommenden Jahrtausend sein wird. Doch an dieser Stelle kann ich nur die Hoffnung äußern, was es nicht sein wird: weiterhin ein sensationslüsterner Erfolg von Fälschungen.

Chinesisch von innen

Mein deutscher Übersetzer Wolfgang Kubin sagt des öfteren: »Ich hasse es, Yang Lians Gedichte zu übersetzen, sie sind viel zu schwierig.« – Danke, lieber Wolfgang, das freut mich von Herzen. Wie könnte ich mir wünschen, daß du sagst: »Deine Gedichte übersetzen ist wirklich einfach«?

»Blindlings Drauflosschreiben«, so charakterisiert der Lyriker Meng Meng (*1985) die Arbeitsweise der modernen chinesischen Dichter, und damit trifft er den Nagel auf den Kopf. »Blindlings drauflos« ist die zutreffende Beschreibung für die unreflektierte Haltung einer Vielzahl von Autoren. Aber es geht mir hier nicht um eine Generalabrechung mit der chinesischen Dichterszene. Es kommt mir vielmehr auf einen einzigen Aspekt an, der in meinen Augen zahlreichen mittelmäßigen Werken gemein ist: daß nämlich die chinesische Sprache von den Dichtern schon viel zu lange vernachlässigt wird. Viel zu viele Werke bedienen sich des Chinesischen bloß als Werkzeug und verspielen dadurch letztlich das Vertrauen der Leser in die Kunst. Die vorgefertigte, massenproduzierte und leere Sprache unserer Schriftsteller ist so beliebig, daß ihre Texte auch in jeder anderen Sprache der Welt abgefaßt worden sein könnten. Auch was die Formensprache der Lyrik betrifft, fehlt meist jede innere Notwendigkeit zwischen Form und Inhalt. Es ist absurd, aber wahr, daß chinesische Dichter wie in einer Art Fremdsprache schreiben, so als ob sie des Chinesischen nicht mächtig wären. Auch wenn sie vorgeben, daß sie ja gerade einen internationalen Tonfall anschlagen wollen, ist das doch nur eine Ausrede für ihre Schwächen im Umgang mit der eigenen Sprache. Ich nenne dieses Phänomen ›Schreiben außerhalb des Chinesischen‹ oder auch ›Chinesisch von außen‹. Meine Kollegen richten sich offenbar primär an ihre Übersetzer, die sie nicht mit den spezifischen Widrigkeiten der chinesischen Sprache überfordern wollen.

Allerdings geht man von falschen Prämissen aus, wenn man, wie früher üblich, allen Ernstes die ›Sinizität‹ eines Gedichts, seinen besonderen ›chinesischen Charakter‹, diskutieren will. Was soll das denn sein? Hängt es an bestimmten Themen? Oder Motiven? Entscheidet er sich an der Volkszugehörigkeit des Autors oder an der Nationalsprache, die der Schriftsteller verwendet? An einer bestimmten politischen Vorgeschichte oder an seinem kulturellen Hintergrund?

All das kann doch für ein gutes Gedicht kaum von Belang sein. Ein Gedicht braucht keinen Eintrag ins Melderegister, damit man merkt, woher es stammt. Es ist ein sprachliches Konstrukt, durch seine sprachliche Formung gehört es zu einer ganz bestimmten Realität. Daher stecken auch die chinesischen Dichter des 20. und 21. Jahrhunderts, sobald sie sich politischen oder gesellschaftlichen Themen zuwenden, zunächst einmal in der Falle: Die chinesische Sprache, all diese quadratischen Schriftzeichen, die bereits über 2000 Jahre in Gebrauch sind, bilden zusammen mit den strengen Formen klassischer chinesischer Dichtung ein kaum zu übertreffendes, hochgradig ästhetisches System des sprachlichen Ausdrucks. Man kann es sogar mit einer musikalischen Komposition vergleichen wegen der antithetischen Struktur vieler Gedichte, des harmonischen Wechsels zwischen flachen, auf- und absteigenden Tönen (der sogenannten *pingze*-Tonfolge), der sorgfältig herausgearbeiteten visuellen und klanglichen Ästhetik, der subtilen Wechselwirkung von Allgemeinem und Besonderem. Spätestens seit den Vorschriften über die »vier Töne und acht Tabus« des Shen Yue (441–513) ist das diesbezügliche detaillierte Feilen an Worten und Sätzen unaufgebbarer Bestandteil der Dichtung. Die Poeten übten sich dabei durch die Einhaltung von Regeln in der für ihre Aufgabe notwendigen Demut, wobei diese poetologischen Richtlinien nichts Künstliches waren, sondern organisch aus den Besonderheiten der chinesischen Sprache hervorgingen.

Nicht die Dichter schreiben das Gedicht, sondern das Gedicht schreibt den Dichter. Ein typisches *qilü*, das formstrenge Gedicht von sieben Zeichen pro Zeile aus der Tang-Zeit, ist ein ganz eigener Mikrokosmos, eine Art Universum in der Nußschale. Es bildet einen eigenen poetischen Raum, durch den die Jahre dahinfließen. «Das *dao*, welches man benennen kann, ist nicht das ewige *dao*.« Dieser treffende Satz stammt schon aus dem vermutlich im 6. Jahrhundert v. Chr. entstandenen *Daodejing* des Laozi und ist doch bereits chinesische Sprache in höchster Vollendung. Oder nehmen wir einen berühmten Vers des Tang-Dichters Du Fu : »So oft schon Gast auf den endlosen Wegen herbstlicher Melancholie, steige ich durch so viele Jahre der Mühen allein die Anhöhe hinauf.« Mit jedem Wort dringt dieser Reisende tiefer in die Realität vor. Ein dichterisches Trauerritual vergangener Jahrhunderte, das die Sprache über unser gebundenes Dasein hinausgehen läßt. Gerade weil sie so überaus vollendet ist, kann ich sagen, daß die klassische Dichtung für den modernen Autor unserer Sprache eine Falle darstellt. Es ist, als wolle man etwas so Vollkommenem wie einer Pyramide noch einen Millimeter an Höhe hinzufügen. Die Werke von Qu Yuan oder Li Bai stellen eine riesige Herausforderung dar. Immerhin ist deren wunderbare Sprachbeherrschung auch in der Moderne noch nicht ganz abhanden gekommen. All diese Dichter sind lebendig, sie sind wirksam als Maßstab zur Beurteilung eines zeitgenössischen Gedichts. Ein chinesischer Dichter des 20. Jahrhunderts kann keinen Moment lang dieses ebenso fatale wie wertvolle

Gewicht ablegen, das – in sich selbst vollendet – auf seinen Schultern lastet.

Den Titel dieser Abhandlung, »Chinesisch von innen«, habe ich mir von dem griechischen Dichter Odysseas Elytis geborgt, der einmal gesagt hat, das Gedicht liege im Innern der Sprache. Im Gegensatz zu der konturlosen Rede vom ›Chinesischen‹ im nationalen Sinne, geht es mir um die Betonung des Chinesischen als Sprache. Diese beiden Konzepte unterscheiden sich darin, auf welcher Ebene sie jeweils die eigentliche Kulturleistung ansiedeln, der kollektiven oder der individuellen: Die erste betont die Einzigartigkeit des Chinesischen gegenüber anderen Sprachen, die zweite dagegen die Einzigartigkeit der Sprache eines einzelnen Dichters oder eines Gedichts gegenüber den Werken der anderen Dichter. Ich schreibe Gedichte *mit* der chinesischen Sprache, das bedeutet, daß mein Schreiben Teil dieser Sprachtradition ist, einer lebendigen Tradition, die die Vergangenheit, die Gegenwart und die Zukunft einschließt und damit niemals rückwärtsgewandt ist. Es geht nicht um eine Kopie der Tradition oder die bloße *imitatio veterum*. Wenn ich vom spezifischen Charakter des Chinesischen spreche, meine ich die ihm eigenen und innewohnenden Faktoren, die es zu der konkreten Sprache machen, die es ist. Das Chinesische muß von den Dichtern geöffnet werden für das Unbekannte, nie Dagewesene, sie sollen es mit jedem einzelnen Werk neu erfinden. Das Alte hinter sich zu lassen und zu ihm zurückzukehren, das sind keine widersprüchlichen, sondern sich gegenseitig bedingende Bewegungen wie das Aus- und Einatmen. Die Erfahrung der Moderne hat uns eine gewisse Distanz zu den Ursprüngen unserer Sprache verschafft, wodurch wir sie aber auch besser verstehen können. Und doch haben wir bislang noch lange nicht alles Verborgene ans Licht bringen können. Daß wir uns als chinesische Dichter häufig westlicher Techniken bedienen, macht dieses Vorhaben nur noch schwerer, denn diese importierten Verfahren müssen in unserer Sprache ganz aufgehen und sind ihr doch fremd. Es ist schlicht so, als müßten wir unsere Sprache neu erlernen, um am Ende wieder besser sprechen zu können. Letztlich ist es nicht so wichtig, worüber wir in einem Gedicht schreiben, die eigentliche Herausforderung ist vielmehr die, aus dem Gedicht selbst eine neue Sprache herauszuentwickeln.

Daher muß es mein Anspruch als Dichter sein, kontinuierlich an der Form zu arbeiten. Damit appelliere ich freilich nicht für die vieldiskutierte *poésie pure*, die für einen echten Dichter kein Ziel sein kann. Da die Sprache per se ein Ausdrucksmittel ist, kann es kein absolut »reines« Gedicht geben. Sprache ist immer schon Ausdruck von etwas. Und doch muß man jedes Gedicht, egal, welchen Inhalts, so schreiben, als ob es dabei um ein reines Gedicht ginge, sich besonders den nicht semantischen Aspekten widmen, etwa seinem Rhythmus, seiner Struktur, Musikalität, Symmetrie und Dynamik, seiner Präzision, Harmonie und räumlichen Spannung. So ist es gerade das spezifisch ›Chinesische‹ eines Gedichts, über das man sich der Form eines reinen Gedichts annähert. Für jedes Gedicht muß seine eigene Form durch kontinuierliche Wortarbeit neu erfunden werden. Diese Vorstellung vom kreativen Prozeß ist nicht einfach ein Ideal, sie ist die einzig mögliche, notwendige. Ein gutes Gedicht, gleich, aus welcher Zeit oder welchem Land es stammt, widersetzt sich der Übersetzung, denn es ist notwendig eigen und unveränderlich.

Als ich 1989 nach einem passenden Titel für meine gesammelten Gedichte der letzten fünf Jahre suchte, war ich lange Zeit ziemlich ratlos. Unter welchem Thema könnte man die thematisch so unterschiedlichen Teile wie »Das Seiende spricht« oder »In Symmetrie mit dem Tod« zusammenfassen? Ich benötigte einen Titel, der für sich allein stehen konnte, aber auch alle zweihundert Gedichte umgriff. Am Ende war es das Chinesische selbst mit seiner noch immer latent pikturalen Schrift, das mir half: Ich erschuf einfach ein neues, ein sogenanntes ›zeichenloses Zeichen‹, das es an sich so überhaupt nicht gibt. Es bestand aus einer Verschmelzung der Schriftzeichen für Mensch und für Sonne. Innen- und Außenwelt, die im Moment eines Sprachschöpfungsaktes aufeinandertreffen – ist das nicht genau unsere Bestimmung?

Die Schriftzeichen bilden durch ihre Ausdruckskraft und bildhafte Anschaulichkeit die Quelle unserer sprachvermittelten Welterfahrung. Sie kennen keine Person, kein Tempus, keine festen Wortarten und fixe Abfolge. Sie scheinen uns so plastisch und konkret und sind doch überaus abstrakt. Sie sind wie Gene, die die gesamten grammatischen Funktionen des Chinesischen kontrollieren, seine Gedankenwelt bis hin zur Gestaltung des Daseins. Ganz wie ein Bildhauer oder ein Architekt eine stille Übereinkunft mit ihrem Ausgangsmaterial benötigen, so stellt sich auch für jeden Dichter zuerst die Aufgabe, jeweils die besondere Bedeutung und Expressivität jedes Zeichens, seine Geschmeidigkeit und seinen Glanz zu begreifen, um dann damit weiter am Gedicht zu bauen.

»In Gedanken an die Vergangenheit weinen die Blumen, in Trauer wegen des Abschieds sind die Vögel in Aufruhr«, heißt es in Du Fus Gedicht »In Erwartung des Frühlings«. Die lautmalerische Fähigkeit der klassischen chinesischen Versschemata ist bis heute eine Quelle der Inspiration. Im Gegensatz zu dem ›sichtbaren Klang‹ in den phonetischen europäischen Schriftsystemen, ist die Musikalität des Chinesischen hinter dem visuellen Bild verborgen. Das ist aber kein Nachteil, sondern macht sie um so kraftvoller, und man kann dies geradezu als die geheime Energiequelle der chinesischen Poesie bezeichnen.

Obwohl die chinesische Dichtung sich im Laufe ihrer jüngeren Geschichte von der klassischen Poetik ab- und einer lebensnäheren Sprache zuwandte, hat sie auch in der Gegenwart noch nichts von dieser Musikalität eingebüßt. Auch die moderne Lyrik steht immer noch vor der Aufgabe, Musik in Wort und Bild gerinnen zu lassen, den Dichter in die Lage zu versetzen, in der er in sich selbst den verborgenen Mallarmé, Li Shangyin und Li He wiederentdeckt.
Eine heimliche Sucht scheint mich schon seit langem an die Frage der Form zu fesseln. In den noch vor meinem Exil entstandenen Bänden *Riten und Seele* und *Sonnenmensch* ebenso wie in den bereits außerhalb Chinas entstandenen Sammlungen *Masken und Krokodile*, *Sechzehnzeiler* und *Der Ruhepunkt des Meeres* und schließlich ganz unverändert auch in dem Band *Konzentrische Kreise*. Das, was mich fasziniert, ist Struktur – das Bedürfnis, dem wechselhaften Dasein einen Rahmen zu geben, ihm Gestalt zu verleihen, durch gezielte Kontraste innerhalb von Gedichtzyklen, durch poetische Zusammenstöße und Spiegelungen die Sprache immer neu offen halten. So stellt sich dem Dichter folgende Aufgabe: Die Sinnstruktur eines Gedichts muß sich auf allen Ebenen manifestieren, vom Bedeutungsraum eines einzelnen Zeichens, dem mit Sorgfalt geschaffen Bild, den Sätzen, dem Gedicht bis hin zur Verknüpfung einzelner Gedichte untereinander. Wie eine Symphonie oder auch die schlichte Melodie eines Volkslieds müssen sich die Teile nach einer ureigenen inneren Notwendigkeit zu einem Ganzen fügen. Ich wünschte, meine Gedichtsammlungen, die die Komplexität meines Lebens wiedergeben, wären von ihrer Natur her so eloquent und doch so schlicht und selbstgenügsam wie ein einzelnes Schriftzeichen. Sie sind konzentrische Kreise oder vielmehr Spiralen, die mit jeder Umdrehung ein Stück weiter ins Innere vordringen.

Zum Schluß möchte ich noch einmal auf das Verhältnis von Sprache und Weltanschauung zu sprechen kommen. Anhand des Chinesischen läßt sich besonders deutlich zeigen, daß sich die geistigen Ressourcen unserer Kultur deutlich von anderen unterscheiden. So haben sich in China zum Beispiel erst mit der »Bewegung für eine neue Kultur« nach 1919 die beiden ehedem einsilbigen Worte für ›Zeit‹ und ›Raum‹ in zweisilbige Worte nach westlichem Muster verwandelt. Dies zeigt, daß Weltbild und Sprache sich auch heute noch wechselseitig beeinflussen, zum Beispiel durch die wunderbare Magie unserer unflektierten Verben, die unberührt von Zeit und Person jederzeit stolz ihre ursprüngliche Form beibehalten. Das angestrengte Bemühen der europäischen Sprachen, stets eines konkreten Sinns habhaft zu werden, wirkt demgegenüber wie ein ganz vergebliches Tun. Durch diese Unveränderlichkeit legt das Chinesische nahe, daß jede Handlung eigentlich ein Zustand ist und daß dieser Zustand alle einzelnen Handlungen in ihrer Gesamtheit und Allgemeinheit enthält, über alle Zeiträume hinweg. Mittels einer solchen im wahrsten Sinne des Wortes ›zeitlosen‹, ja geradezu über-zeitlichen Sprache, kommt man natürlich viel weiter, wenn man einen poetischen Raum kreieren will, in dem die Gesetze der Zeit aufgehoben sind.
Um ein Gedicht wirklich wertschätzen zu können, müssen wir als Maßstab sein Geschick anlegen, mit dem es mit diesen Spezifika des Chinesischen umgeht. Nur in seinem ursprünglichen Sprachkontext kann ein Gedicht voll zur Geltung kommen. Für das Übersetzen heißt das: Ganz gleich, wie gut ein Übersetzer seine Kunst beherrscht, sein Text wird doch nie in der Lage sein, im Vergleich mit dem Original zu bestehen. So ist es wohl unumstößlich gewiß, daß es keine Weltliteratur außerhalb der eigenen Sprache gibt.

Lieber Wolfgang Kubin, nun hast du mit deinen Übersetzungen auch noch einen Preis gewonnen. Meine Gedichte waren also immer noch nicht schwierig genug!

»Verstreute Texte«. Gedanken über das chinesische Prosagenre *sanwen*

I

Der Philosoph Laozi machte sich der Legende nach, nachdem er sein weltliches Amt niedergelegt hatte, auf einem schwarzen Ochsen auf den Weg nach Westen. Als er den Hangu-Paß überqueren wollte, hielt der Magistrat des Tales den berühmten Mann auf, damit er seine Weisheiten für ihn niederschriebe. So kam es, daß Laozi das *Daodejing* verfaßte und dann nach Westen verschwand. Über den Philosophen Zhuangzi heißt es, daß er wieder zum Leben erwachte, als seine Frau seinen Sarg zerschlug, woraufhin sie dagegen vor Schreck auf der Stelle starb. Auch über den Dichter Qu Yuan wird allerlei Bemerkenswertes überliefert.

Wie diese Geschichten zeigen, ist von alters her die Biographie von Literaten, ob Legende oder nicht, selbst Gegenstand der Literatur. Wann immer das Volk zu allen Zeiten das *Daodejing*, das Buch *Zhuangzi* oder die *fu*-Gedichte des Qu Yuan las, war es, als ob auch die Autoren durch ihre Texte plötzlich wieder unmittelbar zugegen seien. Daß wirklich Geschehenes derart literarisch tradiert und dadurch selbst zu einem Stück Literatur werden kann, bedeutet aber auch, daß ein spezifisch chinesisches Prosagenre, nämlich das der *sanwen* (wörtlich »verstreute Texte«), in der diese Erzählungen meist in Literatur verwandelt und überliefert werden, ihren Gegenstand ganz und gar frei erfindet?

II

Anders als alle anderen Errungenschaften der chinesischen Kultur haben die *sanwen* in China eine beinahe ebenso lange

Tradition wie die Lyrik. In der Zeit vor der Qin-Dynastie, d.h. vor dem Jahr 221 v. Chr., gab es die sogenannten ›hundert Schulen‹. Unzählige Persönlichkeiten verfaßten gelehrte Schriften, machten sich dadurch einen Namen, und so entfaltete sich Chinas Goldenes Zeitalter. Das Genre der *sanwen* war dabei, verglichen mit anderen Textsorten, von geradezu umgangssprachlichem Duktus. Die Eleganz dieser Texte, die Freiheit des Rhythmus, die Anmut der Metrik und die Lebendigkeit der Beschreibung fügten sich glücklich zu einem vielstimmigen, aber dennoch stets als Einheit erkennbaren Ausdrucksstil. Wenn man heute einen alten Band von *sanwen* hervorholt, fühlt man sich noch immer unverzüglich in die Zeit dieser Blüte des Denkens und Schreibens zurückversetzt. Man sieht sie vor sich, die Gelehrten, wie sie eilig über die Wege laufen oder in den Hallen der Weisheit debattieren, in Meditation versunken zu ungeahnten Höhen aufsteigen oder die irdische Welt erforschen: Philosophie, Geschichte, Politik, Literatur, Mathematik, Sprache, Dichtung, in all diesen Bereichen auf einer unermüdlichen und unerschöpflichen Suche. Betrachtet man die Unterschiedlichkeit all dieser Autoren und ihrer Ansichten zu Himmel und Erde, die auch in ihren vielfältigen Schreibstilen zum Ausdruck kommt, dann kann niemand allen Ernstes auf den Gedanken geraten, daß Individualität eine Erfindung des Abendlandes sei. In diesem für viele unterschiedliche Denkweisen offenen Zeitalter gab es sehr viel mehr, als nur das konfuzianische Denken. Wie viele moderne Persönlichkeiten könnten wir nennen, die heute ihre eigene Ansicht so vehement zu vertreten bereit wären wie ein Konfuzius, ein Shang Yang oder der ›Sohn des Drachenkönigs‹ Gong Sun?

III

Das im chinesischen Wort *sanwen* enthaltene Zeichen *san* (verstreut), steht im Gegensatz zum literarischen Begriff des *pian* (gekoppelt). Die »gekoppelten« Verse der parallel konstruierten *pianwen*, einer rhythmischen Prosadichtung, deren Sätze immer aus vier und sechs Zeichen bestehen, haben den Klang und die Energie von vier losgaloppierenden Pferden. Die dem *pianwen*-Stil entsprechende *fu*-Dichtung, eine prosimetrische Form der auf das kurze Intermezzo der Qin-Dynastie folgenden Han-Zeit (206 v. Chr.–220 n. Chr.), geriet im Lauf der Jahrhunderte in Verruf. Ihr wurde, kurz gesagt, übertriebener Formalismus vorgeworfen. Doch wenn Literatur, ganz gleich, welche genialen Ideen sich auch transportieren will, keine Form dafür findet, welchen Sinn hat sie dann überhaupt? Entgegen ihres schlechten Rufs war die Han-Zeit eine Epoche des Strebens nach Vollkommenheit, nach einer eigenen unverwechselbaren Ästhetik. Allein schon visuell nahm sie mit der parallelen Konstruktion der *pianwen* die antithetisch aufgebaute prosimetrische Dichtung späterer Zeiten vorweg. Klanglich war ihr parallel konstruiertes Reimecho der Vorbote für die Tang-Zeit-Dichtung (618-907) mit ihrer *pingze*-Variation von flachen sowie auf- und absteigenden Tönen. Obwohl sehr detailliert, periphrasierend, pathetisch, ausschweifend und kraftvoll, gehören diese Verse doch in die gleiche Reihe wie die viel ältere, archaische und schmucklosere Dichtung der *Chuci*, der schamanischen Gesänge des Qu Yuan. Ich kann einfach nicht anders, als trotz der negativen Entwicklung in späteren Zeiten das Bewußtsein der Hand-Dichtung für sprachliche Formgebung zu bewundern. Auch daß in späterer Zeit in ihrer Nachfolge eine von der Alltagssprache mehr und mehr losgelöste Schriftsprache entstand, bedeutet für sich allein ja noch nicht, daß die letztere in ihrer Artifizialität nur aus hohlen Phrasen bestünde (die »Sprache der Arbeiter, Bauern und Soldaten« während der Kulturevolution entsprach ja auch nicht gerade einer natürlichen Rede- und Schreibweise). Vielmehr war sie Ausdruck des unabhängigen kreativen Denkens von reifen Schriftstellerpersönlichkeiten. Und die zunehmende Leere der *fu*-Dichtung war auch weniger ihrem Formalismus geschuldet, als der autokratischen Herrschaft des Konfuzianismus über das Denken der Schriftsteller. Und in dieser Hegemonie des Konfuzianismus liegt auch die Ursache, weshalb in der Folge die gesamte chinesische Literatur einen gewissen Hang zum Ornamentalen entwickelt hat, nicht nur die *sanwen*.

IV

Das klassische Chinesisch der Tang- und Song-Zeit (618–1279) war vor tausend Jahren keine Kunstsprache, sondern das gängige Idiom des Landes, und die sogenannten »acht großen Meister der Tang- und Song-Dichtung« bildeten entsprechend so etwas wie eine frühe Sprachreformbewegung. Das Motto ihres Schreibens »Das Neue suchen und das Ungewöhnliche hochschätzen« würden wir heute wohl mit den Schlagwörtern »Modernismus« oder gar »Postmodernismus« übersetzen. Aber eigentlich sind alle »Ismen« nur leeres Gerede. Das, was wirklich zählt, ist ein unabhängiges Bewußtsein und eine ebensolche literarische Sprache. Es kommt darauf an, die eigenen Emotionen und Gedanken in Worte zu fassen. Da sich diese, gerade weil sie zutiefst individuell sind, aber kaum in bereits vorhandene Schemata einfügen lassen, ist es notwendig, jeweils auch neue Formen zu entwickeln, die dies leisten können. Und erst wenn sich diese individuelle Form mit der Muttersprache – dem Material des Sprach-Baumeisters – auf das innigste verbindet, entsteht die höchste Harmonie von Gedanke und Medium. Die Prosastücke des Su Dongpo (1037–1101) haben in diesem Sinne bereits etwas ›Expressionistisches‹. Sie kennen keine objektive Beschreibung von Gegenständen oder Sachverhalten, sondern nur subjektive Empfindung und Imagination. Dadurch, daß die Außenwelt in diesen Texten ganz und gar in eine subjektive Vorstellung verwandelt wird, fungiert sie im Grunde als bloßes Vehikel oder Spiegelbild. So sind sie anders als alles, was man bis dahin kannte, und bleiben doch faßlich für Herz und Verstand. Von sich selbst zu schreiben bedeutet, über alles zu schreiben, und über alles zu schreiben heißt tatsächlich nur, von sich selbst zu schreiben – »das Verstreute formen, auf daß das Göttliche sich nicht verstreue«, wie es in der Dichtung heißt. Aber was ist hier mit »göttlich« gemeint? Nichts anderes als die Gesamtheit aller Dinge, die in jedem einzelnen enthalten ist. Die *sanwen*, diese »verstreute« Form des Schreibens, entwickelten sich auf dieser Basis von der puren und individuellen Ausdrucksform, die sie in der Prä-Qin-Zeit waren, über die Disziplinierung während der Han-Dynastie dann in der Song- und Tang-Periode unter diesen poetologischen Vorzeichen wieder zu einem literarischen Stil voller Substanz und Frische.

V

In der Ming- (1368–1644) und Qing-Zeit (1644–1911) schließlich florierte die Form des kurzen literarischen Essays. Nur leider hatte sich dieser stets nach der regelpoetischen Prämisse zu richten, daß »das Gedicht dem Willen des Herzens folgt«. Das klingt natürlich schön, doch Worte sind geduldig und die Differenz zwischen Anspruch und Wirklichkeit ist meist sehr groß. Theoretisch war es vielleicht richtig, so den ›Willen des Herzens‹ zu betonen, doch dieser war bereits ein sehr domestizierter, angepaßter und vordergründiger. Hinzu kommt, daß

Sprache eo ipso etwas Verfremdendes und Mediales ist und folglich mit einem ›natürlichen Wesen‹ oder einem ›Willen des Herzens‹ nichts zu tun hat. Die äußere Natur, aber eben auch die innere, wird beim Schreiben immer umgeformt zu etwas Un- oder Über-Natürlichem. Wenn man als Philosoph also vom ›natürlichen Wesen‹ des Menschen oder der Dinge spricht, gerät man schnell in die Aporie, die Laozi zu Beginn des *Daodejing* so charakterisiert: »Das *dao*, das man nennen kann, ist nicht das wirkliche *dao*.« So kann ich, obwohl die Literatur dieser Zeit elegant und intelligent war, über sie nicht vollkommen glücklich sein: Sie verdeckt das Wesentliche mehr, als daß sie zu ihm vordringt.

VI

Der chinesische Essay im engeren Sinne ist eine eigene literarische Gattung, die der im Westen geläufigen in etwa entspricht, aber nicht mit dem Genre der *sanwen* verwechselt werden darf. Schreiben heißt, Schönheit durch Schrift zu schaffen. Einen geordneten Aufsatz zu schreiben heißt daher, die Komposition des Ganzen stets im Blick zu haben, Aufbau, Struktur, Wortwahl, das rein Formale der Sprache. Die *pianwen* und der achtgliedrige Aufsatz *bagu* treiben diese Formstrenge bis ins Extrem. Mit dem westlichen »Essay«, der ein definitives Thema, eine relativ klare Logik, einen sich entwickelnden Gedankengang und ein Ergebnis erfordert, hat aber weder der *pianwen*, der *bagu* und erst recht nicht der *sanwen* etwas gemein, aber auch nicht mit den westlichen Genres der Novelle oder des Romans. Diese beruhen auf der freien Erfindung des Schriftstellers, in der sich eine fiktive Welt, Personen, Dinge, Schicksale und Denkweisen gegenseitig durchdringen. Das Werk dient dem Zweck, ein ganz eigenes Wirklichkeitsmodell erstehen zu lassen. Nur ein fauler Bibliothekar ordnet die *sanwen* daher einfach unter der Kategorie »Essay« ein. Wenn er etwas gewissenhafter ist und vielleicht einmal in die Übersetzung hineinliest, wird er verzweifeln. In ein und demselben Werk findet er Mythologie, Philosophie, Erfindung, Wirklichkeit, Autobiographie, Liebesgeschichten etc. Zu phantasiereich für einen wissenschaftlichen Aufsatz, zu expositorisch für einen Roman. Und außerdem zu ungeordnet, um als Prosagedicht durchgehen zu können. Worum also handelt es sich bei diesen Texten? Es handelt sich eben um *sanwen*, um eine ausgesprochen chinesische Form des Schreibens.

VII

Das wesentliche Merkmal dieses Genres ist seine Poesie, die auf zweierlei Ebenen wirksam wird. Zum einen im Versuch des Autors, im kreativen Akt den Sinn des menschlichen Daseins zu erklären und an der Wurzel zu packen, den Weg der Erfahrung und der Erkenntnis zu gehen, so wie Laozi mit dem *dao* oder Zhuangzi mit dem *qi*. Zum anderen besteht sie aber auch in der Absicht, die Art und Weise des Ausdrucks selbst zum Hauptgegenstand zu machen, das heißt die Grenzen der literarischen Möglichkeiten zu durchbrechen und auszuweiten, um zu einer ganz und gar freien Form zu gelangen. Das Chinesische kommt einer solchen Synthese von Form und Inhalt besonders entgegen. Dadurch, daß die chinesischen Verben und die Satzstruktur auch bei Tempus-, Numerus-, Subjekt- und Objektwechsel unverändert bleiben, stellt die chinesische Syntax per se schon eine Art Synthese dar. Auf diese Weise werden in der Schriftsprache die Zeit, die Personen und Orte als Materie des Schreibens quasi ausgelöscht und die Essenz, die einem Wort oder einer Sache innewohnt, tritt deutlicher hervor. In solche Sprachzeichen gefaßt, erhalten die Dinge eine neue Struktur. Sie werden zum Medium der Weltanschauung des Künstlers ver-dichtet. Namen sind Worte, Gesichter sind Masken, Verben sind ein Zustand, der alle möglichen Bewegungen einschließt. Durch dieses gestaltgebende Potential der Sprache erfährt auch der Mensch eine Art Verallgemeinerung, wird der Schriftsteller sich selbst zum künstlerischen Material. Das ganze Universum ist Hypothese, und daher ist auch die einzige Wahrheit das, was in einem Atemzug Himmel und Erde durchdringt: die große Erleuchtung, von der der Zen-Buddhismus spricht, des Lebens und des Todes, der menschlichen Angelegenheiten. Einheit und Teilung. Eine Poesie. Ein Gott.

VIII

Aus dem bisher Gesagten ergeben sich drei wesentliche Merkmale des *sanwen.*

1. Abstraktion: Wie oben beschrieben, liegt die Stärke der chinesischen Schriftzeichen nicht darin, Konkretes zu erfassen. Daß die Verben keine Konjugation erfahren, reicht oft schon aus, um eine eindeutige Bestimmung von Raum und Zeit zu verhindern und zu einer synthetischen Poesie vorzudringen. Die Wirklichkeit des Gedichts entsteht als Transgression über Zeiten und Orte hinweg, in der die individuelle Erfahrung sich zum Verständnis des menschlichen Daseins allgemein verwandelt. Abstraktion heißt hier nicht, daß der Wirklichkeit jedes Gefühl entzogen würde, im Gegenteil, dieses wird damit noch verstärkt und vertieft. Es richtet sich auf das, was zwischen all den unabsehbaren Veränderungen des Lebens unwandelbar fortbesteht, wird zu einem Schicksal. Wenn die Zeit einmal als bloße Illusion entlarvt ist, bleibt unausweichlich nur die Idee, die der Buddhismus als *samsara*, als Kreislauf von Leben und Vergehen, bezeichnet. Lyrisch gesprochen, ließe sich der Begriff der Abstraktion also vielleicht bestimmen, wie ich es

einmal in meinem Band *Geisterreden* getan habe: »Ihr habt schon keine Zeit mehr, die ihr verändern könnt.«

2. Expressivität: Die Welt der *sanwen* hängt ganz von der sprachlichen Komposition ab. Der Versuch, die verborgene Seite der Dinge zu beschreiben, die Abkehr von einer mimetischen Sprache, die große Zahl von phantastischen Elementen, der Mythen, Allegorien, poetischen Dramen und dämonischen Geschichten – all das dient dem Autor zur Verwandlung der Außenwelt in einen Innenraum. Expressivität bedeutet also, die Wirklichkeit zu redigieren wie einen Text, d.h., sie zu gestalten, ihr Form zu geben und Ordnung. Die Werke der goldenen Zeit der Prä-Qin-Ära versuchten genau auf diese Weise, aus der Sprache selbst eine Art Weltanschauung oder Metaphysik zu gewinnen. Sie gestalteten aus der ›Welt an sich‹ eine ›Welt für uns‹, aus der Natur, der Geschichte, der Wirklichkeit, der Sprache und dem Schicksal verschiedene Schichten des menschlichen Wesens.

3. *Poésie pure*: Jede Art von Ausgangsmaterial ist erlaubt – vom Kosmos bis zum kleinsten Insekt, von überirdischen Geistern bis zur persönlichen Geschichte des Autors. Man kann auch jedes literarische Genre zu eigen machen: Sage, Allegorie, Kurzgeschichte, Autobiographie, Philosophie, politischer Essay, Brief, Vorwort, Grabinschrift, was auch immer. Für ein meisterhaftes Stück *sanwen* braucht es kein spezielles Thema, keine besonderen Stoffe und keine bestimmte Darbietungsweise, sondern einen die Worte belebenden Rhythmus, einen persönlichen Stil. Es folgt nicht einer bestimmten Idee, es läßt sie entstehen. Daher sind die *sanwen* sicherlich als reine Literatur zu bezeichnen, »nah bei sich selbst und fern von allen Dingen«. Genau das ist ihre Absicht. Sie verweisen letztlich auf den Prozeß des Schreibens selbst. Schreiben heißt, eine Wirklichkeit aus der formalen Schönheit der Wort- und Schriftzei-

chen zu ›er-finden‹. »Ist unser Leben nicht ein solches sich unablässig ausdehnendes Werk?« schreibe ich in *Geisterreden.*

IX

Wie die frühe Lyrik wurde aber auch die Tradition der *sanwen* ausgelöscht. Das unabhängige Denken im Goldenen Zeitalter, die Demonstration der eigenen Kunstfertigkeit, wurde schon früh durch die aufoktroyierte konfuzianische Einheitsideologie ersetzt. Die Literaten wurden von Fragenden und Zweiflern zu Jasagern, Nachbetern und Apologeten. Die *sanwen* und die Lyrik degenerierten zu einem bloßen Gegenstand der Beamtenprüfungen, zu einer Literatur der Schreibstuben und Ämter. Wie kam es aber, daß die ›verstreuten Texte‹ es nicht schafften, ihre Ideen-Samen weiter auszusäen und tiefer zu pflanzen? Ihr Niedergang vollzog sich in Schritten, angefangen bei kulturellem Despotismus, über eigene Ideenlosigkeit und schrumpfende Kreativität bis hin zur völligen inhaltlichen Leere. Es bedurfte gar nicht des Vordringens des Westens, die chinesische Prosa hatte schon längst ihr Leben verloren, bevor er nach China drang.

X

Ich schreibe *sanwen*, weil ich diese chinesische Tradition wiederentdecken will. Ein abstraktes Reisetagebuch, eine Reise ins Innere eines Menschen, immer tiefer nach innen und dann ein ums andere Mal zurück zur Realität, zum Tod, zum Leben, zu den Ideen, der Sprache, auf der Suche nach einer parallel existierenden, unendlichen Realität. Ein nichtexistenter Ausgangstext, das ist die Poesie der *sanwen.* Poesie hat nichts mit Beschreibung zu tun, sie rührt naturgemäß an die Beziehung zwischen Text und Realität. Die *sanwen* bieten eine Form des Vordringens zu vielfältigen Möglichkeiten der Sprache, eine

Form des Sprechens, die stets das Unmögliche der Sprache im Visier hat.

Natürlich handelt es sich bei dieser Sprache erst einmal um das Chinesische, aber noch mehr ist es eigenlich das »Yanglische«, die Yang-Lian-Sprache, meine eigene dichterische Sprache, die sich nach Kräften um eine Distanz zur Umgangssprache bemüht. Ich will nicht beschreiben und noch weniger etwas erörtern. Ich äußere mich, entäußere mich bis dorthin, wo es gar keine Welt mehr gibt, nur noch die alles umfassende Sprache der *sanwen*. Worte sind dabei nur Vehikel für die Gestaltung von Rhythmus und Reimschema. Diese Musikalität regt auch das visuelle Vorstellungsvermögen an, befreit die Grammatik, reicht über die Wirklichkeit hinaus. Die vielen der chinesischen Sprache innewohnenden Potentiale bergen eine Kraft, die Neues erschließt, wie bei den *sanwen* der Prä-Qin-Zeit. Eine Sprache, die ein deutliches Licht auf das Individuum wirft. Eine Sprache, die aus der Reflexion über die Poesie entsteht, in der sich jeder ganz individuell ausdrückt. Der von der Tradition des *sanwen* in Gang gesetzte Prozeß kann nur von innen nach außen und nicht umgekehrt verlaufen. Von einem ganz und gar freien Inhalt zu einer ganz und gar freien Form. Sie will aus dem Tiefen schöpfen und Neues schaffen.

Alte Häuser, Gräber, Städte, Vulkane, Schriften, Herbst, Kinos, eine tote Katze, Gelegenheitsprosa, Flüsse, Keller – sind wir es, die das alles erschaffen, oder erschafft das nicht vielmehr uns? Die größte Fiktion scheint die Welt zu sein. Geisterreden bringen nur Geisterreden hervor. Das Werk wählt sich seinen Leser.

XI

Wie hieß noch gleich der literarische Stil, der unser ganzes Leben zur Dichtung macht?

»In the timeless air«. Die chinesische Sprache, Ezra Pound und die *Cantos*

Wenn man die chinesische Übersetzung der Zeile »in the timeless air« aus Pounds Canto LXXVI ins Deutsche überträgt, dann lautet sie »im Raum ewiger Zeit« und läuft der Bedeutung im Original geradezu entgegen. Dort meint »the timeless air« das künstliche Konzept eines von der Zeit getrennten Raumes. »Im Raum ewiger Zeit« betont statt dessen ein fortwährendes Einssein der beiden Dimensionen. Im Original stehen wir in einem zen-buddhistischen Landschaftsbild wie aus der Tang-Zeit (618–907), erfüllt von immergleichen Geschichten des Werdens und Vergehens. In der Übersetzung wird daraus jedoch ein theologisches Dogma des europäischen Mittelalters. Meiner Meinung nach gelingt es Pound mit dieser Zeile, Zeit und Geschichte als Fiktionen zu enthüllen, indem er ihnen einen Zustand gegenüberstellt, in dem es keinen Anfang und kein Ende gibt, und der den in der Zeit lebenden Menschen eine überzeitliche Dimension vor Augen führt. In gewisser Weise vermag diese kurze Zeile bereits die grundlegende poetische Idee der gesamten *Cantos* einzufangen.
T.S. Eliot meinte einmal, Pound habe die chinesische Dichtung erfunden. Hinter diesem Lob verbirgt sich aber eine noch größere Leistung: Was Pound erfand, war sein ureigenes Verständnis von chinesischer Schrift und klassischer chinesischer Dichtung. Ein anderer Blickwinkel und ein gefühlsmäßiger Zugang vermögen nicht nur unsere Wahrnehmung, sondern auch die Dinge selbst zu erneuern. Ich habe Pounds englische Übersetzungen chinesischer Dichtung einmal ein »großartiges Mißverständnis« genannt. Großartig aufgrund seiner Originalität und weil zuvor niemand wie er, auch kein chinesischer

Dichter, die besonderen strukturellen Voraussetzungen chinesischer Schriftzeichen erkannt hatte, die charakteristischen Möglichkeiten chinesischer Grammatik, die Philosophie und Ästhetik klassischer chinesischer Dichtung und die Bedeutung dieser Eigenheiten für die moderne Weltliteratur. Sein Mißverständnis dagegen lag zuallererst darin, daß er ein englischsprachiger Dichter war und daß seine Überlegungen zur chinesischen Sprache und Dichtung daher primär dazu dienten, der Poesie in seiner eigenen Sprache, dem Englischen, zu dienen. In der westlichen Kultur verwurzelt, versuchte er, Inspiration aus dem Chinesischen zu gewinnen und daraus zu schöpfen, was nur immer möglich war: die Bildungsregeln für chinesische Schriftzeichen, die für die klassische Dichtung so typische Kombinatorik von einzelnen Impressionen oder das konfuzianische Denken. Allerdings schenkte er dabei anderen wesentlichen Faktoren chinesischer Dichtung wie den tonalen Mustern, Reimschemata, den Gattungen und Formen keine besondere Beachtung. Sein »großartiges Mißverständnis« lag in einem bewußten Aussiebungsprozeß. So gelang es Pound, aus der chinesischen Sprache genau die Anregung herauszufiltern, die er für die englische, für seine eigene Dichtung suchte. Dies gilt bereits für sein Frühwerk, in dem er dem Imagismus anhing, der die Ausdrucksmöglichkeiten der englischen Dichtung revolutionierte, und es gilt auch immer noch für die *Cantos*, durch die, dank Pounds besonderer Interpretation der chinesischen Sprache, der Geist eines überzeitlichen Verständnisses von Dichtung weht. Ich muß gestehen, daß es wohl keinen einzigen Dichter chinesischer Muttersprache im 20. Jahrhunderts gibt, der nicht ein Jünger von Ezra Pound wäre. Wir haben seither nichts anderes versucht, als uns die poetischen Potentiale unserer eigenen Sprache bewußt zu machen und kreativ zu erschließen.

Der Kern von Pounds Reflexion der ›Überzeitlichkeit‹ liegt meiner Meinung gerade in seinem Studium der chinesischen Dichtung. Es ist seiner besonderen dichterischen Intuition zu verdanken, daß er aus der Struktur der chinesischen Schrift und dem Charakter der Dichtung Inspirationen für seine eigene Philosophie und Poetik ziehen konnte, die schließlich in den *Cantos* ihren vollendeten Ausdruck fanden. Pound war sich der Bildungsregeln für chinesische Zeichen und ihrer ästhetischen Perfektion sehr bewußt, sonst hätte er das räumliche Element der Schriftzeichen nie so gut begreifen können. Schriftzeichen sind nicht einfach nur Piktogramme. Die Zusammensetzung jedes einzelnen Zeichens aus verschiedenen Teilen führt zu vielfältigen visuellen, phonetischen, semantischen und assoziativen Kombinationen. Jedes Schriftzeichen ist bereits ein Gedicht, ein vielschichtiger Bedeutungsraum. Das Chinesische verfügt über keine den europäischen Sprachen entsprechende Grammatik, die eine Handlung oder eine Sache mittels genauer Definition von Person, Tempus, Kasus und Numerus einzufangen versucht. Das auffälligste Charakteristikum des Chinesischen ist die Unveränderlichkeit der Verben und damit der Verzicht auf raumzeitliche Konkretion zugunsten ihrer Abstraktion. Dadurch wird suggeriert, daß nicht eine Wirklichkeit an sich besteht, sondern nur die Sprache. Auf chinesisch zu schreiben bedeutet, eine Synthese zu leisten anstelle einer Analyse. Eine bestimmte Person, eine bestimmte Handlung in einer bestimmten Zeit werden mit und durch das Schreiben zu etwas Universellem, Allgemeingültigem.

Der kombinatorische Umgang mit den einzelnen Vorstellungen und Tropen in der klassischen Dichtung ist demnach die konsequente Fortführung des räumlichen und abstrakten Charakters der chinesischen Schrift. Wenige grammatische und logische Regeln ordnen die Verbindung der Striche, der einzelnen

Grapheme, der Zeichen, der Bilder, der Sätze untereinander. Das führt zwangsläufig zu Diskontinuität und Leerstellen. Wenn man die vereinzelten Bilder nun wieder zusammenfügt, fließt unmerklich eine abstrakte Ebene mit ein. Das war für Pound der Ausgangspunkt seiner Konzeption des Imagismus. Allerdings spielen hier nicht nur die Vorstellungsinhalte eine Rolle, sondern mehr noch der Raum, in dem sie zeitlos existieren. In der Form der klassischen Dichtung steckt in der Tat ein eigener Mikrokosmos. Am Beispiel des sogenannten Regelgedichts *qilü* oder *lüshi*, das aus acht Verszeilen zu je sieben Zeichen besteht, läßt sich dies besonders deutlich veranschaulichen: Das erste Verspaar dient der Eröffnung, schafft einen zeitlichen Rahmen. Die beiden mittleren sind jeweils antithetisch konstruiert und spannen auf diese Weise einen Bedeutungsraum auf, während schließlich das letzte Verspaar wieder ohne Antithese ein Echo auf die Eingangsverse bildet. Hier wird kein Thema linear dargelegt, es wird vielmehr von einem Fixpunkt aus Schicht um Schicht freigelegt. Ein Resonanzfeld von Vorstellungen, in das der Leser hineingezogen wird.
Die chinesische Dichtung ist seit jeher von einer mimetischen Poetik denkbar weit entfernt. Ihre formale Gestaltung zeugt vielmehr von einer ausgeprägten Künstlichkeit. Sie ist artifiziell bis zu einem Grad, bei dem sie schon wieder als naturwüchsig mißverstanden wird. Doch Natur als Thema der Dichtung kann und sollte keine Poetik ersetzen. In der chinesischen Geschichte existierten die geschriebene und gesprochene Sprache über lange Zeit hinweg weitgehend separat voneinander. Diese Trennung beförderte die Entwicklung der Schriftsprache von der *fu*-Dichtung, einer prosimetrischen Form der Han-Zeit, über die rhythmische *pianwen*-Prosa, die *jueju*-Vierzeiler und das Regelgedicht *lüshi* hin zu einem in sich vollkommenen

und organischen poetischen Kosmos. Ein Raum, in dem die Zeit aufgehoben ist, denn poetische Formen wie das *qilü* waren mehr als tausend Jahre lang in Gebrauch. Auch wenn die Dichter immer neue Gedichtsammlungen kompilierten, gerieten sie doch nie auf den Gedanken, eine ›Geschichte der Dichtung‹ zu verfassen. Es dauerte bis zum 20. Jahrhundert, daß man eine Entwicklungsgeschichte der chinesischen Dichtung nach dem westlichen Fortschrittsmodell verfaßte. Ob diese Verzögerung allerdings so tragisch war, sei dahingestellt.

Worin aber besteht diese Überzeitlichkeit der Dichtung? In bezug auf die Zeitvorstellung nicht etwa in einem Fehlen geschichtlicher Entwicklung, sondern in deren Zusammenschau, in bezug auf die menschliche Existenz darin, daß singuläre Erfahrungen als Ausdruck der *conditiones humanae* betrachtet werden, in bezug auf den konkreten Sprachgebrauch im Streben nach Abstraktion statt Konkretion. Letztlich beschäftigt sich das Schreiben nicht nur mit der Existenz, sondern *ist* Existenz in einer anderen Dimension. Die gesamte Geschichte verwandelt sich in das Material und die Bauelemente, die durch das Schreiben zu einem Ganzen gefügt werden. Da sie weder Vergangenheit noch Gegenwart kennt, aktualisiert die Dichtung auch nicht bloß Vergangenes. Es bleibt nur die Luft, die zeitlos auf dem Papier existiert in Form des Gedichts.

Das grundlegende Thema der *Cantos* ist nach meiner Auffassung in ihrer Verbindung zwischen dem Streben des Gedichts nach Überzeitlichkeit und der Historizität der Sprache zu finden. Das Gedicht bildet also eine Synthese aus den zahlreichen unterschiedlichen Erscheinungsformen der Menschheitsgeschichte. Es fügt die kontingenten und vereinzelten Episoden zusammen, und das, was daraus resultiert, sollte man am besten gleich ›Geschichte‹ nennen statt nur ›Geschichtskonstruktion‹. Jeder, natürlich auch Pound, ist nur ein Teil dessen, was man ›den Menschen‹ nennt. Die griechischen Mythen, die Lehren des Konfuzianismus oder der Alltag im Kriegsgefangenenlager von Pisa passieren zu verschiedener und doch zu gleicher Zeit, ganz wie die flexionslosen chinesischen Verben. Allerdings hatte Pound hier ein Problem – er mußte darüber auf englisch schreiben. Sein Streben nach Überzeitlichkeit und sein Versuch, die Zeitstruktur des Englischen von innen her aufzubrechen – mit dem Englischen über das Englische hinauszugelangen –, geriet mit den Grenzen der eigenen Sprache in Konflikt, mit ihrem Prinzip von logischem Denken und chronologischer Folge. Die offensichtliche Unmöglichkeit seines Unterfangens einer überzeitlichen Dichtung, wie sie sich auf jeder Seite der *Cantos* erweist, ist geradezu schockierend. Während die Überzeitlichkeit der chinesischen Dichtung naturwüchsig entstanden ist, kämpft hier mit Pound ein einzelner Mensch allein für die Aufhebung der Zeit. Pound setzt sich mit diesem Thema nicht nur diskursiv auseinander, er will das Erlöschen der Zeit wirklich vergegenwärtigen. Die Struktur und die Sprache der *Cantos* zeichnen sich folglich durch deutliche Brüche zwischen den einzelnen Gesängen aus, durch unvermeidliche Fragmentierung, unerwartete Leerstellen und Metamorphosen, in denen geheime und schicksalhafte Wirkungszusammenhänge verborgen liegen. Die Komplexität und Vielzahl an Formen und Zeiten, Orten, Charakteren und Geschichten dienen hier nicht dem Geprahle mit der eigenen Beherrschung unterschiedlichster Sprachen und Sprechweisen, sondern zeigten vor allem eines: Es gibt nichts, was diese voneinander unterscheidet. Es bleiben nichts als die *Cantos*, als dieser über sich hinausweisende Ausdruck »in the timeless air«, als die Gleichzeitigkeit des Ungleichzeitigen.

Das Streben nach Überzeitlichkeit in der Poetik ist nicht einfach ein metaphysisches Spiel. Es rührt an die ausweglose

Lage des menschlichen Daseins. Die historische Erfahrung bekommt durch ihre Einbettung in eine überzeitliche Dimension mehr Tiefe und Allgemeinheit. Das ist auch der Grund für die mysteriösen Parallelen zwischen Pounds Lyrik und der modernen chinesischen Dichtung: einmal zwischen dem Imagismus und der ›Obskuren Lyrik‹ im China der frühen achtziger Jahre, dann die erste Übertragung der *China-Cantos* als Gegenpart zur sogenannten ›Literatur der Wurzelsuche‹ Mitte des Jahrzehnts und schließlich die Veröffentlichung der *Pisaner Cantos* als Komplement der Herausbildung einer chinesischen Exilliteratur in den frühen Neunzigern. Die Wirklichkeitserfahrung chinesischer Dichter, insbesondere der chinesischen Verhältnisse, bildet den entscheidenden Antrieb für die Entwicklung unserer eigenen Lyrik. Das kann man etwa an dem Selbstbewußtsein erkennen, mit dem wir uns die Tradition und Sprache neu erschreiben, um ihnen so eine neue Tiefe zu verschaffen. Die unbekümmerte und assoziative Fügung der Bilder, der freie Satzbau, die schnelle Folge poetischer Einfälle, die Vielschichtigkeit und vor allem das Erschaffen räumlicher statt zeitlicher Verweisungsbeziehungen gehen nicht einfach auf den Einfluß westlicher Literatur zurück, sondern auf die Eigenschaft der Zeitlosigkeit in der eigenen Überlieferung.
Die Übersetzung der *Pisaner Cantos* in chinesischer Sprache war ein großes Ereignis für Pounds Rezeptionsgeschichte wie für die chinesische Dichterszene. Endlich hatten chinesische Leser die Möglichkeit, diesen Teil des großen und nahezu vollkommenen Großprojekts der *Cantos* in ihrer Muttersprache zur Kenntnis zu nehmen. Und Pound wäre glücklich gewesen, die Lücke zwischen der Poetik der Überzeitlichkeit in den *Cantos* und der zeitverhafteten englischen Sprache geschlossen zu sehen. Mit Hilfe der quadratischen chinesischen Schriftzeichen befreit sich seine Sprache mit einemmal von ihren

grammatischen Fesseln, und die Welt erhält mit ihr ihr zeitloses Gesicht zurück. All die Brüche, Überkreuzungen und Konvergenzen sind jetzt zugleich fragmentarisch und ein Ganzes. Ganz so, als ob er sie von Anfang an auf chinesisch verfaßt hätte. Erst damit wurden die *Cantos* wirklich vollendet.

Ein Raum für den Geist

Ein Gedicht ist ein besonderer Raum. Es enthält eine Fülle von Gedanken und verweigert sich doch einer bloß intellektuellen Vermittlung. Es ist durchdrungen von Sinnlichkeit, und ist doch ungleich mehr als die Aneinanderreihung von Empfindungen. Es ist etwas zutiefst Gegenwärtiges, und läßt sich doch nicht für konkrete gesellschaftliche Überzeugungen oder Moden in Anspruch nehmen. Es ist durch und durch historisch, aber läßt es dennoch nicht zu, die Bedeutung des Gestern bloß in der Überlieferung des Alten zu sehen. Es ist Ausdruck der kulturellen Tradition, aber duldet es nicht, wenn sich das Neue einfach mit dem Glanz der klassischen Zivilisation schmücken möchte. Es hat immer ein Bewußtsein für Zeit, und kennt doch keine gewöhnlichen Zeitabläufe und Prozesse. Es besitzt eine feste Struktur, doch keine formale Routine. Für manche Leute entzieht sich das moderne Gedicht damit jeder Vernunft, sie halten es für ein Gebilde voller Widersprüche, ohne didaktischen Nutzen. Und obwohl man darin im gleichen Moment erkennen kann, was man ist und was man nicht ist, so lassen sie doch die Bewegung zwischen diesen beiden Polen nicht zu und nehmen es als etwas Beständiges und Regungsloses wahr. Es braucht nur ein einziges Gedicht, um ihr nur noch an eingleisiges Denken gewöhntes Gehirn völlig zu verwirren. Daß sie sich ausgerechnet über diese Irritation empören, ist freilich nur ein Beweis ihres eigenen Unverstands.
Es ist kein Geheimnis, daß das Gedicht ein Raum für Gedanken ist. In der Klassik wird dieser Raum durch ein klares und feststehendes Regelwerk definiert, in der Romantik von starken und synästhetischen Empfindungen bestimmt. Der Realismus versucht, einen Raum für die Simulation der Erfahrungswelt

zu bieten, der Surrealismus dagegen für das Unterbewußtsein. Der magische Realismus schließlich strebt danach, die Grenzen des Wissens und Fühlens ganz zu durchbrechen, einen Raum zu schaffen, in dem das Imaginäre das Wirkliche sein kann. Dem Gedicht ist es so in unterschiedlichen Zeitaltern und Traditionen gelungen, einen eigenen Raum zu schaffen, um darin die innere Dynamik des Lebens aufzunehmen und zu verkörpern. Es folgt einem natürlichen Instinkt. Realitätserfahrung, Geschichtsbewußtsein und kulturelle Eigenheiten verschmelzen in ihm zu einem Ganzen. Heute suchen die Menschen wieder nach einer Harmonie von Vernunft und Gefühl, einer echten Vereinigung von Reflexion und Intuition. Dies vergrößert natürlich die intellektuelle Herausforderung für den Dichter und hebt die Meßlatte höher. Der Wille, das Gedicht mit einem ›Innenraum‹ zu versehen, der diesen Anforderungen gerecht wird, sein Reichtum und seine Tiefe, sind der Ausgangspunkt all unseres Schaffens und all unserer Kritik.
Ein ausgereiftes Gedicht, ein geistiger Raum, ist ein durch menschlichen Gestaltungswillen geschaffenes, sich selbst genügendes Gebilde. Es ist dabei keinesfalls ausreichend, daß ein Dichter bloß passiv menschliche Empfindungen widerspiegelt, ein wenig an der Oberfläche der Realität schürft und ein paar kleine schlaue Spielchen spielt. Damit wird er gewiß kein großes Werk zustande bringen. Die Dynamik eines Gedichts liegt in seiner Autarkie. Ein exzellentes Gedicht vermag vereinzelte Wirklichkeitserfahrungen auf das Niveau universaler Bedeutung zu heben, es verbindet die unterschiedlichen Ebenen der Erkenntnis, stellt eine Balance zwischen Gegensätzen her. Dabei darf es sich nicht auf bloße Äußerlichkeiten stützen, sondern muß für sich allein stehen können. Es ist in seiner Grundsubstanz eine Anschauung, ein Symbol lebendiger Empfindungen und absoluter Wahrhaftigkeit. Es existiert ganz

einfach, ohne zu interpretieren. Durch seine schiere Existenz diffundiert es in das Unterbewußte des Lesers, verändert ihn, nimmt ihn gefangen und zieht ihn in sich hinein.
Das *Yijing*, das *Buch der Wandlungen*, ist eines der großen Werke des chinesischen Altertums. Obwohl es sich dabei nicht um ein Gedicht handelt, besitzt es dichterische Elemente, die ganz und gar mit magischen Elementen amalgamiert sind. Aus heutiger Sicht betrachtet, beinhalten seine Hexagramme drei unterschiedliche Formen und Ebenen von Bedeutung, nämlich Bild, Symbol und Symbolsystem. Nimmt man zum Beispiel das Hexagramm *qian*, das Schöpferische (sechs durchgezogene Linien), so stellt es auf der bildhaften Ebene zunächst einen »Himmel über dem Himmel« dar und besitzt schon visuell hohe Evidenz. Die zweite, symbolische Komponente dieses Hexagramms besteht in der Übertragung dieser im Bild komprimierten Struktur auf das menschliche Bewußtsein, das ebenfalls ein solcher Himmel über dem Himmel sein kann. Und zusammen mit all den anderen Hexagrammen, die Variationen desselben Grundprinzips sind, bildet es schließlich ein ganzes dynamisches Verweisungssystem zwischen den beiden Polen *yin* und *yang*, das ein Echo auf den ewigen Kreislauf der Natur darstellt. Die Großartigkeit des *Yijing* besteht nicht darin, daß es mit Hilfe eines Sets von Bildern die objektive Welt zu imitieren versucht. Es übergreift vielmehr verschiedene Ebenen und schafft so eine Balance zwischen Veränderung (der Beweglichkeit der einzelnen Trigramme als Bauelemente) und Ruhe (dem vollständigen Hexagramm), zwischen Differenz (*yin* oder *yang*) und Einheit (*yin* und *yang*), Geschlossenheit (Form) und Offenheit (Inhalt). Es bietet einen endlichen Rahmen für die Darstellung des Unendlichen, ist ein flexibler und kombinatorischer Modus, der keine Ursache oder einen letzten Zweck benötigt. Er verhält sich strukturanalog zur Natur und

Wirklichkeit, und kann uns so helfen, die Welt um uns herum zu erfassen. Man kann wohl nicht abstreiten, daß das *Yijing* aufgrund seiner Dynamik und Abstraktion sich der Natur gerade dadurch wieder annähert, daß es sich zunächst einmal von ihr abkehrt. So bildet das *Yijing*, wie ein Gedicht, eine Art dritte Realität, die unabhängig ist von der Subjektivtät des Autors und der Objektivität der Materie. Sie bilden beide nicht die Dinge selbst ab, sondern vielmehr deren Verhältnis zueinander. Unsere großen Vorfahren haben uns mit der unvergleichlichen Leistung, die in der Schaffung eines solchen geistigen Raumes besteht, einen unvergänglichen Besitz vermacht.
In der Welt nach Bohr und Einstein hat die Rede von der ›Weisheit des Ostens‹ schon lange nichts Altertümliches und Mysteriöses mehr. Ihre Tiefe und Eleganz kommt vielmehr der gegenwärtigen Entwicklung von einem einheitlichen Weltbild zu einem neuen Pluralismus entgegen, der Öffnung für eine allgemeine Relationalität. Das synthetische Denken des Ostens und das analytische des Westens erscheinen als komplementäre Wege zum selben Ziel. Es gibt also keinen Grund für Selbstüberschätzung oder falsche Demut. Unsere lange kulturelle Tradition muß schlicht ihren eigenen Beitrag leisten zur gegenwärtigen Lage der menschlichen Zivilisation.
Ich möchte an dieser Stelle betonen, daß das Studium der Geschichte stets bedeutet, mit Hilfe der Vergangenheit die Gegenwart zu erhellen und nicht etwa, sich rückwärtsgewandt von der Gegenwart zu entfernen. Geschichte ist die aktuelle Wirklichkeit unserer kulturellen Errungenschaften. Kultur und Geschichte vermischen sich unentwegt mit unserer Existenz. Nur durch eine tiefere Auseinandersetzung mit ihnen erwirbt man ein Bewußtsein für die Vielschichtigkeit der Gegenwart. Erst wenn sie derart durch das Hier und Jetzt hindurchgehen, werden Kultur und Geschichte wieder lebendig. Es kommt

darauf an, im geistigen Raum des Gedichts das reale Leben einzufangen, denn wenn man nur wieder die klassische Dichtung bemüht, verschafft man dem Gedicht keinen neuen Gehalt und keinen Tiefgang. Erst wenn ein Dichter Gegenwart, Geschichte und Kultur in seiner Hand vereint, wird der geistige Raum, den er kreiert, reich und sinnerfüllt.

Jeder Dichter hat seine eigene Philosophie. In diesen sehr intimen geistigen Raum sollte man nicht allzu tief eindringen und eine literarische Diskussion zu einer gesellschaftlichen, philosophischen oder religiösen erklären. Das, worum es eigentlich gehen soll, ist die besondere Beschaffenheit des dichterischen Werks, seine äußere und innere Form. Diese muß unserer Epoche gemäß gestaltet sein und dabei eine spezifisch chinesische Perspektive eröffnen. Sie muß einen geistigen Raum gestalten, die Möglichkeiten und Methoden des Gedichts ausloten. Für die Kritik bedeutet dies, die Kriterien für die Beurteilung von Kunstwerken nur diesem geistigen Raum selbst zu entnehmen und nichts anderem.

Ein Gedicht stellt letztlich eine Bewußtseinsstruktur dar (inklusive der Sprachanteile, die aus dem Unterbewußtsein hervorgehen). Es ist ein komplexer Raum, den der Autor auf Basis eines beliebigen Themas errichtet. Und es stellt eine einzigartige Erfahrungswelt dar, die weit über eine bloße Observation der Welt oder eine intellektuelle Auseinandersetzung hinausgeht. Freilich gewinnt es jedoch gerade auch aus der Verschränkung und Synthese dieser Anliegen die Kraft, der Dynamik des Lebens entscheidende Impulse zu verleihen. Hätte zum Beispiel der Dichter Qu Yuan nur schlicht seiner Sehnsucht und Trauer aufgrund der gesellschaftlichen Verhältnisse seiner Zeit Ausdruck verliehen, ohne in seinen Werken *Fragen an den Himmel* und *Abschiedsklage* auch die Geschichte, die Natur und die gesamte Einrichtung des Kosmos zu verhandeln,

wäre er wohl kaum zu einem so großen Dichter und Idol des chinesischen Volkes geworden. Hätte sich Dante darauf beschränkt, die Grenzen der individuellen Erfahrung auszukundschaften, ohne gleichzeitig bis in die Reiche der Hölle und des Paradieses vorzudringen, wäre auch ihm wohl kaum die Hochschätzung zuteil geworden, die sein Werk heute erfährt. Bei großen Dichtern geht es nicht um die Intensität von Emotionen, sie zeichnen sich vielmehr durch ihre Fähigkeit aus, hinter den Inhalten liegende organische Räume zu erschließen. In der Wechselwirkung zwischen Geschichte und Realität, einem starken Zeitbewußtsein und metaphysischem Denken läßt der Dichter den Raum für den Geist zu einem riesigen Gebäude anwachsen, das sich Stockwerk für Stockwerk dem Himmel und einer vollkommenen Wahrheit annähert.
Strukturell gesehen, besteht dieses geistige Bauwerk aus den Verweisungsbeziehungen der Bilder untereinander. Ein Gedicht verstehen zu wollen ist wie einen Code zu knacken. Aus diesem Prozeß des Lesens und Verstehens folgt der ästhetische Genuß, der Leser wird gemäß seinem intellektuellen und imaginativen Spannungsgrad hineingezogen in den kreativen Prozeß. Die Gesamtheit eines Gedichtes wirkt wie ein Magnetfeld, wie eine Gruppe von Skulpturen. Jegliche Kausalbeziehung der Einzelelemente wird aufgegeben, es zählt allein die Balance des Raumgefühls und die Stabilität ihrer Bezüge zueinander. Es ist ein Resonanzfeld, in dem jeder Teil ein Echo des anderen ist und an ihnen teilhat. Es lädt unsere Empfindungen ein, in eine tiefere innere Logik einzutreten. Die Struktur eines Gedichts ist die Gesamtheit aller seiner Verbindungsteile. Eine allgemeine Definition und Festlegung ist für ein Gedicht nichts wert, denn die Aussagekraft liegt gerade in der Kühnheit seiner Struktur. Durch das Wechselverhältnis der Teile formt sich der Raum, wie ein Ölbild, dessen Motiv erst

aus der Ferne betrachtet deutlich zutage tritt. Die Energie, die in einer perfekten Gestaltung liegt, ist nicht Voraussetzung der Harmonie ihrer Einzelteile, sondern deren Produkt.

Während wir weiter in diesen Raum vordringen, nähern sich die verschiedenen Elemente aus unterschiedlichen Richtungen aneinander an, bis sie sich zu einer einheitlichen Struktur auf verschiedenen Ebenen verdichten. Manchmal entwickelt sich diese Komposition des Raumes wie von selbst, manchmal verzahnen sich die Einzelteile miteinander, stoßen funkensprühend aufeinander und eröffnen dadurch wie von selbst ihr verborgenes Mysterium. Deshalb erhält das einzelne Sinnbild, das grundlegende Element des Gedichts, durch das wiederholte Lesen zu guter Letzt eine Bedeutung für das Ganze, verliehen durch das Zusammenspiel der Verweisungsbeziehungen. Da die Bedeutungen aber einer dynamischen Entwicklung unterliegen, stimmen sie häufig späterhin nicht mehr mit der ursprünglichen Bedeutung überein, so zum Beispiel die Symbolik des Wassers im Gedicht »Qu Yuan« von T.S. Eliot. Erst wenn wir alle Konnotationen zusammennehmen, beginnen wir vielleicht, das Gedicht zu begreifen. Manchmal kann diese Widerständigkeit der Bedeutungen auch dazu führen, daß die ästhetische Erfahrung mit einem Gedicht auch erschüttert und verstört.

Der fortwährenden Debatte um die Beziehung zwischen Vernunft und Empfindung in der Literatur möchte ich einen Topos hinzufügen, den ich das »Gefühl für die Tiefe der Gedanken« nenne. Die Gedanken des Dichters gleichen einem Gewinde, die Sinne dem dazugehörigen Bohrkopf und die ausgelösten Gefühle den jeweiligen Sedimentenlagern, auf die man durch die Bohrung stößt, mal gelber Löß, mal Steinkohle. Wo tiefe Gefühle sind, sind immer auch tiefe Gedanken, doch wer keine tiefen Gedanken hat, kann auch zu tiefen Gefühlen nicht vordringen. Ich bin überzeugt, daß die großen Dichterpersönlichkeiten aus China und von anderswo, gestern und heute, sich zwar in ihren Stilen, aber nicht in ihrem Rang unterscheiden. Die Klarheit eines Odysseas Elytis dringt genauso tief wie die Komplexität eines T. S. Eliot. Trägheit und Seichtheit verhindern dagegen jeden Tiefgang. Auch die schönsten Worte bleiben nichtssagend, wenn ihnen eine echte Anstrengung fehlt.

Der Raum für den Geist bildet den Maßstab für das Gedicht, dessen Kraft sich nicht seinen einzelnen Worten, sondern seinem Sinn für das Ganze verdankt. Sie liegt auch nicht in seiner Moral, sondern in seiner Fähigkeit, komplexe Erfahrungen zu verknüpfen. So etwas wie ein ›einfaches‹ Gedicht gibt es nicht, sondern nur das Gedicht, das etwas Komplexem eine einfache Gestalt verleiht. Erst wenn die Analyse konkreter Dinge und die Anschauung des Ganzen zusammenkommen, erreicht das Gefühl seine äußerste gedankliche Tiefe und stellen sich vielfältigste und reiche Denkoptionen ein. Je mehr Schichten man freilegt, je weiter man seine Gedanken wandern läßt, je mehr es zur Synthese kommt und je stärker die Spannung zwischen innerer Bewegung und äußerer Ruhe wird, desto mehr setzt das Gedicht Maßstäbe. Diese sich selbst genügende Einheit, diese Verbindung von Geist und Materie, ist ewig Bewegung und steht doch still. Sie beobachtet aufmerksam, wie das Zentrum der Welt und der Dichtung sich langsam, aber stetig wieder zurück zu den eigenen Ursprüngen verlagert.

Marktorientiert, oder doch wieder nur regierungstreu?

»In China«, so meinte der der Schriftsteller Yu Hua auf einem Symposium zur chinesischen Literatur in Stockholm, »kann jeder schreiben, was er möchte.« Yu Hua ist sicherlich kein Sprachrohr der kommunistischen Propaganda. Er ist der Autor des äußerst populären Romans *Leben!*, der von Zhang Yimou verfilmt wurde, und gilt als einer der chinesischen Avantgarde-Schriftsteller. Gerade wurden seine gesammelten Werke in vier Bänden publiziert. Sicher beabsichtigte er mit seiner Aussage nicht, sich bei Chinas Regierung anzubiedern, denn das hat er gar nicht nötig. Vielmehr kam er wegen der üppigen Auflagen seiner älteren Werke und der Gier des Buchhandels nach neuen zu dieser Ansicht. »Die Regierung«, so Yu Hua, »kann den Markt nicht kontrollieren.« Nicht nur für ihn, für viele Schriftsteller Chinas ist das, was zählt, gleich dem, was sich zählen läßt, ist Erfolg am Markt gleichbedeutend mit künstlerischer und individueller Freiheit.

Der Markt – oder vielleicht noch direkter gesagt: das Geld – steht für den Zeitgeist der neunziger Jahre in China schlechthin. Es ist unschwer zu erkennen, daß die ernsthaften Versuche aus den achtziger Jahren, Widerstand zu leisten und neue Wege zu gehen, heute nur noch trickreich zitiert werden, um so immer mehr Geld anzuhäufen. Um ihre Kundschaft aus West und Ost zu bedienen, sind die Künstler, die einstmals einsam und bedroht auf der Suche nach neuen Formen waren, zu vulgären Marktschreiern geworden. Die allseits wohlfeilen Markenzeichen chinesischer »Kunst« wie Mao-Porträts, Nippes aus der Zeit der Kulturrevolution, seltsame sexuelle Vorlieben oder fingierte Archaismen werden ungeschickt zusammenge-

bastelt zu einem Kunstjargon, den man dann als echte künstlerische Sprache ausgibt.
Um ein Beispiel zu geben: Obwohl als eines der wichtigsten Events auf dem Edinburgh Art Festival des Jahres 1996 angekündigt, war die Ausstellung »Reckoning with the Past« in der Fruitmarket Gallery ein echtes künstlerisches Fiasko. Sie bot nichts als eine vermeintlich postmoderne Melange aus kulturrevolutionären Devotionalien und der Coca-Cola-Kultur, ein Sammelsurium aus dem Schwachsinn der fünfziger Jahre, gepaart mit aufgeblähten Leibern, die sich durch pseudo-traditionelle Landschaftsbilder wanden, und Computerspielen, in denen chinesische Jungpioniere gegen westliche Dämonen in den Krieg ziehen. Angesichts des Gemäldes »Weg nach Anyuan« von Wang Xingwei, neben dem eine Fotografie des Großen Vorsitzenden Mao auf ebendieser Reise hing, konnte man sich schon die Frage stellen: Was bliebe von solcher Kunst ohne all die politischen Albernheiten eigentlich noch übrig? Was würde diese Avantgarde der chinesischen Kunst überhaupt tun, wenn sie ohne Exotismus und diese Tricksereien auskommen müßte?
Ähnlich verhält es sich mit den literarischen Kreisen in der Volksrepublik China. In all den Memoiren im Stil von Wang Shuos Roman *Tierisch bösartig* ist die Zeit der Kulturrevolution nur Gegenstand bloßer Spielerei und Nostalgie. Su Tongs Schilderung traditioneller chinesischer Familienverhältnisse in *Ehefrauen und Konkubinen* (von Zhang Yimou unter dem Titel *Rote Laterne* verfilmt) dient nur noch der voyeuristischen Lustbefriedigung des Lesers. Viele Autorinnen werden nicht müde, sich in unentwegter Selbstgeißelung zu ergehen, während männliche Autoren wie Jia Pingao uns Geschichten urbaner Dekadenz liefern, bei denen das einzige, was noch zählt, Essen und Sex ist, und so an die primitiven Bedürfnis-

se von Millionen von Lesern appellieren. Dann wäre da noch die selbsternannte Avantgarde, die mit den Worten ihres Vordenkers Chen Xiaoming selbstironisch feststellt: »Chinesische Kritiker befassen sich mit chinesischen Autoren, während chinesische Autoren sich mit ausländischen Autoren befassen.« Wenn man hier nur wirklich von »befassen« reden könnte! Es reichen ja schon ein paar Tausender Vorschuß, um einen ausgezeichneten jungen Lyriker zum Schreiben von Schund, von pornographischen Romanen oder gar zur Kommentierung von Mao Zedongs *Gesammelten Gedichten* zu bringen. Erst kommt das Fressen, dann kommt die Moral.

Die Diskrepanz zwischen dem aktuellen Zeitgeist auf der einen und der Regimekritik und kreativen Überfülle der achtziger Jahre auf der anderen Seite ist so erstaunlich wie unerklärlich. Aber da ich selbst dabei war, erkenne ich dennoch eine beinahe komische Verbindung zwischen beiden Epochen. Die Forderung nach einem Umdenken in den achtziger Jahren war alles andere als selbstbestimmt, sondern die unweigerliche Antwort auf die Wunden, die die Kulturrevolution geschlagen hatte. Die Schüsse auf dem Platz des Himmlischen Friedens im Juni 1989 hinterließen ein Loch in den Köpfen der chinesischen Intellektuellen, die nun endgültig die Hoffnung aufgeben mußten, daß das Sein durch das Bewußtsein verändert werden könnte. Der ein ganzes Jahrhundert alte Traum, »das Vaterland durch Kultur zu retten«, wie er seit den Reformbewegungen der Republikzeit geträumt wurde, erlag damit einer einzigen kleinen Gewehrkugel. Abgesehen von den wenigen importierten Vokabeln wie »Sozialismus« und »Kapitalismus«, mit denen sie gerne hausieren geht, ist die Macht sich selbst genug und braucht keine besondere Legitimation durch Kultur. Diese Form der politischen Gewaltausübung, man könnte auch sagen: die nackte Gier, ist der kleinste gemeinsame Nenner der aktuellen Prinzi-

pien- und Gedankenlosigkeit in China. Der privatwirtschaftliche Aufbruch nach 1982 und die zum geflügelten Wort gewordene »Kulturrevolution des Geldes« gehen eigentlich ganz und gar konform mit einer Haltung, die man auch in Wang Shuos Sino-Punk-Romanen findet: »Alles ist erlaubt« und »nach mir die Sintflut«. Diese Attitüde spiegelt und verstärkt im Grunde nur die bestehenden Machtverhältnisse. Mit großer Selbstverständlichkeit hat man inzwischen alles regimekritische Gedankengut, das in den Achtzigern noch zum guten Ton gehörte, über Bord geworfen. Den Verzicht auf freies Denken nicht etwa aufoktroyiert zu bekommen, sondern ihn freiwillig zu wählen und nur noch das Geld als Wertmaßstab anzuerkennen, kann man das aber eine nachhaltige Entwicklung nennen?
Der überhandnehmende Einfluß des Marktes hat nicht etwa zu einer Stärkung der Grundlagen einer demokratischen Gesellschaft, nämlich persönlicher Unabhängigkeit und selbständigen Denkens, geführt, sondern zu ihrer Zerstörung. Der Markt hat eine Goldgräberstimmung ausgelöst, in der sich ein riesiger Trupp von Abenteurern ohne Rücksicht auf Verluste auf die Suche nach dem schnellen Glück und leichten Profit machte. Daß der zunehmende Reichtum aber die bestehenden Machtstrukturen unterminiert, wie zuweilen erhofft und behauptet, ist schwer vorstellbar, denn der Umschlagplatz für politische Kritik ist eigentlich kein ›Markt‹, sondern ein Minenfeld. Selbst trivialste Autobiographien im Stil von Yong Chans *Wilde Schwäne* sind verboten. So warten auf der einen Seite nur Eisengitter und politische Haft, auf der anderen lockt dagegen der Reiz des Geldes. Wen früher die Vorstellung berauschte, als Held in die Gewehrläufe zu blicken, der will sich heute lieber an dem neuen Reichtum berauschen. Nur schade, daß sich Gewinnsteigerung geradezu umgekehrt proportional zur persönlichen Integrität verhält.

So geht also das allgemeine Verlangen nach einer »Marktwirtschaft chinesischer Prägung« bestens Hand in Hand mit dem Opportunismus der Künstler. Und hier schließt sich der Kreis zu der eingangs erwähnten Behauptung Yu Huas, die Regierung könne den Markt nicht kontrollieren. Warum sollte sie das auch versuchen, wenn die Kontrollierten, die Schriftsteller und Künstler, dies schon ganz von selbst und aus freien Stükken tun? Wenn sie alles dafür geben, an diesem ideologisch gewünschten Markt teilzuhaben, heißt das doch im Klartext, der Ideologie selbst in die Hände zu spielen. Die Regierung übt sich aus Gründen des Machterhalts in Nachsicht, und die Künstler geben für Geld ihre künstlerische Selbstbestimmung auf. Diese so bequeme wie furchterregende Allianz läßt sich am besten mit der in China gern gebrauchten parodistischen Parole zum sogenannten ›Sozialismus chinesischer Prägung‹ zusammenfassen: »Das Schlechteste des Sozialismus in Verbindung mit dem Schlechtesten des Kapitalismus!« Ich nenne das, was ich eben beschrieben habe, »regierungskonforme Kultur«, das heißt eine Kultur, die sich selbst ans System verkauft hat.
So neu und ungewöhnlich ist das alles freilich nicht, denn auch in Chinas traditioneller Gesellschaft hatte der Staat die Zentralgewalt inne und hielt das Volk dadurch bei Laune, daß er an die niederen Instinkte und Bedürfnisse appellierte. So gesehen, katapultierten die vermeintlichen Politreformen der neunziger Jahre das chinesische Volk einfach zurück in die alte Zeit, allerdings unter verschärften Bedingungen, da unter Preisgabe der alten Werte.
Eines ist gewiß: Auch dreißig Jahre nach dem Ende der Kulturrevolution ist noch nicht ein einziges bedeutendes literarisches Werk in China erschienen. Kein Autor wagt Kritik an den politischen Verhältnissen. Statt dessen multipliziert die

Literatur die aktuellen politischen Parolen bereitwillig im Volk. Am Ende wird mit der Politik auch die Literatur verschwinden. Übrig bleiben wird nur ein großer Haufen von Werken, die Themen haben, aber keine Form, die einen Plot haben, aber keine Substanz, die von Dingen handeln, aber nicht von Menschen. Eine Landschaft ohne die Augen, die sie erschauen.
Bis in die achtziger Jahre waren die meisten erfolgreichen Schriftsteller vom Staat subventionierte Kader. In den Neunzigern waren auf einmal dann diejenigen besonders erfolgreich, die den Parolen »Im Dienste der glorreichen Nation!« und »Reich werden – jetzt oder nie!« Folge leisteten. Nur eine verschwindend geringe Zahl sensibler Autoren hält noch die Flagge des kritischen Bewußtseins hoch. Selbst die Kulturrevolution lebt als Konsumgut fort. Gerne schmücken sich moderne Lifestyle-Restaurants mit nostalgischen Namen wie »Jahrgang 66«, »Schwarze Erde« oder »Die Jugend führt den Spaten«. In diesen Etablissements wird gegessen, getrunken und – vergessen. Dabei bilden wir uns doch so viel ein auf unsere glorreiche Epoche!
Letztlich kommt es somit gar nicht so sehr darauf an, ob die Diktatur die Kunst duldet oder eben nicht, sondern darauf, daß die Kunst keine Diktatur dulden darf. Die Künstler müssen die Bestimmung, die ihnen von der Kunst auferlegt wird, anerkennen. In diesem Sinne erschien etwa im Jahr 1991 eine in Eigenregie herausgegebene Literaturzeitschrift mit dem Namen *Moderne chinesische Lyrik*, die ganz im Gegensatz zur stark beworbenen und groß herausgestellten, neuen regierungskonformen Literatur stand. Nicht ohne Absicht erinnerte ihre Aufmachung an die »Mauer der Demokratie« von 1989 – grobes Papier, handgetippt und gesetzt – und hinterließ bei mir einen tiefen Eindruck. Oder nehmen wir die Performance »65 Kilo« des Aktionskünstlers Zhang Huan: Er hängte sich selbst

nackt kopfüber an der Decke auf, ließ dabei sein Blut auf eine heiße Platte tropfen, so daß alles sich mit dem Geruch von verbranntem Fleisch füllte. Oder Ma Liuming und sein Werk »Mittagessen«, der nackt, bei minus zwanzig Grad Kälte, vor der Tür einen Fisch so lange röstete, bis er ganz verkohlt war. Das sind individuelle Werke mit einer eigenen Sprache, wie es sie immer gegeben hat. Der literarische Offenbarungseid am Ende der siebziger Jahre, die sogenannte ›Narbenliteratur‹ im Anschluß an die Kulturrevolution, läßt sich im Grunde in einer einzigen Parole zusammenfassen: »Mittels einer eigenen Sprache die eigenen Gefühle ausdrücken.« Daß im Jahr 1996 die beiden Beijinger Künstlerkolonien East Village und West Village von den Behörden geschlossen wurden, ist fast schon ein Beweis ex negativo für die Wahrheit dieses Satzes.

Zum Schluß möchte ich noch einmal zurückkommen auf Yu Hua und seine Rede in Schweden. Er sprach dort sehr anschaulich von einem humoresken Verhältnis zur Wirklichkeit bei Kafka und Faulkner. Ob er sich im klaren darüber war, daß sein eigenes Verhältnis zur chinesischen Wirklichkeit auch etwas Humoreskes hat? Zwischen dem, was Literatur, was Kunst, was menschlich ist einerseits, und dem Erfolg auf dem Markt andererseits liegt ein kleiner, aber bedeutender Schritt.

Beijing in den letzten Tagen des 20. Jahrhunderts. Mein Tagebuch

22. Dezember 1999

Wir landen am Nachmittag mit unserer Maschine aus London, zum ersten Mal auf dem schicken neuen Flughafen von Beijing. Das silbergraue, weitläufige Gebäude bildet einen deutlichen Kontrast zu den älteren Bauten aus den siebziger Jahren. Doch ist uns der gute alte »Drachenschwanz«, die lange Schlange vor den Schaltern, auch im Neubau erhalten geblieben. Viel zu wenige Paßkontrollen sind im Zollbereich geöffnet, so daß einigen hundert chinesischen und ausländischen Passagieren nichts anderes übrigbleibt, als sich einzureihen und zu warten.

Als wir endlich aus dem Flughafengebäude herauskommen, grüßt uns ein strahlend blauer Himmel, und man sieht deutlich die Berge in der Ferne, die typische Beijinger Winterlandschaft aus meiner Erinnerung. Der Taxifahrer antwortet auf unsere Nachfrage, daß in den letzten Tagen ein starker Wind den gesamten Smog weggeblasen habe und daß aufgrund der bevorstehenden Millenniumsfeiern etliche Fabriken mit besonders hohem CO_2-Ausstoß vorübergehend die Produktion einstellen mußten, um nicht die klare Sicht an den Festtagen zu verderben. »Normalerweise herrscht hier den ganzen Tag dicke Luft«, meint er.

Yo Yos Mutter lebt nicht weit vom Osttor des Himmelstempels im Stadtzentrum Beijings. Da sie sich bereits vor dem Jahr 1938 der Revolution angeschlossen hatte, kann sie sich heute einer bescheidenen Beamtenrente erfreuen. Wir haben uns kaum begrüßt und Höflichkeiten ausgetauscht, schon beginnen wir uns über die Kaltherzigkeit zu beklagen, die heute ge-

genüber den alten Parteiveteranen herrscht, welche nun ganz ohne Arbeit und ohne Rechte dastehen. Die Toilette, die schon bei unserem letzten Besuch vor über einem Jahr defekt war, ist immer noch nicht repariert, und man muß stets extra mit Wasser nachspülen. Aber eigentlich sieht man heutzutage in China ja ohnehin kaum eine Toilette, die keine Macke hätte.
In der Nacht brauchen wir zwei Steppdecken. Ich hatte schon vergessen, wie schlecht die Heizungen in Beijinger Wohnungen arbeiten.

23. Dezember
Minus zwanzig Grad. Und das am hellichten Tag. Man sagt, es sei der kälteste Tag in Beijing seit zwanzig Jahren.
Wir stehen früh auf und können es nicht abwarten, endlich die Stadt zu sehen. Mit meinem jüngeren Bruder und seiner Frau flanieren wir über den berühmten ›Hongqiao‹-Markt, der sich in einem Gebäude über vier Stockwerke erstreckt. Anschließend besuchen wir auch noch den nahe gelegenen ›Xiushui‹-Straßenmarkt. Die Stände werden in beiden Fällen von Privatleuten mit Verkaufslizenz betrieben, früher war das alles noch der Schwarzmarkt. Das ›Hongqiao‹-Gebäude ist auf den ersten Blick äußerst großzügig angelegt, wobei man aber erst jetzt begonnen hat, ein Brandschutzsystem zu installieren. Auf dem ›Xiushui‹ wärmen sich die Verkäufer und ihre Kunden die Hände an Kannen mit warmem Wasser. Trotz der Kälte sind die Angebote sehr verlockend: eine wunderschöne, fünfzig Zentimeter lange Kette aus großen, runden Zuchtperlen für nur 240 Yuan, das sind etwa 24 Euro, und gute Imitate von europäischen Luxusmarken wie Armani, Dior oder Chanel, mit denen man sich zu Preisen zwischen fünfzig und hundert Yuan einkleiden kann. Die Verkäufer kommen größtenteils aus der Provinz Zhejiang und handeln nach der Devise »Nur raus

mit der Ware, solange ein Fünfer für mich übrigbleibt«. Gegen diese Verve kommt keiner an. Ein Großteil der Klientel besteht aus ausländischen Touristen, davon die meisten sogenannte »langnasige Zwischenhändler« aus Rußland und Osteuropa. Ihr gebrochenes Chinesisch steht in perfektem Einklang mit dem rudimentären Englisch der heimischen Verkäufer. Viele der Chinesen fragen zwar nach den Preisen, ziehen dann aber doch nur sehr selten wirklich ihr Geld hervor, um etwas zu kaufen. »Ist ein hartes Geschäft«, meint einer der Standinhaber, »alle halten ihr Geld zusammen, um für irgendwelche Notfälle gewappnet zu sein.«

Nach den Märkten besuchten wir die Kneipenmeile am Rande des Diplomatenviertels Sanlitun, eine Straße voller Bars und Cafés, in der man ganz leicht an Raubkopien von CDs herankommt. Um nicht von der Polizei erwischt zu werden, läuft der ganze Handel in den Bars hinter verschlossenen Türen ab. Am Eingang fragt man mich, was ich suche. »Klassische Musik«, sage ich. »Na dann komm mal mit.« Im Hinterzimmer der noch nicht einmal fertig eingerichteten Bar finde ich jede Menge Aufnahmen bekannter westlicher Labels, aber alle *made in Beijing*. Für sieben Yuan pro Stück kaufe ich die kompletten Streichquartette von Mozart, gespielt von David Oistrach und Haydns Klavierkonzerte von A. B. Michelangeli. Als mir gesagt wird, daß die Herstellung nicht einmal vier Yuan pro Stück kostet, ist mir schon zum Lachen, wenn ich an die hitzige Copyright-Diskussion zwischen der chinesischen Regierung und dem Westen denke.

Beijing erscheint mir sehr viel sauberer und geräumiger als bei meinem letzten Besuch. Für die Feierlichkeiten zum fünfzigsten Jahrestag der Staatsgründung am 1. Oktober 1949 sind viele Bauprojekte bereits vor Termin fertiggestellt worden. Das Zentrum um die große Einkaufsstraße Wangfujing und den

Platz des Himmlischen Friedens ist neu mit Granitplatten gepflastert, und man sagt, Reinigungskräfte seien mit riesigen Staubsaugern zugange gewesen. Doch vom alten Beijing ist kaum etwas wiederzuerkennen. Abgesehen von den Gebäuden, die von der neureichen Bevölkerungsschicht bewohnt werden, sehen all diese Hochhäuser ziemlich geschmack- und stillos aus. Unweigerlich muß ich daran denken, daß es nur in einer Diktatur möglich ist, das Aussehen einer ganzen Stadt mit einem Streich so willkürlich zu verändern. Offiziell heißt es, es seien 900 Milliarden Yuan, das sind ca. 9 Milliarden Euro, für die Projekte rund um den fünfzigsten Nationalfeiertag ausgegeben worden.
Am Abend essen wir vier zusammen mit dem Lyrikkritiker T. unser erstes scharfes Sichuan-Essen in Beijing, das äußerst lecker schmeckt.

24. Dezember
Frau L., die ich bei meinem letzten China-Besuch kennengelernt habe, holt uns am Vormittag ab, um zusammen in einem Familienlokal auf der Guangxi-Straße zu essen. Die Räume sind im traditionellen Stil mit roten Holzmöbeln ausgestattet. Beim Eintreten begrüßt uns ein Chor von Kellnerinnen mit einem kräftigen »Willkommen! Tisch für drei Personen!«, während es zum Abschied schmettert: »Danke und auf Wiedersehen!« Natürlich sollte man nicht vergessen, daß das freundliche Lächeln, ihre Höflichkeit und Aufmerksamkeit zu ihrem Job dazugehören, aber ich kann mich noch gut an die Eisesmiene der Kellnerinnen in den Staatsbetrieben vor gut zehn Jahren erinnern, die einem das Fürchten lehren konnten. Das scheint jedoch schon eine Ewigkeit her zu sein, so schnell hat der kommerzielle Wettbewerb alles verändert.
Frau L. ist in der Provinz Ningxia geboren und aufgewachsen.

Einmal ist sie zu Fuß durch allerlei Orte und Plätze in den westlichen Regionen Chinas gewandert, inzwischen lebt sie aber schon seit vielen Jahren als freie Schriftstellerin in Beijing. Gerade ist von ihr eine Sammlung mit Kurzgeschichten erschienen unter dem Titel *Melancholie des Westens*, und zwar in der Reihe *Neue Jugend*, deren Name auf eine berühmte, innovative Zeitschrift der sogenannten ›Bewegung vom vierten Mai‹ aus dem Jahr 1919 zurückgeht. Fünf Autoren haben in dieser Reihe bisher veröffentlicht, und alle sind sie in den sechziger Jahren geboren. Dazu gehört auch Yu Jie, der als eines der vielversprechenden jungen Talente gilt. Beim Durchblättern seines Buches stoße ich auf eine Kritik an dem derzeit politisch wohlgelittenen Autor Yu Qiuyu, in der Yu Jie nachweist, daß dieser, obwohl er permanent die Leute ermahnt, »sich der Geschichte zu stellen«, in Wirklichkeit selbst alles daransetzt, seine eigene Vergangenheit als Propagandist der Viererbande während der Kulturrevolution zu vertuschen. Ich finde, daß damit hat Yu Jie den Nagel auf den Kopf getroffen hat.

Die Reihe *Neue Jugend* ist durch das Engagement des Herausgebers S. ermöglicht worden, der das Programm verantwortet und sich zudem um die Akquise von Herausgeberlizenzen bei den staatlichen Verlagen bemüht, wodurch diese zusätzlich Geld verdienen. Normalerweise kostet eine Lizenz etwa 15.000 Yuan, doch kommt es dabei nicht darauf an, ob es nur um ein einzelnes Werk oder eine Reihe geht. So ist es nur logisch, daß bevorzugt gleich ganze Reihen herausgegeben werden. Als Agent muß sich S. überdies um Rezensionen in der Presse bemühen, die schnell einmal tausend Yuan kosten, wenn man nicht mit den Rezensenten befreundet ist.

Frau L. hofft, daß auch meine Frau Yo Yo ihr nächstes Buch über Herrn S. veröffentlichen kann. Das wäre, zumindest aus finanzieller Sicht, auch zu Yo Yos Vorteil. Ihre letzte Sammlung von Kurzgeschichten kam beim staatlichen Arbeiterverlag heraus, von dem sie nicht einen Pfennig Geld bekommen hat. Statt dessen hat man ihr als Honorar lediglich 350 Exemplare überlassen. Die privaten Herausgeber dagegen zahlen immerhin einen einmaligen Pauschalbetrag für die Rechte, was natürlich in jedem Fall besser ist als die schnöde Ausbeutung durch den Staat.

Als wir versuchen, Yo Yos Vorwort für die Reihe *Neue Jugend* auf Frau L.s Computer zu laden, zeigt die chinesische Sprache wieder einmal ihre Tücken. Das Gerät kann den mit dem Textverarbeitungsprogramm ›N.J. Star‹, das völlig veraltet ist, aber im Ausland noch oft verwendet wird, geschriebenen Text nicht lesen, aber auch nicht in ein anderes Format umwandeln.

Ich merke, wie sich eine Erkältung ankündigt, also gehe ich schnell an der Apotheke vorbei und kaufe mir eine Packung Aspirin.

Am Abend werden wir von einem Fahrer abgeholt, der uns zu einer Party bei Frau W. im Landkreis Tong bringt, der fünfzehn Kilometer östlich von Beijing liegt. Für mich erschien ein Ort wie Tong einstmals Lichtjahre entfernt, doch über die neue Autobahn ist man heute in gerade einmal zehn Minuten dort. Mit ihrer Modemarke ›Muzhenliao‹ hat Frau W. den traditionellen chinesischen Kleidungsgeschmack revolutioniert. Innerhalb von drei Jahren ist dieses Label zu einer der größten Ketten geworden mit über dreißig Dependancen landesweit.

Das Abendessen ist ein wahres Fest. Ich treffe eine ganze Reihe befreundeter Schriftsteller und Künstler, die sich in Tong niedergelassen haben. Nachdem das Künstlerdorf am Alten Sommerpalast, oft kurz als ›Westdorf‹ bezeichnet, geschlossen wurde, sind sie alle nach Tong gezogen, um dort das ›Ostdorf‹ zu gründen. Auch mein Freund L. ist darunter, den ich aus der Zeit meines Exils in Australien kenne. Wie wir uns hier nun in unserer fremden Heimat wiederbegegnen, werden wir von unseren Gefühlen überwältigt. Ziemlich betrunken, bleiben wir die ganze Nacht über bei Frau W.

25. Dezember
Über Nacht bekomme ich Fieber, also stehe ich frühmorgens auf, um telefonisch einen Besuch bei dem alten Schriftsteller Y. abzusagen.
Am Telefon bespreche ich mit ihm meinen Essay »Der Erfolg der Fälschungen«, den ich für die *Kwangju Kunst Biennale* in Korea verfaßt habe. Y. sagt mir, daß er meinen Text gelesen habe und daß ihm auch Yo Yos Essay über chinesische Pop-Art »Wer macht sich hier lustig über wen?« gefallen habe. Das freut uns besonders, denn der Artikel ist im Jahr 1992 in einem prodemokratischen Organ von Übersee-Chinesen mit dem Namen *Beijinger Frühling* erschienen. Ein Freund von ihm, so berichtet Y., habe ihn über mehrere Ecken ins Land geschmuggelt.
Auf Einladung von Frau W. besuchen wir ihre Textilfabrik in Tong. ›Muzhenliao‹ ist ein vollständig privates Unternehmen. W.s Vater hat die Fabrik nach seiner Demission aus dem Militär übernommen. Die beiden Hallen haben zusammen über zweitausend Quadratmeter, in denen mehr als dreihundert Menschen arbeiten, hauptsächlich junge Arbeiterinnen, die aus der Provinz in die Hauptstadt gekommen sind. Die Werkhallen sind gemäß dem Arbeitsprozeß gegliedert: Entwürfe am Computer, Schneiderei, Handstickerei, Qualitätskontrolle etc. In der Marketingabteilung treffen wir auf einen Händler aus Xi'an, einer traditionsreichen Stadt in Zentralchina, der erzählt, daß er in diesem Monat bereits über 200.000 Yuan Verkaufserlös mit der Marke erzielt habe. »Die Produkte sind einfach gut. Würde ich W. nicht persönlich kennen, käme ich gar nicht an die Ware heran«, meint er.

Am Nachmittag entdecken wir in den Schaufenstern von Beijings ›Yansha Shopping City‹ tatsächlich Kleidung der Marke ›Muzhenliao‹, um die sich die Kunden trotz des hohen Preises von fünfhundert Yuan geradezu reißen. Wir hören, daß der Absatz am Eröffnungstag bereits bei 60.000 Yuan lag. Dieses Phänomen ist mir nur schwer erklärlich, denn damit übersteigt der Preis bei weitem den durchschnittlichen Lebensunterhalt. Sogar eine deutsche Journalistin, die sich ein ärmelloses Abendkleid geleistet hat, sagt zu mir: »Ich weiß gar nicht, zu welcher Gelegenheit ich das tragen soll.« Wenn sie es schon nicht weiß, wann ziehen denn dann bloß all die chinesischen Büroangestellten ihre ›Muzhenliao‹-Konfektion an?
Bisher verdankt die Marke ihren Erfolg allein dem traditionellen chinesischen Marketing, das heißt der Mundpropaganda und hoher Marktpräsenz statt Katalogen und Fernsehwerbung. Allerdings erschwert dies natürlich den Verkauf über Chinas Grenzen hinaus. Immerhin wird die chinesische Schauspielerin Gong Li aber in einer Robe von ›Muzhenliao‹ als Vorsitzende der Jury bei der Berlinale auf den roten Teppich treten. Ausgerechnet als wir gerade bei diesem Thema sind, ruft Herr L. an, der ein Film- und Fernsehzentrum sein eigen nennt, und findet die Idee, einen Werbespot für ›Muzhenliao‹ zu drehen, ganz großartig.
Zum Abendessen treffe ich mich unter anderem mit den Journalisten H. von der BBC und S. von der *Süddeutschen Zeitung* im Restaurant ›Xihe Yaju‹ im Park des Sonnenaltars. Nach dem Essen gehen wir noch auf ein Glas zu S. Er bewohnt zwei Stockwerke in einem Apartmentwohnhaus mit Ausblick auf das nächtliche Beijing. In diesen luxuriösen Eigentumswohnungen wohnen Chinesen und Ausländer gleichermaßen, Voraussetzung ist nur, daß man sich zweitausend US-Dollar pro Quadratmeter leisten kann. Der Sicherheitsdienst, Gara-

gen und ein Reinigungsservice entsprechen alle internationalen Standards und lassen keine Wünsche offen. Zu schade nur, daß wir bei einer kleinen Hausführung im Treppenhaus große Risse in dem erst wenige Jahre alten Mauerwerk entdecken.

26. Dezember

Da ich 39 Grad Fieber habe, beginne ich den Tag erst einmal in der Horizontalen. Später kommen der Literaturagent T., der Verleger S. und die Autorin L. vorbei, um über Yo Yos Roman zu sprechen. S. kommt aus Xi'an und wirkt auf den ersten Blick fast naiv, hat aber de facto sein Verlagsgeschäft gut im Griff. Er kennt Yo Yos Werk noch nicht und will vor allem zwei Dinge in Erfahrung bringen: Liest sich der Roman gut, das heißt, ist er marktgängig? Und: Wird es Schwierigkeiten mit den Behörden geben?

Ein privater Literaturagent in China arbeitet wie folgt mit den staatlichen Verlagen zusammen: Wenn ein Haus mit dem Verkauf seiner Lizenzen Geld machen will, muß es die politische Verantwortung für die in seinem Namen publizierten Bücher übernehmen. Bei der Abwägung zwischen dem Gewinn einer kleinen Summe Geldes und der Gefahr, das ganze Geschäft zu verlieren, spricht natürlich viel gegen ein zu hohes Risiko. Wenn es mit einem Buch Schwierigkeiten gibt – schlimmstenfalls wird es verboten und öffentlich kritisiert –, kann es passieren, daß der Verlag aus ›baurechtlichen Gründen‹ geschlossen und die Leitung ausgewechselt wird. In weniger gravierenden Fällen wird dem Verlag eine Anzahl von Lizenzen entzogen, was wiederum Umsatzeinbußen und ökonomische Sanktionen zur Folge hat. Auch dies kann natürlich das Aus bedeuten für die Geschäfte zwischen Agent und Verlag, was in niemandes Interesse sein kann. Entsprechend vorsichtig reagiert S., als er hört, daß es in Yo Yos Roman, der zur Zeit der Kulturrevolution spielt, unter anderem um ein Mädchen geht, das sich durch den Anblick eines Porträts des Vorsitzenden Mao in einem Badehaus geradezu physisch abgestoßen fühlt. Auch wenn er die Kombination von Sex und Politik für verkaufsfördernd hält, befürchtet er Schwierigkeiten und möchte vor einer Zusage lieber erst das ganze Manuskript lesen.

Trotz meines Fiebers fahre ich zu einem Bankett bei dem Literaturagenten D. Dieser hatte 1994 das Risiko auf sich genommen, das von mir und Yo Yo verfaßte Buch über unser Leben im Exil mit dem Titel *Menschenwelten. Geisterreden* zu veröffentlichen. Wir sind gerührt, uns nach so vielen Jahren wiederzusehen. D. hat es gerade wieder gewagt, einen Band mit dreihundert modernen Gedichten herauszubringen. Anders als sonst üblich, wurden die Gedichte in diesem Band von den Autoren selbst ausgewählt und nicht von speziell eingesetzten Herausgebern. Er versichert uns, daß er auch gerne wieder etwas von uns publizieren würde. Zu unseren Tischnachbarn gehört der Schriftsteller A., Sohn eines bereits verstorbenen, berühmten Dichters, Bestsellerautor und sehr aktiv in Beijings Untergrund-Antiquitätenhandel.

Nach dem Essen fahren wir zu einer Bar namens ›Mangfeng‹, die zu einem Treffpunkt für Beijings Künstlerszene geworden ist. Dort treffe ich meine alten Freunde, die Dichter M. und Z. Es ist Sonntag, und daher ist der Laden brechend voll. Ich begegne unter anderem dem Verleger W., der im Jahr 1989 eine meiner Gedichtanthologien vom Markt genommen hatte, den Buchbinder und Graphiker W. und den Performancekünstler M. Ein wenig später gesellt sich noch der Makler, Mäzen und Lyrikfan L. aus Dalian dazu. Er hat gerade etliche in China lebende Dichter mit hochmodernen Computern beschenkt, jeder einzelne im Wert von zehntausenden Yuan. Im Verlauf unserer

sehr angenehmen Unterhaltung schlägt er vor, daß wir uns verbrüdern.
In der Bar herrscht eine ausgelassene, weinselige Stimmung. Doch plötzlich wirft der Dichter Z. eine Bierflasche nach einem Verleger, der mit einem Mal mit blutiger Nase dasteht. Alles gerät in Aufruhr. Nichts ist mehr übrig von der eben noch so ruhigen Neunziger-Jahre-Atmosphäre, vom friedlichen Plaudern bei einem Glas Wein. Es ist wie ein Rückfall in die mir so vertrauten wilden Achtziger. Wenig später – weiß der Teufel, warum – ziehen ein paar Taiwanesen die Messer, um sich mit einigen Festlandchinesen anzulegen, und es fließt noch mehr Blut. Ein Witzbold meint, nun seien wir wohl wieder in den Bürgerkrieg der vierziger Jahre geraten.
Herr W. aus Dalian lädt uns auf einen Besuch ein – Flugtickets, 5-Sterne-Hotel, Fahrten, alles auf seine Kosten.

27. Dezember
Das Fieber ist überstanden, dafür habe ich jetzt Husten.
Frau L. holt uns ab, und wir fahren zur Buchhandlung ›Guolinfeng‹ im Stadtteil Haidian zu einer Promotion-Aktivität für die Reihe *Neue Jugend*. Solche Events sind ein Phänomen der letzten Jahre und sollen der besseren Vermarktung von Büchern dienen, mit Diskussionen und Signierstunden. Es handelt sich im Grunde um reine Marketingveranstaltungen, die von einem Buchladen zusammen mit dem Verleger organisiert werden und zu denen Vertreter aller kulturellen Zirkel und Medien eingeladen werden. Im Volksmund wird diese Art von Publicity »Pfannenrühren« genannt. Anfangs trat auch tatsächlich noch der gewünschte Verkaufseffekt ein, aber nachdem inzwischen jedes neue Buch derart »in der Pfanne gerührt« wird, ebbt das Interesse doch merklich ab. Dennoch ist im Buchladen ›Guolinfeng‹, einer bekannten Adresse in Privatbesitz

gleich neben der Beijing Universität und somit in großer Nähe zu dem intellektuellen Lesepublikum, die Hölle los. Natürlich liegt das auch am Titel der Reihe, der bei jedem Erinnerungen an die Erneuerungsbewegung vom 4. Mai 1919 hervorruft, aber natürlich auch an den 4. Juni 1989.

Bei unserer Ankunft sind bereits etwa zweihundert Personen um einen großen Tisch in der Buchhandlung versammelt. Gastgeber ist der Herausgeber der Zeitschrift *Fangfa*, die man für ihre liberale Einstellung kennt. Derzeit ist sie allerdings gezwungen, die Arbeit ›vorübergehend einzustellen‹. Zuerst stellen fünf Redner die einzelnen Bände der Reihe vor. Ich habe noch nie an einem solchen Event teilgenommen, doch werde ich aufgefordert, gleich den ersten Band *Melancholie des Westens* vorzustellen – L.s Kindheitserlebnisse in Westchina.

Die anderen Redner sind alle bekannte liberale Intellektuelle, die nach den Debatten der frühen neunziger Jahre zwischen dem Liberalismus und der Neuen Linken einen gewissen Bekanntheitsgrad erlangt haben. Sie vertreten in der Tat mutige Standpunkte: R. von der Beijing Universität tadelt einen der Autoren, den erwähnten Yu Jie, für seine Kritik an einigen anderen Autoren, die so dämlich sei, daß es sonst nur noch von Li Peng, dem Vorsitzenden des nationalen Volkskongresses, hätte stammen können. Er spricht auch über die *Falungong*-Bewegung: »Ich bin kein Mitglied, aber ich verteidige das Menschenrecht der Glaubensfreiheit.« Und bezüglich der übertriebenen Ausgaben der Regierung anläßlich des fünfzigsten Jahrestages der Staatsgründung sagt er, das Geld der entlassenen Arbeiter werde hier sinnlos verpulvert. Auf jede dieser Bemerkungen erhält er donnernden Applaus.

Beim Zuhören ist mir, als wüßte ich gar nicht mehr, wo ich eigentlich bin. Wegen meiner angeschlagenen Gesundheit

breche ich zeitig auf, gefolgt von einigen Journalisten und Lesern mit Autogrammwünschen. Ich bin froh und dankbar über das Wiedersehen mit vielen vertrauten Gesichtern. Die passionierten Statements aus der Buchhandlung klingen mir immer noch im Ohr, doch inmitten des geschäftigen Hin- und Hereilens auf der Straße, wird mir der Kontrast zwischen dem, was ich gerade gehört habe, und der Gleichgültigkeit und Apathie der chinesischen Wirklichkeit um so deutlicher. Kann es sein, daß die chinesische Regierung inzwischen wirklich eine größere Vielfalt an Stimmen zuläßt, oder handelt es sich bloß um Posen der Intellektuellen, die das Unzureichende ihrer Taten hinter großspurigen Reden verbergen?
Am Nachmittag ruhe ich mich aus. In den Fernsehnachrichten sagen sie, daß China in diesem Jahr ein Steueraufkommen von tausend Milliarden Yuan gehabt hat. Das ist eine astronomische Summe, von der allerdings ja wohl 900 Milliarden für Projekte rund um die Feier des Jahrestags ausgegeben wurden. Wir leben in einem Staat, der 90 Prozent seines Einkommens für eine offizielle Feier ausgibt! Das wäre im Westen völlig undenkbar. Ob die chinesischen Steuerzahler diese Zahlen miteinander verglichen haben?
D., ein Sportreporter der Beijinger *Jugendzeitung*, der früher einmal ein Dichter war, kümmert sich um unser Abendprogramm. Zuerst geht es zu einem Bankett im ›Zentrum der Frauenbewegung‹ und anschließend wieder auf die Kneipenmeile, diesmal in eine Bar namens ›Vogue‹. Der Abend kostet insgesamt an die 3500 Yuan, die vollständig von D. übernommen werden. Eigentlich übersteigt diese Summe bei weitem seine finanziellen Möglichkeiten, die er mit zehntausend Yuan pro Monat beziffert. Was ist nur aus dem ehemaligen Untergrundpoeten der achtziger Jahre geworden, der einmal jeden Krümel vom Boden auflas?

Ich lerne den Autor L. kennen, der seinen Job in einem Verlag mit einem Wort zusammenfaßt: »Deprimierend.«

28. Dezember
Am Vormittag kommt der Reporter X. von der Zeitung *Kulturzeit* für ein langes Interview über meine Erfahrung im Ausland vorbei, das er nach eigenen Worten im Stil eines Kungfu-Romans aufbereiten will. Wir reden etwa zwei Stunden, und anschließend gebe ich dem Reporter J. von der chinesischen *Newsweek* gleich ein weiteres Interview. Diese Zeitschrift ist ziemlich interessant, von hoher technischer Qualität und mit sorgfältig ausgewählten Texten und Fotos ausgestattet. Jede Ausgabe ist unterteilt in ein Editorial, einen politischen und einen kulturellen Teil. Das Editorial der letzten Ausgabe widmete sich der Problematik, daß die neuen Hundert-Yuan-Banknoten so leicht gefälscht werden können. Sieht man sich allerdings den politischen Teil der Ausgabe etwas genauer an, wird man schnell gewahr, daß hinter der attraktiven Aufmachung immer noch die offizielle Parteipropaganda steckt. So sieht es trotz des hochglänzenden Erscheinungsbildes so aus, als hätte diese Zeitschrift inhaltlich noch einen langen Weg vor sich.
Mittags lädt mich der BBC-Reporter H. in das Diplomatenviertel ein, wo ich ein Interview über Architektur in Beijing geben soll. An der Tür werde ich jedoch aufgehalten, weil ich meinen neuseeländischen Paß nicht mit mir führe und Chinesen keinen freien Zutritt zu ausländischen Diplomatengebäuden haben. Leider fehlt mir die große Nase, die wohl als Alternative zum Ausweis durchgehen würde. Ich habe anscheinend schon zu lange im Ausland gelebt, um mich noch an die chinesischen Vorschriften zu erinnern.
Am Nachmittag fahre ich in den Ort Hongqiao Beili, um den

alten Schriftstellern Y. und K. einen Besuch abzustatten. Bevor ich losfahre, rufe ich an, um den Termin zu bestätigen, erreiche aber niemanden. Ich muß also einfach mein Glück versuchen. Bei der richtigen Adresse angekommen, finde ich die Sicherheitstür verschlossen, dennoch antwortet jemand von innen auf mein Klopfen. Y. wurde offenbar eingesperrt, und er wirft einen Schlüssel aus dem Fenster, mit dem ich von außen aufschließen kann.

Der 85jährige Y. ist ein Stück lebender Geschichte. In den Dreißigern galt er als einer der Schriftsteller der modernistischen Schule, der in der Kommunistischen Partei eine Heimat für seine Ideale fand. Jahrzehntelang engagierte er sich glühend für die Partei, wurde ein hoher Kulturbeamter und bezichtigte andere Intellektuelle der Konterrevolution. Daneben schrieb er Kinderbücher, um sich einen Freiraum zu bewahren. Erst die Kulturrevolution, durch die er seines Amtes enthoben wurde, brachte ihn zum Nachdenken. Er sagte einmal: »Ich habe mich politisch und kulturell immer im Kreis gedreht, um letzten Endes dahin zurückzukehren, wo ich mit zwanzig Jahren begonnen habe.« In den Achtzigern war er eines der ältesten Mitglieder in der jungen Beijinger Kulturszene. Im Jahr 1989 unterzeichnete er eine Petition zur Freilassung des Dissidenten Wei Jingsheng und war danach lange Zeit von der Bildfläche verschwunden.

Ich habe ihn lange nicht mehr gesehen, doch sein Geist ist so hellwach wie eh und je. Er stellt mir detaillierte Fragen zu chinesischen Autoren, die im Ausland leben. Körperlich sei es ihm schon einmal besser gegangen, er könne sich wegen Problemen mit den Beinen nur schlecht bewegen. Wirklich tragisch ist allerdings der Zustand seiner Frau K., einer Schriftstellerin, die ihr Leben lang unter politischen Repressalien zu leiden hatte und die von Angstzuständen und Verfolgungswahn gequält wird. Seit etwa einem Jahrzehnt ist Y. kaum mit etwas anderem beschäftigt, als sich um K. zu kümmern, so daß er nicht einmal zum Schreiben seiner Memoiren kommt. K. ist es auch gewesen, die ihn heute in der Wohnung eingesperrt hat, nachdem sie, ohne ein Wort über ihr Ziel zu verlieren, das Haus verließ. Y. lächelt traurig. »Es ist nur eine Bagatelle.« Was soll ich dazu sagen? Die beiden repräsentieren eine ganze Generation chinesischer Künstler en miniature.

Am Abend findet im Hause des Herrn L. vom Film- und Fernsehzentrum ein großes Dinner statt. Unter vielen alten Bekannten befindet sich auch der Dichter W., mit dem ich mir damals im Jahr 1983 auf dem nordtibetischen Plateau einen gemauerten Kang, ein traditionelles gemauertes Ofenbett, für die Nacht geteilt habe. Inzwischen ist er in den hohen Rang eines Vizegeneralsekretärs des Beijinger Parteikomitees aufgestiegen, ein sogenannter »Hubschrauber-Kader« also. Dann treffe ich G., der nach dem 4. Juni 1989 im Gefängnis eingesessen hat und jetzt Mitherausgeber einer Zeitschrift ist, außerdem X., der wie wir ins neuseeländische Exil gehen mußte, weil er Gedichte auf dem Platz des Himmlischen Friedens verlesen hatte, und der heute in Sydney Taxi fährt. Wir diskutieren über China im 20. Jahrhundert und sind uns einig, daß die Revolution für uns nur noch negative Konnotationen hat und letztlich ein Irrweg war, der doch wieder nur zum Kapitalismus zurückführte. Hätte uns das nicht einer vorher sagen können? Das hätte uns vieles erspart. In bezug auf die Gegenwart stellen wir uns die Frage, was denn die moderne chinesische Gesellschaft überhaupt ausmacht. Nur wenn wir diese Frage beantworten können, besteht die Möglichkeit einer Wende zum Guten, da es keine echten Analogien zur europäischen Geschichte gibt, durch die wir Aufschluß erhalten könnten. Einer schlägt vor: »Die Chinesen sollten dem Präsidenten und Parteivorsitzenden

Jiang Zemin vielleicht einen Handel vorschlagen: Er verhilft ihnen zu einer wirklichen Verfassung, die diesen Namen verdient, und dafür wird er vom chinesischen Volk auch wie ein richtiger Kaiser behandelt, ohne Pensionierung und mit einer richtigen Erbfolgeregelung!« Dieser Vorschlag wird begeistert aufgegriffen, und alle ereifern sich zum Spaß für die Gründung einer chinesischen »Partei für die Wiedereinführung der Monarchie«. Wir beginnen das Jahrhundert einfach noch mal von vorne, diesmal mit demokratischen Reformen. Schade allerdings, daß die Geschichte kein solches Gedankenspiel zuläßt. Eines steht jedoch fest: In unserer Runde gibt es nicht einen, der noch an den Kommunismus glaubt, obwohl durchaus etliche Parteimitglieder zugegen sind. Aber was ist es nur, was sie noch immer mit diesem Regime verbindet?

29. Dezember

Nach dem Besäufnis vergangene Nacht brummt mir der Schädel.

Ich schaue mir zu Hause bei L. eine Reihe von Spielfilmen auf einem VCD-Recorder an, ein Muß in jedem städtischen Haushalt. Alles von *Clockwork Orange* bis zur jüngsten *Lolita*-Verfilmung und den neuesten Hollywood-Produktionen, bis mir der Kopf schwirrt. Natürlich allesamt Raubkopien, das versteht sich von selbst. H. kommt vorbei und erzählt davon, wie es ihm so ergangen ist in den Jahren, seit wir uns das letzte Mal gesehen haben. Er war zwischenzeitlich freier Schriftsteller, Vize-Verlagschef, TV-Programmgestalter und Innenarchitekt, aber jedesmal führten finanzielle Streitigkeiten zu einem jähen Ende seiner jeweiligen Karriere.

Mittags will ich mir einen nostalgischen Spaziergang durch die Ruinen des Alten Sommerpalastes gönnen, entscheide mich dann aber doch, mit T. zu seiner neuen Wohnung in

Xisanqi zu fahren, in der Nähe des Ortes, wohin ich einmal während der Kulturrevolution zur Zwangsarbeit verschickt wurde. Erst nachdem uns das Taxi binnen zwanzig Minuten dorthin gebracht hat, wird mir klar, daß sein Zuhause tatsächlich nur fünf Minuten von dort entfernt liegt, wo ich einst geschuftet habe – »mit dem Gesicht der gelben Erde, mit dem Rücken dem Himmel zugewandt«, wie man damals so schön sagte. Der Taxifahrer sagt, es seien nur 10,5 km von hier bis zur Stadt, und ich kann kaum glauben, daß es so nahe sein soll, daß ich sogar jeden Tag nach getaner Arbeit hätte nach Hause radeln können! Da aber diese Gegend mir damals so völlig abgeschieden vorkam und ich nur alle zwei Monate einmal nach Hause durfte, schien mir die Distanz ganz unermeßlich groß.

Das neugebaute Quartier, in dem T. wohnt, gehört zu den Niedrigpreishäusern für Lehrer zu zweitausend Yuan pro Quadratmeter. Er aber muß gar nichts zahlen, weil er die Wohnung von seiner Arbeitstelle zugeteilt bekam. Doch auch diese Vergünstigungen, die das sozialistische System noch gewährt, werden nicht mehr von langer Dauer sein. Es gibt ein neues Gesetz zur Reform des Wohnungswesens, dem gemäß der Staat keine Wohngenossenschaften mehr finanziert, so daß alle Wohnungen privat finanziert werden müssen. Damit gerät der Großteil der Bevölkerung mit mittleren und geringeren Einkommen enorm unter Druck. Die Banken senken zwar ständig die Zinsen für Darlehen, während sich aber gleichzeitig die Konsumsteuern erhöhen, wodurch das Geld auf den freien Markt gebracht werden soll. Aber die Leute sparen lieber für ein Dach über dem Kopf, als ihr Geld für Luxusgüter auszugeben, so daß diese Logik nicht aufgeht.

T. jedenfalls hat gerade noch die Kurve bekommen. Er erhält seine kleine Wohnung erst mal umsonst und wird nur wenig

zahlen müssen, um sie demnächst in seinen Privatbesitz zu überführen. Er ist frisch geschieden und will sich ein eigenes gemütliches Nest bauen. »Endlich ein ruhiger, friedlicher Ort für mich allein«, schreit er mir durch den ohrenbetäubenden Lärm von Elektrosägen, Bohrern und Hämmern zu, den ein Team von billigen Wanderarbeitern gerade beim Zusammenbau seiner Fertigeinrichtung veranstaltet. Sollte ich ihm vielleicht sagen, daß nur wenige Minuten entfernt von seinem neuen Zuhause zehn Menschen während der Kulturrevolution lebendig begraben wurden, nur weil sie Verwandte ehemaliger Großgrundbesitzer waren?
Ich nehme mir eines der »schwarzen« Taxis ohne offizielle Zulassung, um noch das letzte Stück nach Huangtu Nandian hinauszufahren. Ich kann mich an den Weg nicht mehr gut erinnern, doch als wir ankommen, bin ich verblüfft: Vom ganzen Dorf sind nur Ruinen übrig! Verwitterte und abgebröckelte Mauern zwischen Unkraut und Resten von Schnee. Die Straße, die einst das Dorf von Norden nach Süden durchzog, ist spurlos verschwunden. Mein Fahrer kann nur noch um das Dorf herumfahren. Dennoch kann er mir, da er aus dem Ort stammt, ein paar der Stellen zeigen, an die ich mich erinnere: Den Teich hat man mit Erde zugeschüttet, aber der alte Baum steht noch da. Unser Wohnheim ist zerstört, aber es stehen noch zwei Lehmziegelmauern, die mich an mein erstes Rendezvous erinnern. Die Hochstromleitungen, die uns so gigantisch vorkamen, erscheinen jetzt unglaublich alt und armselig. Unter ihrem Schatten habe ich meine Lektion gelernt – gelernt, wie der Mensch die Erde gleichzeitig lieben und hassen kann. Wo ist die Straße, durch die wir die Särge zu den Gräbern tragen mußten? Aufgewühlt durch das Gefühl der Verzweiflung und Verlorenheit, kann ich nichts mehr erkennen. Der Fahrer erzählt, der ganze Grund des Dorfs sei an eine Immobilienfirma

verkauft worden. Die Bewohner seien aber mit ihrem geplanten Anteil am Erlös von 150 Millionen Yuan nicht einverstanden gewesen, und die Abrißarbeiten hätten sich daher verzögert, so daß bis heute alles brachliege. Inzwischen habe man jedoch einen Ausgleich erzielt und ab März des nächsten Jahres sollten die ersten Häuser gebaut werden. Meine Erinnerungen werden also sämtlich unter Betonböden begraben.
Dies ist das zweite Mal, daß ich hierher zurückkomme, seit ich mich 1977 mit dem Dorfkader überworfen hatte und abgehauen bin. Ich kann mich noch ganz genau an meine erste Rückkehr erinnern, im Winter 1982 in der Abenddämmerung, nach einem Besuch im Alten Sommerpalast. Es hatte mich plötzlich überkommen, und ich sprang ins nächste Taxi. Als ich ankam, war der Himmel schon ganz dunkel. Ich suchte niemanden persönlich auf, sondern ging nur zu unserem alten Wohnheim, in dem ich drei Jahre verbracht hatte. Bei einem Blick durch die zerbrochenen Fensterscheiben erschienen mir der gemauerte Kang, die Strohmatratzen und die Decke aus Pappmaché noch immer ganz und gar vertraut. Die Reflexion des Lichts auf dem Schnee ließ mich einen weißen Schatten auf der dunklen Wand erkennen, den Umriß des Fells meines Hündchens, das der Kompaniechef den Volksarmee erschossen hatte ... In diesem Moment wird mir klar, daß hier eine Geschichte zu einem Ende kommt. Ein jahrtausendealtes Dorf und damit auch seine althergebrachte Lebensweise werden aufhören zu existieren. Und damit auch die drei kurzen Jahre, die ich Teil dieser Geschichte war.
Mitten durch einen Stau auf der vierten nördlichen Ringstraße fahre ich ins ›Lido‹, wo ich eine halbe Stunde zu spät zum Treffen mit meinem alten Freund X. komme. Er ist Taiwanese mit US-amerikanischem Paß und fungiert als Vizepräsident und Repräsentant einer amerikanischen Firma in China. Seit

fast zwei Jahren lebt er ununterbrochen in Beijing und hat eine Menge Freunde in der Kunstszene. Ich hatte ihn im letzten Jahr einmal um Unterstützung für ein Buchprojekt, das *Jahrbuch der Lyrik 1998*, gebeten. Dank seiner Hilfe wurde das Werk gedruckt und ausgeliefert, bis plötzlich das Innenministerium ein Verkaufsverbot gegen den Verlag verhängte. Noch heute weiß kein Mensch, warum; ob es nun an den Gedichten oder am Herausgeberkomitee lag oder an etwas ganz anderem. Die 50.000 Yuan, die X. investiert hatte, gingen einfach in Rauch auf.

Frau W. von ›Muzhenliao‹ und der Maler Y. stoßen zu uns, und wir brechen auf, um uns eines von X.s Projekten anzusehen, einen ganz besonderen Keramikhof. Mit X.s Unterstützung ist dieses Projekt in einer umgebauten Chemiefabrik zu einem Zentrum folkloristischer Töpferkunst geworden. Ein Teil der Fabrik besteht noch, denn dort werden Salben für X.s amerikanische Firma hergestellt, daher die guten Beziehungen. Der Keramikhof hat vier Brennöfen unterschiedlicher Größe, einen gesonderten Ausstellungsraum, Büros, Studios und Gästezimmer. X. finanziert sogar die inoffizielle Zeitschrift *Keramik-Nachrichten*. Angesichts dieses großen Engagements verwundert es nicht, daß er, obwohl kein Künstler, als erstes chinesisches Mitglied in die Internationale Vereinigung für Keramikkunst aufgenommen worden ist. W. und Y. sind beide interessiert daran, die Marke ›Muzhenliao‹ um eine eigene Keramik-Linie zu ergänzen und schauen sich deshalb sehr genau um. Sie zeigen sich sehr beeindruckt von X.s Engagement und seinem Kunstverstand.

Frau W. lädt uns alle erneut zum Abendessen ein. Der Tisch sieht aus, als habe man ein ganzes Aquarium darauf ausgekippt: Schildkröte, Hummer, Krabben und Fisch in rauhen Mengen. Das können wir ganz bestimmt nicht alles essen.

Während der Mahlzeit erhebt sich W. immer wieder vom Tisch, um in ein anderes Separée des Restaurants zu gehen, wo sie gleichzeitig bei einem Abendessen mit dem Chef der ›Yansha Shopping City‹ zugegen sein muß, der für sie die exklusive Präsentation ihrer Ware arrangiert hat.

30. Dezember
In den Morgennachrichten gibt es einen Bericht über die Verhaftung von vier *Falungong*-Anhängern. Hintergrund ist, daß die Organisation ihre Versammlungen nicht eingestellt hat, nachdem sie zu einem häretischen Kult erklärt worden ist. Es entbehrt nicht einer gewissen Ironie, daß diese vier »Kriminellen« mit ihrer stolzgeschwellten Brust, ihrem erhobenen Haupt und ihrer beeindruckenden Standhaftigkeit die Aura von Märtyrern umweht und mich dieser Anblick stark an die typischen Heldendarstellungen der Kommunistischen Partei erinnert.
Ich besuche noch einmal Frau L. und treffe dort den Literaturagenten S. wieder, der bereits ein sehr positives Gutachten über Yo Yos Roman eingeholt hat. Er will daher auch so schnell wie möglich den Vertrag mit ihr abschließen. Sie einigen sich darauf, daß S. die Rechte an dem Buch erwirbt. Dafür zahlt er zunächst fünftausend Yuan, dann noch einmal zehntausend, sobald der Verlag das Buch gesichtet und ihm eine Lizenznummer verkauft hat, und schließlich den Rest, wenn das Buch gedruckt ist. Der Vertrag wird unterschrieben, aber S. ist ein bißchen besorgt. Es ist das erste belletristische Werk von Format, das er in sein Programm aufnimmt, und der Markt für solche Texte wird anscheinend immer enger. Die Leser interessieren sich nur noch für Bücher über Politik und aktuelle Themen, oder aber für reine Unterhaltungsliteratur. Er hofft auf unsere Unterstützung, was bedeutet, daß wir unsere Freunde

bemühen werden, das Buch per Mundpropaganda zu bewerben.

Bedauerlicherweise werde ich im Januar aber nicht mehr hier sein. Dann nämlich, so S., werden die privaten Literaturagenten und -händler gemeinsam ihre selbstorganisierte Buchmesse abhalten. Diese funktioniert so, daß man sich zunächst ein großes Hotel sucht, in dem jeder Händler sein eigenes Zimmer anmietet, wo er dann seine Bücher ausstellt und den anderen Händlern zum Kauf anbietet. Da das offizielle chinesische Verlagswesen in der Krise ist, haben diese privaten Literaturhändler eine grenzenlose Macht, und ihre Messen sind ein großer Erfolg. Aber wer steckt eigentlich hinter der Organisation einer so effizienten Veranstaltung? Wer schafft es, in diesem sozialistischen Staat ein so vollständig kapitalistisches System am Laufen zu halten? Man muß dieses Spektakel wirklich einmal mit eigenen Augen gesehen haben!

Am Nachmittag kommt die ehemalige Lyrikerin C. zu Besuch, die jetzt bei einer Computerzeitschrift arbeitet. Seit unserem letzten Treffen im Jahr 1988 hat sie einiges durchgemacht, und ich habe außer wenigen Briefen, die sie mir über einen Boten bringen ließ, kaum etwas von ihr gehört. Wir kommen sogleich auf den 4. Juni 1989 zu sprechen und darauf, wie sie es damals geschafft hat, flüchtige Dissidenten, die auf dem Platz des Himmlischen Friedens demonstriert hatten, zu verstecken. Ich erinnere mich noch, wie ich in Übersee auf L. traf, der auch bei ihr Unterschlupf gefunden hatte. Als er damals ihren Namen nannte, sagte ich zu ihm, daß er Glück gehabt habe, bei der Richtigen gelandet zu sein. Noch zehn Jahre später erinnere ich mich daran, als wäre es gestern gewesen.

C.s Computerzeitschrift gehört in die technische Ecke, erscheint regelmäßig mit zwei Gratis-Disketten für zwanzig Yuan. Die Käuferschicht besteht allein aus der Computer-Ge-

neration der Fünfzehn- bis Zwanzigjährigen. Heutzutage haben die omnipräsenten Internet-Cafés und Cyber-Clubs in Chinas Großstädten die traditionellen Formen von persönlichem Kontakt voll und ganz unterwandert. C. kann sich vor Lachen kaum einkriegen, als ich ihr erzähle, daß ich immer noch mit der Hand schreibe und keine Ahnung vom Mailen habe. »Wenn du das nächste Mal kommst, bring einen Laptop mit, und ich installiere dir alles Nötige. Zurück in London, brauchst du ihn nur noch anschließen, und ab geht die Post.«
Die Party des Abends findet heute bei der angeblichen Nummer Eins der literarischen Welt Beijings, dem Dichter und Geschäftsmann L., statt. Soeben ist er der Hauptanteilseigner am traditionellen ›Yuelu‹-Buchladen in Hunan mit seiner über tausendjährigen Geschichte und am dazugehörigen Verlag geworden. Mein Freund T. hat mir zugetragen, daß ihm inzwischen die Hälfte aller Nachrichtenmagazine, die man an den Kiosken findet, gehöre. Ich stehe wartend vor dem Krankenhaus für traditionelle chinesische Medizin und komme nicht auf die Idee, daß der feudale schwarze Mercedes, der dort wartet, geschickt worden sein könnte, nur um mich abzuholen. Der Wagen bringt mich zu L.s Villa, einst die Residenz des Warlords Zhang Zuolin aus der Republikzeit, die sich auf einem zwei Quadratkilometer großen Grundstück befindet. Das Haupthaus hat sich die würdevolle Aura dieser Zeit bewahrt, mit seinen Blumen-, Stein- und Wintergärten sowie den Casinos. Schade nur, daß es mit dem Geschmack des heutigen Besitzers und der Qualität der Einrichtung nicht sehr weit her ist. Als ästhetische Beleidigung empfinde ich besonders das künstliche Stück Große Mauer im Garten.
L. zeigt uns leutselig seine Büchersammlung. Er hat über 3000 Experten mit der Neukommentierung einer vielbändigen Anthologie klassischer chinesischer Literatur beauftragt, die von

den Gelehrten der Qin-Zeit (221-207 v. Chr.) bis zur ersten Hälfte des 20. Jahrhunderts reicht. Darunter sind wunderbar gebundene Exemplare, die außerordentlich kostspielig sind. Die erste Auflage von mehreren Tausend war dennoch innerhalb kürzester Zeit vergriffen. Jetzt hat er gerade hundert Meisterwerke des Abendlands veröffentlicht, von Platon bis Foucault, alle in englischer Sprache. Auch die erste Auflage dieser Ausgaben, in grünem Leinen mit Silberprägung zu je fünftausend Yuan, ist schon vergriffen. Vor allem private Sammler gehören zu den Käufern. An der Wand hängt ein großes Foto, das L. zusammen mit Chinas Premierminister Zhu Rongji zeigt.

Neben all den Dichtern, die von einem Chefkoch aus Hunan vorzüglich bekocht werden, befindet sich unter den Gästen auch ein Aktienhändler, der den Ruf hat, ein Erdbeben zu verursachen, wenn er nur mit dem Fuß auftritt. Da ich mir Sorgen um meinen Vater mache, der inzwischen auch Aktionär geworden ist, nutze ich die Gelegenheit, eine Expertenmeinung einzuholen. Gefragt nach den von meinem Vater favorisierten ›Lan Tian‹-Aktien einer Firma für Bio-Lebensmittel, rät er sofort ab: Das seien bloß Hochstapler. Als ich aber wissen will, was man denn sonst kaufen solle, drückt er sich um eine klare Auskunft.

L.s Firma ›XY-Kultur‹ ist das einzige an der Börse gehandelte Kulturunternehmen. Doch an Chinas Börsen herrscht derzeit eine Baisse. Die kleinen, einfachen Investoren sind so oft auf schlechten Aktien sitzen geblieben, daß sie ihr Geld jetzt lieber zusammenhalten und abwarten, egal, welche Maßnahmen die Regierung auch ergreift, um den Markt wieder zu stimulieren. Bevor neulich das neue Gesetz zu Regulierung des Aktienmarkts verabschiedet wurde, gab es eine große Werbekampagne, die die Welle von Kapitalspritzen für den Markt begleitete. Viele Investoren ließen sich davon einlullen und zu übereilten Käufen hinreißen. Niemand ahnte, daß noch am Tage der Verabschiedung des Gesetzes das Kapital wieder abgezogen werden würde und der Aktienmarkt sofort einbrechen sollte. Die Mehrheit der Anleger konnte danach keinen Fuß mehr auf den Boden bekommen, und auch mein Vater war unter denen, die viel Geld verloren. Es hat nun mal nicht jeder einen großen Börsenguru bei sich zu Hause als Gast am Tisch sitzen.

Nach dem Essen offeriert L. jedermann Tee. Das dafür verwendete Wasser ist eigens am Nachmittag aus einer Quelle in den westlichen Vororten gezapft worden, die in den fünfziger Jahren abgesperrt wurde, als sie Mao Zedong und dem Zentralkomitee als Heilbad diente. Nach diesem luxuriösen Teegenuß fährt man uns zu Beijings Olympischem Dorf, in dem sich L.s Club namens ›Beautiful Nights‹ befindet, wo wir uns eine Show mit Tänzen und Gesängen aus Kuba und Osteuropa ansehen. Wir sitzen in einem privaten Kabinett, in dem uns die Bedienungen permanent sündhaft teuren Brandy der Marke XO sowie ebensolchen, aber schlechten französischen Rotwein servieren. Das Etablissement ist voll von chinesischen Geschäftsleuten und Angestellten von Joint-Venture-Unternehmen. Das ›Beautiful Nights‹ ist zwar noch lange nicht der teuerste Nachtclub Beijings, aber der Eintritt ohne Getränke kostet immerhin schon 280 Yuan.

Neben seiner Beijinger Adresse stehen auch noch Adressen in New York und Tokio auf L.s Visitenkarten. Als er erfährt, daß der Dichter M. die japanische Küche schätzt, spricht er sofort die Einladung aus, nächste Woche zusammen nach Tokio zu fliegen, um »es sich mal richtig gutgehen zu lassen«. In der Nacht bringt der schwarze Mercedes jeden der Gäste einzeln nach Hause.

31. Dezember

Den letzten Tag des 20. Jahrhunderts in China zu begehen ist für mich, als Vertreter einer besonderen Spezies Ausländer in China, von außerordentlicher emotionaler Bedeutung.

Den Vormittag verbringen wir zu Hause bei Yo Yos Mutter im Gespräch mit dem ältesten Bruder, der aus Lanzhou, einer Industriestadt in Nordwestchina, zu Besuch gekommen ist. Er wurde in den vierziger Jahren geboren, steht jetzt kurz vor der Rente und gehört zu der verlorenen Generation, die nach 1949 kaum eine moderne Bildung erfahren hat. Nach seiner Pensionierung wird er nur siebzig Prozent seines Monatsgehalts beziehen, und so ist er nach Beijing gekommen, um sich noch einmal eine neue Stelle zu suchen, obwohl seine Aufenthaltserlaubnis eigentlich nur für anderswo gilt. Leider ist sein fachlicher Wissensstand aber ziemlich veraltet. Yo Yos Mutter hat insgesamt vier Kinder, und die drei anderen sind im Ausland oder in chinesischen Firmen mit Auslandsverbindungen beschäftigt. Deshalb macht sie sich um ihren Ältesten die meisten Sorgen, vielleicht ja auch deshalb, weil er ständig seltsames Zeug daherdichtet, sich aber dabei als ein echter Volksdichter versteht: »Die Löhne wert nur noch die Hälfte. / Die Führung sitzt in der Königssänfte. / Gibt es gar keine Löhne mehr, / Kommt die Führung im Blauvogel daher. / Sind die Löhne niedrig wie nie, / Fährt die Führung doch gerne Audi.«

Wegen der hartnäckigen Nachfrage des Buchhändlers D. fahren wir am Nachmittag um 14 Uhr zu einer Lesung und Signierstunde für das Buch *300 Moderne Gedichte* in der »Bücherstadt« Xidan. Ich begegne einer ganzen Reihe von Literaturkritikern und dem alten Dichter N., den ich seit Ewigkeiten nicht mehr gesehen habe. Da es nicht so häufig vorkommt, daß private Buchhändler sich für Gedichtanthologien engagieren, sind zahlreiche Medienvertreter zu Gast. Das Beijinger Fernsehen, die gesamte Presse der Stadt und die wenigen Kulturzeitschriften aus anderen Orten sind vor allem an den Themen »Kultur und Kommerz« und »Die Stellung der Dichtung in der modernen Gesellschaft« interessiert. Dank D.s Werbefeldzug im Vorfeld ist der Andrang groß. Ständig hört man jemanden sagen, »Ich kann etliche der Gedichte in diesem Band rezitieren«, oder: »wir haben an der Uni all Ihre Werke gelesen«. Die treue Leserschaft wartet geduldig mit ihren Büchern unterm Arm auf die mit Interviews beschäftigten Dichter, um ihre Bände signieren zu lassen. So etwas gibt es nicht oft, wie die Angestellten der Buchhandlung meinen. Die Veranstaltung dauert etwa zwei Stunden, und am Ende sind zweihundert Exemplare der drei Gedichtbände für zusammen jeweils 45 Yuan verkauft.

Der Dichter W. überreicht mir den von ihm edierten Band *Memorandum chinesischer Dichtung der neunziger Jahre* als Geschenk, frisch erschienen beim »Verlag der Volksliteratur«, schon mit dem Erscheinungsjahr 2000. Es handelt sich um ein wirklich nützliches Referenzwerk, denn es enthält Dutzende wichtiger Rezensionen zur Lyrik seit dem 4. Juni 1989, eine Chronik der literarischen Aktivitäten und Erläuterungen zu den einzelnen Gedichten. Hintergrund der Herausgabe dieses Bandes ist der seit einigen Jahren schwelende Disput und Wettbewerb zwischen der nördlichen und der südlichen Dichterszene des Landes. Im Süden legen die Dichter mehr und mehr ihren Fokus auf volkstümliche und umgangssprachliche Traditionen der Dichtung, um sich gegen den »intellektuellen« Norden abzugrenzen, dem vorgeworfen wird, daß er sich allzu sehr an die Sprache der Macht halte. Im Vorwort des *Memorandum* greift W. den Süden an, dessen Dichtern er nachweisen will, daß es ihnen eigentlich nur um Macht und Einfluß gehe. Aber ist es nicht gerade dieser Machtgedanke, der in den vergangenen fünfzig Jahren unser Denken so tief verunreinigt hat, daß er nicht einmal vor der Sphäre der Dichtung haltgemacht hat? Das Deprimierende an dieser Debatte ist, daß in ihr gerade die Dichtung selbst aus dem Blickfeld gerät.

Zu unserem Erstaunen taucht plötzlich L.s Chauffeur auf, um uns eine Gebetskette mit Kristallperlen zu bringen. Yo Yo hatte gestern abend im Nachtclub ihre aus hölzernen Perlen gefertigte Gebetskette verloren, und L. versprach, nachdem sie ihn am Morgen deswegen angerufen hatte, eine neue zu schicken, falls sie nicht gefunden würde. Sie ruft gleich bei L. an, um sich zu bedanken, wobei sie erfährt, daß ihre neue Gebetskette einst vom Vorsteher des berühmten Beijinger Guangji-Klosters persönlich gesegnet worden sei. Das sind eben die kleinen Unterschiede.

Wir nehmen ein Taxi zu meinem Bruder im Dorf Fangzhuang und fahren dann gemeinsam weiter nach Zhaogongkou, wo wir einen VW Santana mieten, der uns für zweihundert Yuan nach Tianjin zu meinem Elternhaus bringen soll. Der Fahrer des Santana ist selbst aus dieser ehemaligen Industriestadt und mit seinem Wagen auf diese Route spezialisiert. Er hat täglich Kunden für die Hin- und Rückfahrt, was ihm locker vierhundert Yuan Umsatz bringt. Allerdings ist der Kampf um die Kundschaft groß und auch bei unserem Zusammentreffen finden wir ihn in eine hitzige Auseinandersetzung mit einem anderen Fahrer verstrickt.

Nach Tianjin geht es über eine sehr gute Autobahnstrecke. In nur vierzig Minuten sind wir schon an der Ausfahrt. Von dort dauert es allerdings dann doch noch einmal eine Stunde, um zum Haus meines Vaters zu gelangen. Tianjin ist eine graue Betonwüste, die rein gar nichts von dem Glamour und der Farbenpracht der Beijinger Restaurants und dem dortigen

Nachtleben hat. Die Straßen sind öde und langweilig, ohne jeden festlichen Schmuck, und es gibt nichts, was auf den bevorstehenden Jahrtausendwechsel hinwiese. Der Fahrer meint, das liege an den vielen Arbeitslosen in Tianjin, das einst ein Zentrum der staatlichen Industrien war. Die Leute mit ihrer ›Stütze‹ von zweihundert Yuan monatlich, die kaum zum Leben reiche, hätten keinen Sinn für Festivitäten. »In Beijing«, erzählt er, »zahlt man für drei Pfund Äpfel zehn Yuan. Hier würde man nicht mal für vier Pfund so viel zahlen. Früher hieß es ›Hoch lebe die Arbeiterklasse!‹, aber jetzt will der Staat uns einfach nur loswerden. Wir haben ihm unser ganzes Leben verkauft, um jetzt an den Opferstock verfüttert zu werden. Das ist doch wohl ein Witz.«

Wie so viele habe ich mir den Kopf zerbrochen, wie ich das Millennium begehen sollte, habe mich aber zu guter Letzt auf das Naheliegende besonnen: in China, zu Hause bei meinem Vater. In den vergangenen zehn Jahren hatte ich so wenig Gelegenheit, Zeit mit ihm zu verbringen, daß auch die Tatsache, daß wir dieses einmalige Ereignis nun zusammen erleben, das kaum zu kompensieren vermag.

Glücklicherweise hat auch mein Bruder, ein sich zu Tode schuftender Geschäftsmann, Zeit gefunden, mit uns zu kommen. Zusammen mit ihm, seiner Freundin und unserem Vater habe ich uns einen Tisch für ein Neujahrsessen im Restaurant reservieren lassen. Hier zeigt sich, daß selbst in Tianjin fast alle Separées zu einem bezahlbaren Preis schon ausgebucht sind. Wir verzieren unsere Tafel mit zwei aus dem fernen Europa angeschleppten Flaschen Wein und können, dank des Fernsehers in unserem Raum, auch die Übertragung der Neujahrsfeierlichkeiten aus aller Welt mitverfolgen. Zum ersten Mal hat in diesem Jahr der zentrale Nachrichtensender Journalisten nach Sydney, Paris, London und New York entsandt, um von dort live ins Programm geschaltet zu werden, das 24 Stunden non-stop durchläuft. So bleiben viele Chinesen am Stück wach, um sich das Feuerwerk auf Sydneys Hafenbrücke, das Londoner Millennium-Riesenrad anzusehen etc. Aber China wäre nicht China, wenn nicht auch das Millennium-Programm für staatliche Propagandazwecke genützt würde. Jiang Zemin hält eine Glückwunschrede, und die Führer von Partei und Staat reihen sich telegen zum Gruße auf, umrahmt von Chinas Millennium-Tempel, der nach dem Vorbild des Himmels- und des Erdtempels errichtet ist. Chinas Millennium-Glocke, passend zur Tradition des Glockengießens, erklingt und Tausende von Erwachsenen und Kindern tanzen und singen bei minus zehn Grad in bunten und etwas zu dünnen Kostümen. Macaos ›Heimkehr ins Mutterland‹ ist natürlich das vorherrschende Thema. Das wiederholte Auftauchen des Namens Taiwan in den offiziellen Reden läßt keinen Zweifel am nächsten Ziel der ›Heimholung‹. Dieser ganze Prunk und die Beschwörung von »Frieden und Wohlstand« stehen in ironischem und befremdlichem Kontrast zu der Stadt Tianjin, die heute von Arbeitslosigkeit gezeichnet ist.

Nach dem Essen gehen wir zu meinem Vater nach Hause, um dort die letzten Minuten des scheidenden Jahrhunderts, plaudernd über unsere Familie, zu verbringen, während der Fernseher einfach weiterläuft. Mein Vater wurde als Sohn eines wohlhabenden Händlers und Mandschu-Aristokraten geboren. Noch keine zwanzig Jahre alt, nach bestandenem Examen an der katholischen ›Furen‹-Universität, sprach er sich los von seiner »Familie von Ausbeutern« und schloß sich der kommunistischen Revolution an. Seither sind im Laufe des Lebens jedoch all die Träume und Ideale seiner Jugendzeit nacheinander zerschmettert worden. Er war weise genug, sich rechtzeitig von dem ganzen Wahnsinn abzuwenden. Erst war er als Diplomat des Staates im Ausland, dann nur noch Professor an der Universität. Schließlich wurde er zum ›verdienten alten Revolutionär‹, und endlich nur noch ein ›rückständiges Element‹, das bei öffentlichen Versammlungen einschlief. Ich sage ihm, was ich von seinem Leben denke: »Deine größte Leistung besteht darin, daß du nichts geleistet hast.« Doch mein Vater ist mit dieser Einschätzung gar nicht einmal unzufrieden und hat in den letzten Jahren seinen Frieden mit sich gemacht. Er hat mit den konkreten Herausforderungen des Alltags schon genug zu tun. Selbst seine Pension als ehemaliger Kader kann mit der Preisexplosion nicht mithalten, und ohne die Unterstützung meiner Geschwister stünde er ziemlich allein da. Er hat während zwei bitteren Lehrjahren vergeblich sein Glück an der Börse versucht und hofft nun doch noch auf den ersehnten Gewinn (obwohl er ja mit den ›Lan Tian‹-Aktien nicht gut beraten war). »Meinst du eigentlich nicht, daß du dein Leben seit der Abwendung von deiner reichen Familie den falschen Zielen gewidmet hast?« frage ich ihn. »Es gibt Leute, denen ist es schlechter ergangen als mir«, ist die bitter-lächelnde Antwort, an der man noch den ehemaligen Diplomaten erkennt.

Schließlich läuten die Neujahrsglocken, und ich denke bei mir: Wenigstens ist dieses Jahrhundert für das chinesische Volk endlich vorbei. Innerhalb einer Sekunde wird die Zeit in völlig neuen Zahlen geschrieben. Aber haben wir auch ein völlig neues Jahrhundert vor uns?

Sanwen. Eine Geisterrede für die Leser von Yang Lian Nachwort von Uwe Kolbe

»Passing the time in the dark ...
is not only what drama is about but also what life is about.«
Kenneth Tynan

Ed eran due in uno, ed uno in due;
Dante, Inferno, XXVIII, 125

Yang Lian teilt mit dem biblischen Propheten Jona nicht nur das notorische Unterwegssein, sondern auch die Erfahrung, im dunklen Inneren eines Tieres zu leben. Jona entzog sich bekanntlich dem Auftrag seines Herrn, so wie Yang Lians Gedichte sich dem üblichen Reden über die Welt entziehen. Bei Jona war das Tier Teil des Vollzugs pädagogischer Maßnahmen, die den Propheten lehren sollten, sein Amt wahrzunehmen. Yang Lian war als junger Mann Maßnahmen ausgesetzt, die auf anderes zielten: Die letzten Ausläufer der Großen Kulturrevolution Mao Zedongs ließen ihn Mitte der siebziger Jahre des letzten Jahrhunderts auf dem Land arbeiten statt ein Studium aufzunehmen. Der Prophet lebte nur eine Zeitlang in dem Wal. Yang Lian dagegen wird sein wasserverbundenes Tier nie wieder verlassen. Seine Gedichte zeugen davon: Er lebt im Krokodil. Dies ist eine Metapher von Ausmaßen. Und es macht dabei keinen Unterschied, ob das Krokodil Dichter und Gedicht umschließt, wovon wir der Einfachheit halber ausgehen, oder ob anders herum die beiden das Krokodil enthalten, also ob es heißt: »Der Rachen ist weich und warm, dieser dunkle Schlund sieht dich, zusammengestrichen, der Welt entschwinden« oder: »Ein Krokodil ist wie ein Wort«. Einmal wird aus dem Inneren gesprochen: »Vereinsamt von dir belagert, hörst du Flüche aus der allseitigen Stille des Todes«, ein andermal von außen auf die Situation geschaut: »Deine Hand mit dem Stift ist ein Stück blankes Fleisch, als hätte ein Krokodil danach geschnappt, das wild ins Sonnenlicht drängte.« Hier wie in beinahe allen Gedichten des Autors ist die Basis seines Sprechens dialektisch und paradox. Es wirkt, als wollten uns die Gedichte immer wieder in die Irre führen. Dabei sind sie ganz offensichtlich direkter Ausdruck der lebensweltlichen und geistigen, einfacher: der existentiellen Situation ihres Urhebers. Der allerdings, bereits während er uns durch das Labyrinth im Inneren des Krododils führt, die Spuren verwischt: »Totes ist nur ein Name«, und sowieso sei ein jedes Wort »zur Lüge verurteilt«, macht er uns weis. Unsere These dagegen lautet: Die poetische Wahrheit liegt unverstellt offen. Nur sie lesen, nach ihr fragen, nach ihr fassen müssen wir selbst.

Es gab eine Zeit zum Ende des letzten Jahrhunderts, da fanden an der noch offenen Wunde Europas, in Berlin und anderswo, Gespräche statt. Diese hatten zum Gegenstand, was eben noch war, vor allem jedoch das, was gerade verschwand. Die Unterhaltungen kreisten um unsere Erfahrungen mit unserer Epoche, die über Nacht obsolet geworden waren. Die Weltgeschichte, so schien es, war für diesmal aus der Sackgasse heraus, aber zugleich war sie, nach der Party, merkwürdig uninteressant geworden. Tödliche Bedrohungen waren aufgehoben, nackte Geschäftstatsachen waren geblieben, die uns von da an anstarrten. Und durch sie hindurch starrte uns weiter unsere eigene Vor-Geschichte an, der Schutthaufen, auf dem wir wohnten.

In dieser Zeit kam Yang Lian nach Berlin. Der Exilant war nach längerem Aufenthalt in Neuseeland, in Australien und in den USA 1991 Gast des Künstlerprogramms des Deutschen Akademischen Austauschdienstes in Berlin und 1995 auf Schloß

Solitude bei Stuttgart. Wir hatten also Gelegenheit, und wir nutzten sie. Das Gespräch mit ihm war geeignet, das Wundenlecken ebenso wie die Euphorie zu beenden. Und daß wirklich etwas verschwand, war mit seinem Auftauchen gar nicht mehr so sicher. Sein Gepäck bestand aus der älteren Geschichte seiner Kultur und einer notwendig anderen Deutung der Gegenwart. Ihm galt das Jahr, in dem wir den Fall des Eisernen Vorhangs als Zeitenwende gefeiert hatten, als etwas anderes. Für ihn trug es den Namen Tiananmen und das Datum des vierten Juni. Seine Haltung zu jenem, unserem Jubeljahr unter dem deutschen Datum des neunten November ist vergleichbar mit der eines Osteuropäers, für den 1968 keinen Pariser Mai, sondern einen Prager August bedeutet. Im Gedicht erscheint es so: »An vier Wänden vierfach das eigene Gesicht, wieder ein Gemetzel, Blut ... Dies alles ist nur ein normales, ein ganz normales Jahr.« Und wenn wir zu lesen verstehen, sehen wir schon hier, bei aller zeitgeschichtlichen Nähe, wie wenig es beim Naheliegenden bleibt: Die vier Wände mit dem eigenen Gesicht entsprechen auch der graphischen Gestalt der chinesischen Schriftzeichen, somit der Sprache, in der das Gedicht geschrieben ist, und diese spiegelt das Ich, während sie geschrieben wird, ihre traditionelle Gestalt annimmt, sie wirft den Schreibenden auf sich zurück wie später den Leser: »Die Schriftzeichen ... sind wie Gene, die die gesamten grammatischen Funktionen des Chinesischen kontrollieren, seine Gedankenwelt bis hin zur Gestaltung des Daseins.« – Daß wir als Benutzer lateinischer Buchstaben und einer im Unterschied zum Chinesischen streng die Zeitform des Verbs fixierenden, viel statischeren Grammatik dies nicht so erfahren und somit auch anders und Anderes lesen, darauf sei eindringlich hingewiesen. Das Problem der Übersetzung stellt sich hier anders als etwa innerhalb einer Sprachfamilie, vor allem jedoch an-

ders als im begrenzten Verkehr innerhalb der auf Alphabeten basierenden Schrift-Hemisphäre.
Wo nun in demselben Gedicht unter der Überschrift »1989« ein persönlich wie historisch einschneidendes Jahr als normal apostrophiert wird, spricht einerseits der historisch Geschlagene, der Wissende als Fatalist, andererseits aber die daoistisch-konfuzianische Tradition, wie sie in einer von Yang Lians ›Geisterreden‹ auf den Punkt gebracht wird: »Wenn ein alter Mann aus dem Feuer zurückkommt, bedeuten ihm die Ereignisse zu seinen Lebzeiten nicht mehr als ein Gasthof auf dem Lande.« Die Gedichte gehen selbstverständlich nicht in Philosophie auf. Sie sind aber, Satz für Satz, davon grundiert. Wir können sogar sagen, ihre Grammatik ist davon durchtränkt. Selbstverständlich gilt das hier für die Übersetzung, und sie hat viel zu leisten. Die Syntax selbst jedenfalls scheint irritiert und ist irritierend, eine selten alltagskompatible Kausalität fordert den Leser.
Yang Lian hat aus dem Purgatorium der Erkenntnis, sich vorantastend im Halb- und Schlagschatten der Geschichte, ein poetisches Exerzitium abgeleitet. Es bringt, wie wir sehen, gewisse Rituale mit sich. Dazu gehören die unvermeidliche Anwesenheit des Todes wie das Schauen eines Steins und das Glück des Vergessenwerdens. Dazu gehört, daß ein sehr konkreter, zum Greifen naher Fluß ein drittes Ufer erhält, nein: hat, wo die Toten stranden, nein: weiterleben. Und letzteres Verb zeigt schon wieder die Grenzen unserer Sprache, wenn nicht der Sprache überhaupt. Die Unterwelt ist obenauf, das Innerste zuäußerst, nur durch den Tod geht es vorwärts ins Leben, symbolisiert in einem Tier, in dem der Dichter reist oder auf dem er reitet, dem Krokodil. Es ist mit anderen Konnotationen belegt als der Pegasus der europäischen Antike, der sich als vornehmer Dichtergaul auf klassizistischen Theatergiebeln

herumtreibt. Erinnert sei aber daran, daß unser Flügelpferd ein Kind der schrecklichen Gorgo Medusa ist und aus ihrem Blut entsprang, als Perseus ihr das Haupt mit dem Schlangenhaar abschlug. Wie er es angestellt hat, was vor ihm keiner vermochte, macht die Geschichte noch interessanter und führt noch näher an die Welt unseres chinesischen Dichters: Um vom Blick der Medusa nicht zu versteinern, benutzte Perseus den eigenen Schild als Spiegel, sah sie darin und schlug zu. Wer aber – sozusagen – hinter dem Spiegel agiert, wer durch den Spiegel gehen kann (wie etwa in Jean Cocteaus Film *Orphée* von 1953 zu sehen und in *Matrix* von 1999 eindrücklich zitiert), ist entweder tot oder es ist ihm auf Zeit und aus starken Gründen Einlaß in die Unterwelt gewährt. Die Toten sind mächtig, und wer den Tod überwindet, dem gehört womöglich die Welt. Mit Orpheus, dem Ur-Sänger der europäischen Mythologie, wuchs dem Gedicht und denen, die es schreiben, eine solche Macht zu, wenigstens als Möglichkeit.
In den hier abgedruckten Essays finden wir einen autobiographischen Hinweis des Autors, der außerliterarische und wesentliche Begegnungen mit dem Tod belegt. Nicht nur Bücher stehen in den Regalen der jeweils neuen Wohnungen von Yang Lian und seiner Frau, der Schriftstellerin Yo Yo, im Exil (auch wenn die Londoner Bleibe mit neuseeländischem Paß eine dauerhafte sein möge), dort stehen auch »zwei Urnen, eine mit der Asche meiner Mutter und eine mit der meiner Großmutter. Da sind sie, und ich spüre ihre liebevollen Blicke auf mir ruhen.«

Bei der eingangs erwähnten Begegnung mit dem chinesischen Exilanten kam auf den Punkt, was selten reflektiert wurde, doch schon zur Erfahrung eines Ostdeutschen gehören konnte: Rede mit einem polnischen Nachbarn, mit Osteuropäern,

mit Ungarn, Russen, Georgiern, rede auch mit älteren Portugiesen, mit Flüchtlingen aus dem Iran des Schah und dem Irak Saddams, mit Exilanten aus Kuba – Menschen mit Diktaturerfahrung schauen auf überraschend ähnliche Weise Geschichte an. Das Fleisch wird vergleichbare Narben tragen, die verschiedenen Sprachen werden gleiche Worte ausspucken oder auslassen, denn vor allem erkennt ihr einander am Schweigen. Wie viele Mißverständnisse gab es dagegen mit gewohnheitsmäßigen Benutzern der demokratischen Hemisphäre, selbst wenn sie dem gleichen Sprachraum angehörten.
Unser Gespräch, das sich – *horribile dictu*, wenn man sich klar macht, was das bedeutet – auf dieser Basis rascher, vertrauter entwickelte, kreiste bald um das Schweigen. Wir begannen mit dem Schweigen der Generationen, das auf uns gekommen war, mit den Lügen, die darin lagen, deren Namen wir einander nicht sagen mußten, Lügen am Fuße des Kommunismus oder Sozialismus, Schweigen von vergangenen Schlächtereien, von Kriegen, von notdürftig begrabenen Toten. Es war ein steinernes oder gar eisernes Schweigen, wo Trauer verboten war, wo der neue Marsch den alten ersetzt hatte, die neuen Aufmarschplätze, die dem Umriß der alten folgten und Schädelstätten des Schweigens waren! Wir tauschten uns notwendig, doch kurz aus über das Schweigen der Macht, über die Leere im Zentrum der Herrschaft, wir streiften den Zynismus, auch den eigenen, naheliegenden, und wir erinnerten uns an schmerzliche Wege des Begreifens, an Umwege. Doch hielten wir uns auch dabei nicht auf. Wir gedachten der Utopie, wie sie regelmäßig auf dem Scheiterhaufen der Geschichte brennt und mit ihr Fleisch und Knochen der Millionen Menschen, deren Opfer sie zwingend verlangt. Wir mußten nicht Abschied von ihr nehmen, wir waren in unserem Gespräch schon weitergegangen. Wir wußten die Utopie an ihrem Platz und den

Zynismus auf seinem. Wir wandten uns dem großen Schweigen zu und beschrieben seine facettierten Facetten, Abgründe und Spalten von nichts und wieder nichts. Wir wandten uns von dem gähnenden Schweigen der Geschichte des zwanzigsten Jahrhunderts ab und wandten uns dem Schweigen zu, das uns treibt. Wir vergegenwärtigten uns den Hintergrund von Schweigen, auf dem das Gedicht erscheint. Die Gedichte, die hier vorliegen, sind nämlich eines nicht und wollen es nicht sein: schreiender, lauthalser Fingerzeig. Sie sind nur das Andere, das aus dem Einen geworden ist, andere Antwort auf das eine Unmißverständliche, das diesen Autor geformt hat, das Gedichte erzwingt von einem, der zu antworten in der Lage ist.

Yang Lian lehrt, so etwas zu erkennen, er kann es mit leichter Hand weisen. In seinen Essays begegnet man dem Zeitgenossen, der mit großem Engagement und ohne Maulkorb etwa gegen die wohlfeile Chinoiserie geschäftstüchtiger Wendehälse aus dem kommunistisch-kapitalistischen China polemisiert, auf die die schlichte, westliche Kunst-Kaufmannschaft begeistert hereinfällt: »Selbst die Kulturrevolution lebt als Konsumgut fort.« Man trifft den sich abgrenzenden, präzisen Deuter des eigenen Tuns: »Mit meinem Schreiben im Exil möchte ich ... keinesfalls auf dem Jahrmarkt der *political correctness* und der *identity games* noch ein weiteres Markenprodukt, den Exotismus, feilbieten.« »In einem gewissen Sinne bin ich stolz, daß ich mich wohl als einen Formalisten bezeichnen kann.« »Die Form, die ich für jedes neue Gedicht erfinde und mit der ich die vorangegangenen Werke durch die neuen ersetze, schafft eine kalkulierte Distanz zu meinen Lesern.« (Letzteres wollen wir hier partiell in Frage stellen.) Und man reist mit dem erstaunlichsten Reiseführer in das China der letzten Jahrtausendwende, an die vielen Stätten seines früheren Le-

bens, bevölkert von ehemaligen Weggefährten, Kollegen, von Karrieristen aller Art. Man erfährt vom Ort der Verbannung des jungen Mannes und von seinem Staunen, wie nah dieser eigentlich der elterlichen Wohnung in Beijing gewesen war ... Offener kann es nicht zugehen, nicht klarer.
Die Seite der Gedichte ist vorsätzlich eine andere, eine andere Sprache: »Damit meine ich, daß meine Gedichte selbst den muttersprachlichen Lesern fremd sein sollen, daß sie unübersetzbar sein sollen in das umgangssprachliche Chinesisch.« Gedichte lassen sich bekanntlich nicht einmal übersetzen in pädagogisch intendierte Sprache. Niemand wird ein Gedicht auf den Punkt bringen, wenn, dann ist es selbst der Punkt. Im Land der Gedichte geht es also um etwas anderes. Es ist ein Land hinter dem Spiegel mit einer eigenen, einer anderen als der gewöhnliche Sprache. Vielleicht verhält sich die Sprache dieser Gedichte zu der alltäglichen überhaupt wie die Nacht zum Tage, ist sie die eines Traums, und zwar manchmal so, wie Mr. Hyde ein Traum des Dr. Jekyll war. Die scheinbar stummen Zeugen der Vergangenheit sind Yang Lians ständige Begleiter und Identifikationsfiguren: »Die Toten leben. In dunklen Winkeln diskutierten sie gestern lang und breit den jüngsten Tag.«
So saßen auch wir damals und diskutierten, untote Tote, Geister. Die martialischen Wegweiser des abendländischen Diskurses standen uns selbstverständlich zur Verfügung, wie eben der Jüngste Tag, das aus christlicher Sicht tröstliche Bild von der Überwindung des Todes. Yang Lians Stern der Geburt brachte ihm auch dies ein, als Diplomatenkind in Bern geboren, beinahe Nomenklaturkader die Eltern, aber was galt das schon, wenn man nach Hause berufen wurde und die Winde wechselten? »Das Kind da kam in einem Stall zur Welt ..., von drei todgeweihten Alten grimmig verwünscht.« Ein etwas an-

deres Bethlehem. Die Geburt als Sterben aufgefaßt. Eine Parallele zur Geschichte Jesu, mit Schopenhauer im Gepäck. Einem Kreislauf ausgesetzt sein, den man auch einen Friedhof nennen kann, einen, auf dessen Grabsteinen offensichtlich Namen und Daten fehlen: »Du bist genagelt an eine Geschichte, die niemand erzählt.« Gedichte wie Kreuze und Grabsteine, und wir gehen, tot oder lebendig *(wanted – haunted)*, dazwischen umher und deuten Zeichen zu Namen und rekonstruieren mit dem Instrumentarium von Wissen und Erfahrung aus vorhandenen Hinweisen Leben, Lebensgeschichten, die zu Schichten von Geschichte werden. Was denn wäre Geschichte anderes als die ausführliche Beschreibung des Landes der Toten, ach was: eines ganzen Planeten, von Toten bevölkert?

Wo es beim Evangelisten Johannes heißt: »Im Anfang war das Wort«, da sagt Laozi ein halbes Jahrtausend früher: »Der Wissende redet nicht. Der Redende weiß nicht. Man muß seinen Mund schließen und seine Pforten zumachen ...« Im ersten Zitat ist vom Wort eines patriarchalischen Gottes die Rede, das die Welt erschafft. Im letzteren spricht vertrauensvolle, wissende Anwesenheit im Lauf der Welt. Dieses Vertrauen auf die Wirksamkeit von Nicht-Tun, wie geschmeidig es ist als Menschen-Antwort auf das Schweigen der Welt! Immer wieder strauchelt das westliche Denken in der Begegnung mit dieser Haltung. Auch, wo es ihr mit dem Konzept der Abwesenheit von Sinn, der Gleichgültigkeit des Weltganzen gegenüber der Gattung Mensch so nahekommt wie im Existentialismus. Yang Lian hat sich das eine wie das andere in einem andauernden Lernprozeß anverwandelt und hört nicht auf damit: »Mir selbst hat das Exil ... auch etwas gebracht, es hat mir einen neuen Blick auf die Dinge beschert. So kann man mich durchaus einen glücklichen Menschen nennen.«

Die hier versammelten Gedichte wissen von der einen wie von der anderen Tradition und Erfahrung und von etwas Drittem, das wohl der inkommensurable Abgrund zum Grund des Schreibens ist. So wie der wesentliche Inspirator der modernen Poesie Chinas – und hier müssen wir die gelinde Verblüffung mitteilen, in die den Nicht-Sinologen dieser kurze Hinweis Yang Lians versetzte –: der Amerikaner Ezra Pound. Die Chimäre Pound, das gefräßige, lateinisches Abendland und chinesisches Denken gleichermaßen verdauende, verwertende Krokodil Pound. Der hochverehrte, übel beleumundete, der zweifelhafte Pound, ein Dichter für die Dichter. Der Förderer Eliots und Joyce', der nach Studien der Ökonomie des Kapitalismus auf Mussolini setzte. Dieser gigantische Assimilator, dieser Welten-Beschwörer, ein so maßloser, rasender Geist schenkt nun den verschiedenen chinesischen Aufbrüchen, der Un-Orthodoxie, die dem vergangenen Jahrhundert entwuchs und zu der Yang Lian sich bekennt, einen Teil ihres Form- und damit Selbstbewußtseins. Dabei hat Pound nicht mit erhabener Geste, sondern mit dem Sensus, dem Wortsinn des Dichters, nachformend, dieses radikale, in allen vier oder fünf oder sechs Elementen wurzelnde Wissen überführt vom Osten in die westliche Moderne: »Our dynasty came in because of a great sensibility. / All there by the time of I Yin / All roots by the time of I Yin.« »... the sheltered grass hopes, chueh, cohere. (No, that is *not* philological).« Stoff für Generationen von Deutern ist es allemal. Vor allem Genuß ist es aber für denjenigen, dem es nicht um einhundertprozentige Dechiffrierung der Gedichte geht, der den »Inhalt« nicht trennen wird von dem, was als Form wieder und wieder anstrengen, anmuten mag, um schließlich – in einem unangestrengten Moment – seine Anmut zu erweisen. Ein solcher Leser gerät in den faszinierenden Sog, der von Spannung, Friktion, Anklang gespeist

ist, von weitgehend a-logischen Elementen nur um so mehr forciert wird, von Sprüngen, deren Position im Textgefüge ein quasi archetypisches Muster zugrunde liegen mag. Jedenfalls erscheint es so, wenn der Rhythmus das scheinbare Treibgut begreifbar macht und zu einer schimmernden Architektur fügt, die eben noch nicht zu ahnen war. Der oberflächliche, vor allem unsinnliche Blick findet da immer nur Kulturschutt, Sprachschutt, Partikel.

Vielleicht können wir so auch Yang Lian lesen, sinnlich und intellektuell flexibel, wissend, daß gelungene Form immer Ergebnis des engstmöglichen Ineinanders von Spiel, also Kalkül, und Ernst, also Existenz, ist. Das Bemühen Pounds jedenfalls, sein »Modernismus«, hat vom Westen *retour* in den Osten gewirkt, chinesische Dichter konnten über Brücken gehen, die in den *Cantos* erzeugte poetische Lichtbögen waren, energiegeladen durch die Konfrontation des englischen und lateinischen (auch latinischen, italienischen) Kanons mit chinesischer Schrift, will sagen mit chinesichem Denken.

»Tausend Dämmerungen zeugen mit der Präzision von Uhren ein Kind.« Wer hier an *Chinese Whispers* denkt, liegt nicht falsch, verweist jedoch damit auf einen andauernden und höchst fruchtbaren, Dichtung und Literatur wie andere Schichten menschlicher Kultur betreffenden Prozeß. Der besteht aus Durchdringung, Durchmischung, im Aufnehmen und Variieren von Formen und Themen in einem jetstreamartigen Reigen um die Welt herum. Man darf sich Bertolt Brechts ohne Kenntnis der chinesischen Sprache erworbenes Wissen von chinesischer Dichtung und Philosophie vor Augen halten oder William Carlos Williams' Annäherung an asiatische Vorbilder, wiederum vermittelt durch Pound – Vorgänge, die ihre Ausstrahlung auf das zeitgenössische Gedicht in aller Welt bis heute nicht eingebüßt haben.

Schließlich, nach einer langen Reise durch Erinnerungen und Ideen, bei weitem nicht allen, die das Schweigen betrafen, fanden wir uns vor dessen Tor wieder. Hätte es damals schon Anish Kapoors Objekt *Memory* (2008) in der Deutschen Guggenheim gegeben, dies wäre das Bild gewesen: Der warme, rostig braune, alles Licht schluckende Innenraum eines stählernen Riesen-Eis ist einsehbar durch einen viereckigen Ausschnitt in der Wand, ein Fenster. Wir können das Mystische durch Schweigen anerkennen, es ehren und unserer kollektiven Erfahrung einverleiben. Wir können aber auch sprechen, sogar rufen. Wir können das frei zu deutende Offene, den universalen Innenraum ohne Festlegung hernehmen und können, ein jeder nach seiner Art, Antwort geben. Yang Lians Gedichte unternehmen genau dies. Die Erinnerung, aus der er nimmt und der er antwortet, ist ein verwinkeltes Gelände, eine Stadt in ihm, viele Städte, ein Fluß mit drei Ufern, ein Land, viele Länder, ein Planet der Lebenden, umschlossen von dem der Toten, vermutlich aber mehr als diese beiden. Wir bleiben nicht im Dunkeln stehen, wir werden hier und da hingeworfen. Hie fährt ein roter Bus durch das Gedicht (»London schreibt meinen Wahn zu Ende«), da wachsen sehr konkrete Kiefern (Berlin), eine Brücke führt über den Friedhof (Auckland), wieder und wieder die gelbe Erde (China, wo die gelbe Farbe dem Element Erde zugeordnet ist). Doch der Autor will alle Fußnoten getilgt wissen. Der Leser ist eingeladen: in das Zimmer ans Fenster, in die Augen hinauszuschauen, in den Kopf des Dichters und schließlich in sein Gedicht, eine Zeit der Aufmerksamkeit darin zu verbringen. Das ist ein Risiko: »Geträumt zu werden ist manchmal gefährlicher als Träumen.« Erinnerung gibt mehr her als nur das, was wir im eigenen Leben gesammelt haben. Sie war schon kollektiv vor Einführung des Begriffs vom genetischen Code. Sie war seit alters schon die Mutter der Musen, und sie hieß einen jeden, der zu schreiben begann, zitieren ohne Unterlaß. Yang Lian assimiliert und zitiert aus der Perspektive seines früheren Wohnortes, seiner Herkunft, ebenso wie aus der Perspektive mindestens eines zweiten und dritten Lebens. Vielleicht tut er es nicht ganz exakt aus dem, was wir Unterwelt nennen, jedoch aus seiner, sagen wir, Anderwelt heraus. Aus den arbeitenden, gefräßigen Eingeweiden des Krokodils heraus, das vielleicht eine Kreatur des vergangenen Jahrhunderts ist. Müssen wir es nicht so auffassen, wenn er »das Grab in den Lüften« kennt und »die statische Zeit«, und wenn es heißt, die »Hand des Zimmermanns sucht mit blutiger Axt ...«? Der deutschsprachige Leser findet sich hier, in Stimmung, Landschaft, Sprachgestalt der Übersetzung, auch in der zerrenden und zehrenden Sprache der Schlachtfelder zweier Weltkriege wieder, inmitten der Verdammnisse, in die unsere Sprache im 20. Jahrhundert geriet. Der Fremde, der Weltbürger des Exils Yang Lian kommt daher und antwortet auch diesem Schweigen, von dem wir oft denken, es sei nur unser eigenes, es sei ein europäisches Trauma. Hellwach liest er Nietzsches Landschaft und geht der großen Verachtung nach und kehrt wieder, um auch dies im Universum der Gedichte aufzuheben.

Von einem Krokodil verschlungen zu werden, es symbolisiert die Fahrt in die Unterwelt. Die lebend von dort wiederkehrten, waren Helden, einer von ihnen ein Sänger. Yang Lian wohnt und schreibt mit dieser Erfahrung mitten unter uns, er ist ein Held. Sein Gedicht »Yi« (»Sonnenmensch«), lang wie ein Buch, ist eine Auseinandersetzung mit dem Buch der Wandlungen, dem *Yijing*. Die späteren Kraftlinien des chinesischen Denkens, Konfuzianismus wie Daoismus, gehen von diesem Buch aus. Im Westen ist es heute vor allem als Orakelbuch bekannt. Mit Hilfe der Auskünfte des Buches wurden auch im alten China

Orakel erstellt. Sie betrafen aber damals nicht den Blick in die Zukunft, wie es in der antiken Vogelflug- und Leber-Mantik üblich war. Im Orakel wurden in einer gegebenen dynamischen Situation Möglichkeiten zur Wandlung dargestellt und präzisiert. Daraus ergab sich, wie zu handeln wäre. Die Linien, die gebraucht wurden, um das Buch zu befragen, erzeugte eine Bohrung in Tierknochen. Es waren Bruchlinien. Zu deuten mit Hilfe des Buchs waren Bruchlinien, in Knochen. Der Betroffene ging hin und handelte.
Yang Lians Gedichte leben wie alle wesentliche Dichtung von einem Hof aus Hergebrachtem und zeitgenössischer Existenz, aus Eingedenksein und unmittelbarer Anschauung. Selbstverständlich gilt das für die Gedichte als Einheit wie auch für die einzelne Zeile, für den Satz wie für das einzelne Wort. Sie zu öffnen, braucht es keinen besonderen, nur den Schlüssel, den wir doch immer bei uns haben: die Vergegenwärtigung eigener Erfahrungen anhand der Sprache des anderen, der uns gleicht.
Der Dichter hat, lesen wir, die Nacht hindurch geschrieben. Sein Haustier, das Krokodil, hat den Mond verschluckt und täuscht Tränen vor. Obskur, sagen manche. Dabei wird es doch Tag:

»Wenn der Mond, nur ein falsches Wort,
aufsteigt, scheint, dann in die Tinte gleitet,
taumeln wir vom Papier geradewegs in den Morgen,
üben das Sterben, als wär's die Auferstehung.«

Editorische Notiz

Die Gedichte in dieser Ausgabe wurden von Wolfgang Kubin übersetzt, die Essays mit einer Ausnahme von Karin Betz. Der Text »Berliner Gedanken oder: Was uns der Kalte Krieg heute noch sagt« wurde von Hans Peter Hoffmann ins Deutsche übertragen und vom Verlag um einige Passagen erweitert, die der Autor in späterer Bearbeitung hinzugefügt hat.

Sechzehn der sechsundsechzig Gedichte bzw. Gedichtzyklen dieses Bandes wurden für diese Ausgabe erstmals ins Deutsche übersetzt, bei den übrigen fünfzig handelt es sich teils um Revisionen, teils um Neuübersetzungen bereits auf deutsch erschienener Texte.

»1989« und »Ein verbotenes Gedicht« erschienen zuerst in: *Textbuch zum »Writers in Prison Day«*. Hg. von Peter van Meijl, dem österreichischen P.E.N.-Club und dem Kohlmarkt Komitee. Wien: Österreichischer P.E.N. 2007, S. 25f.

»Ein Garten im Winter« (unter dem Titel »Der Zoologische Garten. Winters«), »Die Brücke in der Grafton Road«, »Kriegerdenkmal« (unter dem Titel »Die Gedächtniskirche«), »Das Lügenspiel«, »Stadt der toten Dichter«, »Die grausamen Kinder«, »Mutter«, »Die Fundamente des Terrors« (unter dem Titel »Der Führerbunker«), »Bei der Lektüre des Höllentors« (unter dem Titel »Lesen [Tor zur Hölle]«), »Der Himmel, der van Gogh begrub« (unter dem Titel »Himmel nach van Gogh«), »Wer in Trugbildern stirbt«, »Eine Gedenkstätte für Kafka«, »Die Höhe eines Traums«, »Auferstehung«, »Etwas«, »Hospital«, »Ohne Ausweg«, »Das Tal«, »Der Lebenslauf des Hasses«, »Die Straße vor meinem Fenster« (unter dem Titel »Die Mommsenstraße«), »Sternenbegleiter«, »Eine Blutorange« (unter dem Titel »Blutorangen«), »Vor Tagesanbruch«, »Ein Rind« (unter dem Titel »Rinder«), »Eine absolute Frage«, »Der einzige Hafen des Sommers«, »Schnee. Ein Neutrum« (unter dem Titel »Schnee. Neutrum«), »Masken« und »Krokodile« sind in teils stark abweichenden Übersetzungen bereits erschienen in: Yang Lian: *Masken und Krokodile. Gedichte.* Aus dem Chinesischen und mit einem Nachwort von Wolfgang Kubin. Aufbau Verlag: Berlin, Weimar 1994.

»Alte Geschichten«, »Finsternisse«, »Ein Haus wie ein Schatten«, »Nachbarn«, »Der Turm des Komponisten«, »Das Leben eines Porträts«, »Biographien«, »Fehlanzeige«, »Himmelsbewegungen«, »Schlangenbäume«, »Die letzte Frage des Bertolt Brecht« und der Zyklus »Der Ruhepunkt des Meeres« erschienen zuerst auf deutsch in: Yang Lian: *Der Ruhepunkt des Meeres. Gedichte.* Aus dem Chinesischen von Wolfgang Kubin. Edition Solitude: Stuttgart 1996.

»London«, »Buchenwald«, »Sonnenuntergang mit Kälte«, »Form«, »Mittelmeer«, »Licht«, »Zimmer mit Flußmündung«, »Berlin. Storkwinkel 12« und »Ein Zürcher Schwan« wurden bereits übersetzt für *Sprache im technischen Zeitalter* 153 (1999), S. 486-494.

Der Essay »Berliner Gedanken oder: Was uns der Kalte Krieg heute noch sagt« ist entstanden im Rahmen der Schriftstellerkonferenz »Berlin – Freihafen der Künste« vom 24. bis 26. Oktober 2007, die anläßlich der Ausstellung »Beyond the Wall – Berlin Freihafen der Künste« der Stiftung Brandenburger Tor in Zusammenarbeit mit dem DAAD und dem Literarischen Colloquium Berlin veranstaltet wurde. Die Erstpublikation erfolgte im Katalog zu der Ausstellung, herausgegeben von der Stiftung Brandenburger Tor im Jahr 2007. Wir bedanken uns bei ›Stiftung Brandenburger Tor‹ für die freundliche Gewährung einer Abdruckgenehmigung.

Glossar

Die acht großen Meister der Tang- und Song-Zeit: Die beiden Dynastien der Tang (618–907) und der Song (960–1279) gelten gemeinhin als eine besondere Blütezeit der chinesischen Kultur, vor allem auch der Lyrik. Die sogenannten ›acht großen Meister‹ sind die Dichter und Essayisten Han Yu (768–824), Liu Zongyuan (773–819), Ouyang Xiu (1017–1072), Su Xun (1009–1066), Su Dongpo (1036–1101), Su Che (1039–1112), Wang Anshi (1021–1086) und Zeng Gong (1041–1083).

baguwen: Der sogenannte ›achtgliedrige Aufsatz‹ ist eine besondere Form des Essays. Er war Teil des bis zum Beginn des 20. Jahrhunderts verbindlichen Beamtenprüfungssystems. Im Gegensatz zu der freien Form der *sanwen* folgt er einem starren Schema und wird gerne als Beispiel für die Degeneration des klassischen Schreibstils zur bloß noch formalen Routine angeführt.

›Bewegung vom vierten Mai‹ und *›Bewegung für eine neue Kultur‹*: Mit diesen Namen bezeichnet man die bedeutende intellektuelle Reform- und Modernisierungsbewegung der Republikzeit, beginnend mit der Gründung des zentralen Zeitschriftenorgans *Neue Jugend* im Jahr 1915 (noch unter anderem Titel) bis zum Zerbrechen der Einheitsfront von Kommunisten und Republikanern im Jahr 1927. Am 4. Mai 1919 kam es in Beijing zu Studentenprotesten gegen die chinesische Regierung, die zugestimmt hatte, daß gemäß dem Vertrag von Versailles die deutschen Kolonien auf der Halbinsel Shandong nicht an China zurück, sondern statt dessen an Japan gingen. Neben der nationalen Souveränität schrieb sich die Bewegung aber auch die grundlegende Erneuerung des traditionellen Gesellschaftssystems, eine Demokratisierung, Verwestlichung

sowie den konsequenten Bruch mit der klassischen Literatursprache auf ihre Fahnen.

Chuci: Diese zwischen dem 5. und 1. Jahrhundert v. Chr. entstandenen Dichtungen, die in einem Werk gesammelt wurden und zuweilen als ›Elegien des Südens‹ bezeichnet werden, werden dem Dichter Qu Yuan zugeschrieben. Die *Chuci*, die zum größten Teil Klagelieder sind, stehen in einer schamanischen Tradition und haben meist lange Verse.

Du Fu (712–770): Du Fu gilt als einer der bedeutendsten Dichter Chinas. Er wird, im Gegensatz zu seinem Freund und Zeitgenossen Li Bai und dessen daoistisch inspirierter Dichtung, als aufrechter Konfuzianer charakterisiert. Du Fu ist besonders für seine *lüshi* bekannt.

Fu: Ein prosimetrisches Genre, das sich durch Verse in unregelmäßiger Länge (meist sechs oder sieben Zeichen), Parallelismus, Stabreim, eine große Anzahl von Versen (bis zu mehreren hundert) und bewußt gesteigerten Wortreichtum auszeichnet.

Gong Sun oder *Gongsun Long* (3. Jh. v. Chr.): Philosoph der sogenannten sophistischen Schule, der etliche bekannte logische Paradoxien formuliert hat, besonders den Syllogismus »Ein weißes Pferd ist kein Pferd«.

Huang Tingjian (1045–1105): Dichter und Literaturtheoretiker der Song-Dynastie (960–1279), der sich besonders mit Fragen der künstlerischen Innovation und des Traditionsbezugs der Dichtung beschäftigte.

jueju: Eine besonders strenge und konzentrierte Form des Kurzgedichts, die vor allem in der Tang-Zeit verbreitet war und stets aus vier Versen mit jeweils sieben Zeichen besteht.

Li Bai (701–762): Einer der bedeutendsten Dichter der chinesischen Literaturgeschichte, der eine große Nähe zur daoistischen Weltanschauung zeigt. Oft wurde seine Person wie Dichtung im Gegensatz zu seinem Zeitgenossen Du Fu als anarchisch, naturverbunden, libertär und ausschweifend charakterisiert.

Li Shangyin (813–858): Dichter aus der Tang-Dynastie, dessen Dichtung traditionell als besonders barock und verspielt gilt.

Li He (791–817): Dichter aus der Tang-Dynastie, dem ein besonderer Hang zum Phantastischen und Übernatürlichen zugeschrieben wird und der mit seinen Gedichten in der schamanischen Tradition der archaischen Lyrik im Geiste der *Chuci* steht.

Lüshi oder *qilü*: Das sogenannte Regelgedicht entstand im 5. Jahrhundert und kam während der Tang-Zeit zu einer besonderen Blüte. Es umfaßt acht Verse in zwei Strophen zu je zwei Doppelversen. Die Verse haben jeweils eine Länge von sieben oder fünf Zeichen, und jeder zweite Vers reimt sich.

pianwen oder *piantiwen*: Dieses Genre der rhythmischen Prosadichtung zeichnet sich durch eine parallele und antithetische Anordnung von Satzpaaren aus. Es geht damit auf sehr frühe, mythische Denkstrukturen zurück und wurde mit der literarischen Gattung der *fu*-Dichtung in der Han-Zeit (206 v. Chr.–220. n. Chr.) und später als *siliuwen* (›Vier-sechs-Essay‹) in der Tang-Zeit zunehmend standardisiert.

pingze: Dieser Begriff bezeichnet die regelhafte Abfolge von gleich hohen, bzw. an- und absteigenden Tönen innerhalb eines chinesischen Gedichts.

Qu Yuan (ca. 340–278 v. Chr.): Er gilt als erste historisch belegte Dichterpersönlichkeit Chinas und Autor des berühmten Klageliedes *Lisao*, welches in der Sammlung der *Chuci* enthalten ist. Ursprünglich ein Staatsdiener, fiel er durch Verleumdung in Ungnade, lebte für den Rest seines Lebens auf Wanderschaft und ertränkte sich schließlich im Miluo-Fluß.

sanwen: Dieses Genre wird gerne als ›Essay‹ übersetzt, bezeichnet aber nach chinesischem Verständnis alle Formen von ›ungeregelter Literatur‹ im Gegensatz zu der Regelhaftigkeit der verschiedenen Prosagenres, welche in dem *sanwen* frei vermischt werden können. Inhaltlich kreist diese Textsorte um philosophische, historische und politische Themen.
Shang Yang (390–338 v. Chr.): Philosoph der sogenannten legalistischen Schule, der als politischer Reformer mit straffer Hand und drakonischen Methoden aus dem kleinen Fürstentum Qin einen starken Zentralstaat schuf und damit eine Grundlage für die Reichseinigung im Jahr 221. v. Chr. legte.
Su Dongpo oder *Su Shi* (1036–1101): Su Dongpo war als Dichter, Maler, Kalligraph und konservativer Politiker eine Zentralgestalt der Song-Dynastie (960–1279).
Shen Yue (441–513): Ein chinesischer Dichter und Historiker, der vor allem für die Systematisierung der Poetik des Regelgedichts bekannt ist.
Wang Wei (701–761): Dichter aus der Tang-Zeit, der besonders für seine buddhistisch-meditative Naturlyrik bekannt ist.

Inhalt

Gedichte

€ 4,50 (04/26)